青·科幻丛书

杨庆祥 主编

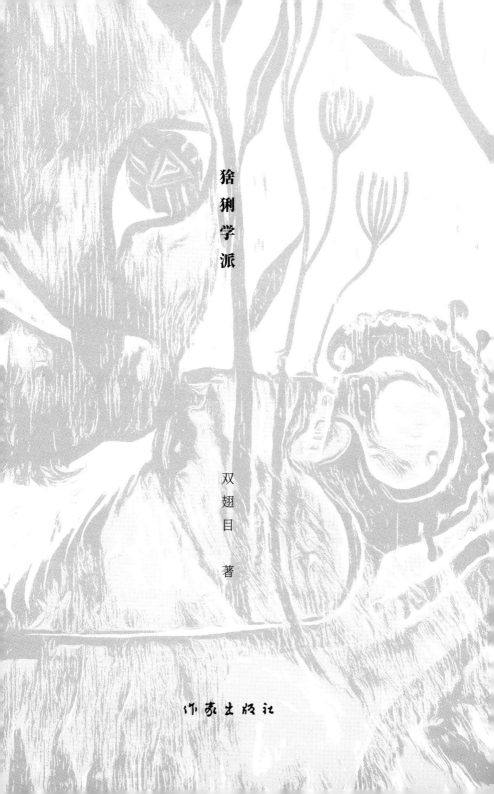

猞猁学派

双翅目 著

作家出版社

双翅目

    科幻作者，中国人民大学在读博士，荷兰奈梅亨大学研究型硕士。作品散见于《科幻世界》、《特区文学》、豆瓣阅读、未来事务管理局"不存在"系列科幻选集、科幻春晚、彗星科幻等。获《科幻世界》2008年年度银河奖读者提名奖、豆瓣阅读第二十九期小雅奖最佳作者、第四届豆瓣阅读征文大赛近未来科幻故事组·首奖、合作方奖·苹果核人气奖。出版有中篇作品集《公鸡王子》（豆瓣方舟文库新科幻，东方出版社），入围2018宝珀·理想国文学奖初选。

科幻怎么写下去

杨庆祥

2018年，国产科幻电影《流浪地球》以其高质量的制作获得了良好的口碑和让资本惊喜的利润，以至于有舆论认为这意味着中国科幻时代的来临。但接下来2019年8月上映的《上海堡垒》却以其粗制滥造而让观众大跌眼镜，以至于网上流传着一句酷评："《流浪地球》为中国科幻电影打开了一扇大门，《上海堡垒》又把这扇门关上了。"因为《三体》获奖以及众多科幻作家的努力而开创的"科幻黄金年代"似乎正在呈现它的另外一面，固然国家意识形态的肯定和资本的逐利流入为科幻的发展注入了强大的外力支持，但实际上有思考能力的科幻从业者——以科幻作家为主体——都明白，支撑"科幻黄金时代"的核心动力不是那些外部因素，而是扎扎实实的作品，也就是说，如果没有推陈出新的优秀作品，如果不能在既有的题材、主题、构想上展现出新的质素，科幻也就很难继续进步。这应该不是我一个人的观感，而是一种普遍感受。我在很多次活动上听到青年科幻作家言必刘慈欣，言必《三体》，然后我就很好奇地问为什么。因为在所谓的严肃文学圈，并没有青年作家言必谈莫言、余华这样一些经典作家的情况。青年科幻作家的回答是，在科幻文学界，刘慈欣及其《三体》已经不是简单的经典化的存在，而是不可超越的高峰。在深圳参加的一次科幻会议上，青年作家私下和我交流时提到了一个观点：与严肃文学写作不同，科幻文学对于题材甚至是创意的依赖是非常严重的，往往某一个题材或者"点子"被用过一次，就不可重复使用了。在这种情况下，寻找新的题材和"点子"就变得非常困难。重复性的写作几乎没有意义，一些青年作家普遍表现出了一种难以为继的困惑和焦虑。在这种情况下，提出"科幻怎么写下去"这样的问题，就要求科幻从业者抛弃不切实际的被资本蛊惑起来的欲望，回到创造的原点，真正思考个体、技术、语言和时代之间的复杂关系，创作出足够人性化和世界化的优秀作品，推动中国科幻写作良好生态的可持续性发展。

由我主编的第一辑"青科幻"丛书在2018年4月出版发行后，业界与市场均反应良好。第二辑"青科幻"丛书收入六位青年科幻作家：阿缺、刘洋、汪彦中、王侃瑜、双翅目、彭思萌的作品。他们在写作的题材、处理的主题、叙述的风格上呈现了一种多样性，这种多样性甚至是互相矛盾的：对技术的信任和不信任；对人和机器关系的确定与不确定；对物质和元素的可知与不可知；对文明世界的渴望和厌弃。他们试图通过不同的方式来破壁，借鉴现实主义的、古典的、现代派的各种手法来激活科幻写作的多种潜能。毫无疑问，任何一种探索和实验都值得期待。对我来说，科幻怎么写下去的答案不存在于作家、批评家和资本方的规划中，而存在于这一部部具体鲜活的作品中。

最后，我要特别感谢作家出版社的李宏伟和秦悦两位老师，因为他们卓有成效的工作，这套丛书才得以顺利面世。

2020年3月10日改定于北京

目　录

001　自序

005　猞猁学派

017　我们必须徒步穿越太阳系

051　太阳系片场：海鸥

086　空间围棋

150　廖苹的苹果

183　来自莫罗博士岛的奇迹

227　我的家人和其他进化中的动物们

244　丑鬼，小孩，君子，老好人

255　时间晶体与记忆贼

261　盆儿鬼与提箱人

自　序

　　1611年，伽利略加入了一个称谓怪异的学派，名为"猞猁"。学派成员相信，猞猁目光锐利，象征了洞察自然的视角。猞猁学院或许是世界上最早由自然哲学家组成的重要团体。它建立于1603年8月17日，而1630年，学院建立者塞西便英年早逝。在那之前，由于教皇颁布"1616年禁令"，禁止伽利略宣传日心说，学院已消沉许久。1632年，伽利略关于托勒密和哥白尼两大世界体系论辩的《潮汐对话》出版，教廷震怒，年近七旬的伽利略被召回罗马，遭受刑讯，于"悔过书"签字，猞猁学派迅速随之消亡。两百年后，学者重新建立学院，以纪念先人的步伐。如今，意大利国家科学院正沿用"猞猁"一名，同时倡导文学和科学。

　　1715年到1716年，莱布尼茨正与牛顿的捍卫者克拉克激烈论战，这不仅关乎微积分的发明权，也关乎看待世界方式的分歧。牛顿基于伽利略，在《自然哲学的数学原理》中将古典物理推向高峰。他相信绝对的时间与空间，崇尚时空永恒。莱布尼茨不同，他相信时空是关系，是精神构造，而非实体或属性。离开了物质，无所谓空间；离开了物质运动，则无所谓时间。相对的时间和空间，方能展现古典时代不能囊括的纷繁世界。他说："物质的每个部分都可以设想成一座充满植物的花园，一个充满着鱼的池塘。可植物的每个枝丫，动物的每个肢体，它们的每一滴体液，也是一个这样的花园或这样的池塘。"可惜，莱布尼茨在微积分公关战中败给牛顿。和克拉克的书信论战尚未结束，他便孤独地在汉诺威贫病而死。几乎无人参加他的葬礼。他的墓碑上，也只简单写道："莱布尼茨埋骨处。"

进入 21 世纪，我们不再信奉地球是宇宙的中心，不再标榜绝对的时间和空间，几世纪前的天方夜谭已变为不可驳斥的绝对事实。

真的不可驳斥？不尽如此。

人类已学会了质疑，学会了设想，学会了通过大前提不断推演，构造一个又一个思想的实验，然后再验真、去伪，并欣赏所有的可能性。哥白尼和伽利略花了一百年，才让人类相信，我们过去看待世界的视角并不正确。莱布尼茨花了二百多年，才证实了相对时空，才让多重宇宙成为某种公共概念。或许他们最大的功绩不在科学，而是让人类的思维方式更加通变。而如果不存在一个群体，乐于让大脑接受错误率极高的新体系的刺激，那么科幻，或者说具有现代意义的泛幻想文学，都不可能存在。这才是科幻和科学的本质联系：假设一套世界观，做出一种叙事，颠覆读者的既有认知模式，最完美的情况，让读者获得从地心说到日心说，从牛顿到爱因斯坦的终极快乐。这种具有认知意义的快乐与人类如何超越自己的物种相关，一直以来长存于文学。它一直孕育在科学的美学当中，是伟大科学家的特权和沉重命运的来源，也是科幻作者一直追寻的目标。

因而科幻不会由于辉煌的 20 世纪耗尽自身可能。相反，21 世纪科学的高速革新已提供了无数新视角，我们需要努力穿透碎片，捕捉背后层层叠叠，呈现出复杂拓扑结构的逻辑线条。这很有趣，这也充满希望，我们已不需承担伽利略和莱布尼茨的成本，便能尽情假设，并总能期待接受假设的读者。这本集子便是出于这一动机进行的写作尝试，其中充满了对前人的致敬，没有他们，我

猞猁学派

们不会从本质上获得让思维自由驰骋的机会。所以，我相信，在当下时代，每个人都已拥有机会，可以成为古老的猞猁学派成员，用各种各样的、各自的方式，保持目光锐利，去尝试透析世界的奥秘。

猞猁学派

1616 年冬天，他第一次接到来自伽利略·伽利雷的私人信件。狭窄有力的签名首字母证实了信件主人的意志与身份，下面印有漂亮签章，月桂枝条环绕一圈，支撑着知识桂冠，桂冠之下，绿叶之中，一只介于花猫与猛兽之间的动物，伸展四肢，扭动脖颈，双耳尖端的毛发张开，双目有神，异常锐利，似乎穿透纸面，盯着他的心脏。签章一侧，伽利略用更加耐心的字迹标注，"猞猁学派成员"。

彼时，他住在罗马附近，已有十三年没进入宏伟城市的凯旋拱门了。古奥斯提亚距罗马不消一天步程，属古罗马港口城镇，如今已是一片废墟。闲暇时刻，他长久地徘徊其中，带着猞猁一家，攀上古老的半圆剧场，或者等在断壁蒙阴处，等待小猞猁们一块一块去抠铺满古浴场地面的马赛克方块。赭色、橄榄色与黑曜石的颜色，描绘着地中海沿岸古罗马的贸易城市。风帆鼓满，鱼与珍宝，还有在想象中真实存在的巨兽。

1603 年春天，他便躲在货船中，从开罗启程，抵达罗马港口。上岸时他衣不遮体，只护紧怀中的大包裹，一心想找有识有财之人，让千年的奇物有个好估价。他失败了。罗马人什么都见过。尘土飞扬的市场，每一位驻足客都认识埃及的猫类木乃伊。一位缺了左眼，右眼外突的乞丐甚至凑近他，告诉他，如果撬开纹样华丽的硬壳，里面会有一只猫骨架，埃及人献给来世的魂灵，会通过它返回此世。他歪歪脑袋继续说，但罗马人拥有全世界所有买家，猫的木乃伊会满足邪恶教派，也是橄榄树与葡萄藤的上佳肥料。他被不同人连推带搡，赶出罗马。他踯躅于笔直的道路，入夜时分，忍不住大声哭泣。他的声音止住了夜归都城的一驾马车。车中跳出一位年轻人，不过十七八岁，声称自己的父亲是阿奎阿斯巴达的公爵，只是他更喜欢自然，热衷于植物学与动物学。他说他是一位自然主义者，显然，他也见过猫的木乃伊。他称自己为塞西，一边借助月色，一只一只将小木乃伊分门别类，一边解释，说自己想建立学派。终于，塞西翻到包裹底部，用两只手臂，捞出最大的木乃伊。他轻轻感慨，露出首次见到珍宝的眼神，用手触摸蚀刻的古老文字，有字母，也有鸟和一只明亮的眼睛。这是古埃及语。塞西解释。这是古希腊文。他让仆人点上油灯，照亮斑驳的木乃伊表面，念出古希腊单词，如咒言一般。而他站在一旁，知道这是他能带给欧洲的最宝贵东西，但他不知那是什么意思。他终于忍不住，问了塞西。

"猞猁。"塞西告诉他，"上面说，它的目光异常锐利，能洞悉自然的奥秘。"

第二天，他被视为上宾，请入罗马城。一个月后，塞西的友人相继抵达。一位是塞西的表亲，一位正翻译古罗马诗人佩尔西乌斯的诗歌，另一位自荷兰周游至此，懂得药学。他们都比年轻的塞西长八岁。一个新月之夜，他们带来了一只真正的雌性猞猁。他们将猞猁的木乃伊放到猞猁旁边。猞猁盯着两千年前同类的尸骸，从胸腔内部滚出深沉声音，震得人骨节发颤。他知道，轮到他了。罗马人眼中，他那被北非太阳灼烧过的黝黑皮肤，同时勾连了野蛮与神秘，理应成为驯兽师。他小心靠近猞猁，打开笼门，将猞猁的木乃伊抱入怀中，利用自己部族古老的技巧，学着猞猁，禁闭双唇，用胸腔与喉咙，振动发声。仆人都退下了，他与塞西等四位年轻人屏息等待，等待猞猁扑向他，撕烂他的脸，咬断他的喉咙，或是直接

　　　　　　　　　　　猞猁学派

越过垣墙，逃回属于它的平原与山谷。很长时间，它都没有动，他们也没有。它谨慎地审视他，仿佛透过夜色，一层一层检视了他漆黑皮肤深处的灵魂。终于，它厚实的四肢与柔软的肩胛骨活动起来，悄无声息，跳到他肩头，直接把他压垮在地。他被它踩着，很久爬不起来。它嗅着木乃伊与他的鬓角，蹭着他的脖颈。它喜欢你，猞猁喜欢你。四位年轻人欢呼雀跃。于是，格里高利历8月17日夜晚，猞猁学派建立。

短时间内，猞猁学派声名鹊起，1611年，伽利略正式加入学派，更让猞猁纹章进入教皇保罗五世的私人图书馆。但是少有人知道他。猞猁接纳他的夜晚，签署誓约，将世世代代寻找适合的驯兽人，养育猞猁和它的子孙。按塞西的说法，学派受制于世俗，知识取决于教会，他们需要一个真正的、通向自然的连接，永远游走于自然与人类的边缘。猞猁既是象征，也是必然。他作为猞猁守护者，须拥有猞猁一般的行踪，变为永远的流亡者。他接受条约，第一次选择了自己的命运。他很高兴。他不仅将自己永远和一只动物绑在一起。他也会成为猞猁学派的真正见证人。

他开始学习通用语、拉丁文、希伯来语。塞西和猞猁学派的其他成员寄来信件。他移居古奥斯提亚旁的一座小圣方济会教堂，按指导，整理猞猁学派知识的枝枝蔓蔓。很快，他便了解到伽利略的名望。1604年，夜空出现超新星，持续十八个月，伽利略在威尼斯宣讲哥白尼的日心说。塞西在信中第一次表达欣喜之情，说伽利略拥有洞悉自然的视角。1609年，《星空信使》出版，他收到一本。他已看得懂伽利略的理论了。他念给猞猁听。猞猁刚产下四只小崽。他告诉它，木星有四颗卫星。他对它说，千百年来，人们称行星为"流浪者"，因为同永恒的星空不同，它们时而加速，时而逆行，在穹顶中划出扁扁的椭圆。但按照《星空信使》，流浪者自有其更简洁的归宿，就像你和我。他对猞猁喃喃低语。它发出温柔的呼噜声，总能听懂他的意思。1611年，伽利略发现太阳黑子，同年，正式加入猞猁学派。他听闻后，欢欣鼓舞地抱起一只小猞猁，赞美："你的眼睛能穿透岩石与垣墙，伽利略更在光芒中发现斑点，自然的万物之灵，我将见证您的历史与奇迹。"

　　然而历史不是太阳，历史劣迹斑斑。"1616年禁令"颁布，教皇禁止伽利略宣传日心说，同年冬天，他收到伽利略的第一封来信。自此，他发现一直以来备受敬爱的学者诙谐幽默，真挚且聪慧。信中，伽利略称他为猞猁的守护者，而非驯兽人，说猞猁总拥有真理之眼，而人类的目光总被黑暗蒙蔽，猞猁学派内，诸人平等，只有猞猁高人一筹。伽利略说很羡慕他，说自己命中只能做真理的斗士，却更希望做守护者。他是守护者，他一封一封展开包裹中附来的一沓信件与两本卷帙。他花了两个月，仔细比对，确认这是未经伽利略修饰的原本。对哥白尼体系的压制与日俱增，伽利略的公开发表都做过虚与委蛇的修改，原本中，则存有他完全真诚的声音。五只猞猁悄然靠近，一点一点蹭着书卷与纸张，留下它们的气味，标记这些都为猞猁所有。他思索再三，还是没去罗马。

　　自那以后，猞猁学派一蹶不振，只有伽利略的信件只字不提绝望，他说他搞了一组镜头，能让蚊虫看来大若公鸡。1630年，塞西猝死，早逝于城郊。他带着猞猁们来到下葬的教堂，远远聆听牧师祷告。最年迈的猞猁第一次张开喉咙，哀伤地鸣叫，缓慢伏入杂草，再没起来。伽利略也来了，这是他第五次抵达罗马。有一瞬间，他们四目遥遥相对，认出了彼此。小猞猁们发出宏大的此起彼伏的声音。他不得不尽快离开。同年，伽利略拿到出版许可，两年后，关于托勒密和哥白尼两大世界体系论辩的《潮汐对话》出版，教廷震怒。书中伽利略借古人之口，俏皮地挖苦了托勒密和亚里士多德，赞美了哥白尼的洞见。而伽利略很早就将书寄给了他。他才是最早读到《潮汐对话》的人。他将《潮汐对话》的初本贴上心口，度过五个夜晚，里面的句子真切隽永，有如关于永恒定律的诗歌。"五"象征整全。他祈祷伽利略拥有自然神带来的所有运势。只是事与愿

猞猁学派

违。年近七旬的伽利略被召回罗马，遭受刑讯，于"悔过书"上签字，终身被软禁。猞猁学派也迅速消亡。他仍然徘徊于古奥斯提亚，透过断壁残垣凝视星空，反复阅读《潮汐对话》，并向过路人打听伽利略的音信。

1637年，伽利略双目失明，一只小猞猁迈到他肩头，舔了他的鼻尖，永远地离开了他。隔年，他再一次收到伽利略的信件。信中，年迈的口吻一如当初，讥诮幽默："亲爱的守护者，我在春天就听见了小猞猁呼噜噜的声音。它随弥尔顿一同到来，让佛罗伦萨人相信，只有诗人才能驯化野兽。弥尔顿为我念他的诗歌，关于快乐的人、关于幽思的人，小猞猁就在我的肩头，用舌尖舔我那干枯的双眼。夜晚，它发出的声音和弥尔顿的诗歌一样好听。我认为，它在想念你。弥尔顿离开的时候，它没有走，我想它会一直陪伴我了。它一定想告诉我，即使双目失明，我仍可以洞悉自然的奥秘。于是，我就想，我该再次招收学生，给你写信了。——目光锐利的伽利略，猞猁学派成员。"

1642年1月8日，伽利略病逝，葬仪草率简陋，据传一只猫一样的野兽一直守着坟冢，不让恶人接近。一年后，一位带着一群猞猁和一车书卷的驯兽艺人路过伽利略坟冢。那人点燃篝火，亲昵地吻了野兽，然后驱车离开意大利。这只野兽活了很久很久。1687年，牛顿出版《自然哲学的数学原理》，定义了万有引力定律，伽利略的猞猁才悄然伏到朴素的墓碑边，合上双眼。

2019年冬天，来自英国的肯·布莱肖博士抵达加拿大卑诗省。他乘车穿过冰雪覆盖的厚厚丛林，终于来到射电望远镜（CHIME）工作的广阔区域。他不是天文学家，对物理知之甚少。他另有任务。他是著名的家猫学者。三十年前，他便加入了猞猁学派。得益于网络与科学的无国界，猞猁学派在新千年蓬勃发展，从隐于山野的松散组织，变为布集各个研究单位的学者社群。他专程去了位于罗马的科西尼宫。1883年，意大利政府为学派购得这座优雅的晚期巴洛克宫殿。学派经历"二战"法西斯压制，顺利存活，一直低调，要不是研究猫科动物，布莱肖博士不会因为猞猁，顺藤摸瓜，了解到学派。在科西尼宫，他第一次见到属于猞猁学派的猞猁，一只悄然徘徊在花园的棕榈树下，一只在图书馆里。厚厚的爪子轻巧地边过古老的科学刊物。它拥有气定神闲的样貌，对人类置若罔闻，似乎只有古书海洋值得关心。馆长称它为图书馆猞猁，说守护猞猁的人同时也是科西尼的图书管理员。布莱肖博士瞧见了图书管理员，对方微微点头，冷淡地离开。馆长说，猞猁学派的猞猁人签过誓约，永远同时与人类和自然保持距离，如同猞猁本身。

三十年后，肯·布莱肖博士终于得到机会，一位看守猞猁的年轻人想见他。小家伙不到二十三岁，个子不高，骨瘦如柴，病恹恹的，眼神却很明亮。他是猞猁守护者中第一次主动接触学派、寻求合作的人。四百多年的第一位，或许也是最后一位。他点名，希望布莱肖博士在"猞猁与人"项目中，扮演重要角色。布莱肖很兴奋，他看了提案，发现项目不仅关乎猞猁，也关乎猫科缓慢的情感进化模型。他欣然应允，三个月后，才发现项目地点位于加拿大荒漠的射电望远镜基站。他是一位热爱温暖炉火的学者，头发开始花白。他想起猞猁学派的信条，用双眼发现展现自身的微小事物。于是他按时启程，抵达时已然入夜。银河斜着划过东方天际。他望见荒原中一只雪白的暗影，闪入低矮丘陵。射电望远镜正值运作，发出轻微又低沉的振荡。他很熟悉那节奏，像他家中的猫咪，会靠近热源，发出呼噜呼噜的低吟。

次日，项目总负责人乔治·邓肯教授约见了布莱肖博士。邓肯兼任加拿大国家科学部副部长，"猞猁与人"实则属于他推动的长期项目的子项目。邓肯教授性格开朗，先介绍自家爱犬，再解释他的初衷："狗是人类的好朋友，最有灵性的狗能用嗅觉闻见人的情绪。巴顿将军就会在我低落的时候把鼻头塞到我手心里。我就想，"邓肯年纪也不小了，手腕内侧贴着薄薄的监测芯片，以防不测，"我想我其实不相信这玩意儿，更相信巴顿将军。人比电子的东西准，动物的直觉比人更准。和人相处太久的动物不仅是宠物，更像某种灵魂同伴。它的嗅觉更了解我。我查了相关研究，确实有人在做这个，我就推了一把。"

布莱肖博士点头，翻看手中文件，官方的主体项目是动物检测，让动物与人形成一对一或者多对多的特化互动网络，形成深度学习的数字机制，即时反馈给人和动物，有利于一些极端的职业和项目，包括登山与大部分科研人员状况检测。他已熟知项目细则，只好奇一些特别的问题："我喜欢这个项目，只是有一点，那个年轻人和他的猞猁，怎么加入的？"

"他主动找到我。"

"邓肯教授，我是猞猁学派的成员，我猜，你也是，按学派规定，这很反常，向来是我们将自己的发现交给猞猁的守护人，而不是反过来。"

"嗅觉很敏锐。" 邓肯狡黠地笑了，"的确，我也属猞猁学派，收到他的申请信息，我也犹豫过。我相信四百年前塞西的判断：猞猁不能跟猞猁学派走得太近。然后，他发来视频声明，说服了我。鉴于你将主持猞猁项目，你理应看看他的立场。"

画面中的年轻人双臂撑着膝盖，显得很真诚。雪白的猞猁立在他窄窄的肩上，更将他脊柱压成蓄势待发的弓形。布莱肖博士熟悉加拿大猞猁。它们别名山猫，更像野兽，很难驯化。脖子上一圈厚厚的绒毛，抵御寒冷，也让它们好似雪夜中的小型狮子。耳朵尖端长长的细毛能将声音振动传至鼓膜。和欧洲同类一样，它们也会远远地保护幼崽，远远地盯着接近幼崽的人类。它能在百米开外，让你感到威胁。年轻人的猞猁散发着同样气势。布莱肖和邓肯不由挺直身躯，都有些紧张。

"亲爱的负责人先生，我加入项目，其实是为了自己和猞猁，如何让我能更好地配合它。真正的科学，永远属于建立科学的猞猁学派学者们。"他伸出手，亲昵地揉了揉猞猁厚厚的绒毛。布莱肖意识到视频录制于户外，就在射电望远镜旁边，他观察年轻人的制服，高级技工。"我出身蓝领，父母都是酒鬼，因为早产，身体一直不好。在它找到我以前，我都不知道猞猁学派是什么。那是三年前的事了，CHIME 即将落成，我应聘成功，一个下雪的晚上，它找到我，嘴里衔着这枚徽章，你看，月桂枝条，知识桂冠，还有长得和它一模一样的猞猁。我上网检索，才发现是你们的签章。我检索了学派历史，你们很有意思，几乎建立了自文艺复兴以来的所有科学，却对著史讳莫如深，但我找到了，牛顿、爱因斯坦、薛定谔，很多很多，尤其是物理学家。我就问它，我是否也能变为猞猁学派成员？它摇头。我又问它，那我是你的守护者吗？它发出呼噜呼噜的快乐的声音。为了显示我的诚意，我可以告诉您，全球猞猁的守护者应有二三百人，由于密约，我们即便彼此知晓，也互不沟通。全球猞猁的数量，就更庞大了。我不知晓独立的猞猁们如何确定自己属于猞猁学派。但所有的守护者，都是由猞猁亲自选择的。人没有选择权。我们服务于它们，它们服务于洞悉真理的目光。于是，当看到您的项目，我意识到，这对于我而言，是相反的逻辑，我们互相检测，我服务于它。想一想，猞猁和人已有四百年紧密相连的历史。我们可以往前，再推一步。"

视频结束，布莱肖博士沉吟一会儿，问道："我收到的提案，没有搜集数据的步骤。这是一份完整提案吗？"

邓肯教授挥手："它永远不会完整的，我们提供支持，所有的数据，都属于他和猞猁，算是直接进入猞猁学派的知识树。我承认'猞猁与人'是假公济私，专门服务于猞猁学派。没有数据搜集处理，不会有项目成果，你只负责帮他们搭建互动网络，然后将已有知识树也上传。"

"已有知识？"

猞猁学派

"包括最早来自古埃及的猞猁木乃伊，和伽利略《潮汐对话》的原本。他特别要求的。你这个幸运的家伙。"

"为什么是我？"

"我没好意思问。你自己去。"

隔天，邓肯起身离开工作站，驱车返回温哥华忙俗务去了。"猞猁与人"项目便只剩布莱肖博士，带领几位完全不知情的实习研究生，与猞猁和守护者沟通。布莱肖思索再三，决定遵从学派老规矩，只与猞猁守护人聊科学与自然的细节，不聊其他。项目严谨有序展开。很快，布莱肖确信自己选择正确。所有人都在长时间的沉默中获得了舒适与放松。他拨开猞猁厚厚的绒毛，贴上感应芯片，巨大的猫科动物整个身体热烘烘的，愉悦的咕噜声不断振荡，同射电望远镜的回音同频。

初始工序比较复杂，布莱肖博士团队花去三个月时间，在数据与算法结构层面，同频了人与猞猁的脑连接组。他告诉年轻人，这是芯片与药剂融合的产品，可以自行控制，嵌合度可以自行生长。年轻人很满意，终于忍不住，没等到知识树上传，便将著名的猞猁木乃伊放到布莱肖面前。他想知道里面的猞猁是什么样子。布莱肖联系了专家，很快得到技术支持，在由春转夏的时节，扫描了木乃伊。视频通信另一边的埃及学者解释，古埃及的猫曾象征战争，更用来守护家庭，一时间猫的木乃伊泛滥，这一只猞猁木乃伊则不同。成像立体图中，猞猁并非死亡后向内蜷缩的状态，而是蓄势待发，似乎目视前方，随时准备扑向目标。

"它或许是活体木乃伊。"专家解释，"也或许象征了其他的东西，比如站在圣树下面，杀死混沌之神阿佩普的大猫——"

没等专家说完，猞猁破天荒地露出尖牙，吼了起来。

"它不同意您。"布莱肖博士缓和气氛。

年轻人更懂他的猞猁，他安抚它，解读它的意思："猞猁不会杀死混沌神，它能看穿混沌，即使世界陷入永久的黑暗。塞西曾说过——”他停顿一秒，专家并未接话。他与布莱肖对视，意识到对方并不属于猞猁学派。

于是布莱肖说："猞猁的目光能洞穿事物内在的因果与自然变迁，它们不仅能发现显见的东西，更能看到隐藏的万物。伽利略就是猞猁学派成员，他和我们生活在同一世界，却能发现力学与天文的规律。"

专家若有所思，一个月后，布莱肖告诉年轻人，猞猁学派又多了一名成员。他们逐渐变熟。猞猁守护人透露了更多猞猁学派的故事，薛定谔为何选择猫的不确定，爱因斯坦为何能理解猫的忧郁，牛顿如何因遭遇猞猁，成为他那个时代的养猫先锋人。布莱肖忍不住问了第一位猞猁看守者。年轻人笑笑，只说："据传，莱布尼茨是最后一位见过他的猞猁学派成员，然后写下物质与花园的句子。"

夜晚，布莱肖博士查到了那句话：物质的每个部分都可以设想成一座充满植物的花园，一个充满着鱼的池塘。可植物的每个枝丫，动物的每个肢体，它们的每一滴体液，也是一个这样的花园或这样的池塘。他想起自己已在射电望远镜工作站待了半年多，已习惯了年轻人带着猞猁，维护CHIME，但他并未仔细观察过他们。他起身离开房间。夏日温和的微风传来射电望远镜幽暗的频率。CHIME，意思是和谐的节律悄声鸣响。他先远远地看到猞猁，明亮的瞳孔有如地面闪烁的星光，然后守护者工作的身姿孑然独立。他想起猞猁人总做维护工作。他们都是被猞猁亲自选中的幸运儿。他盯着猞猁锐利的目光。它也回望了他。它的双眼拥有宇宙的花园。

它选择了守护者吗？它也在选择守护者的工作和守护者的世界。

他想起科西尼宫的图书馆，意识到CHIME的声音和猞猁胸腔中低沉的振动同样频率。

猞猁从不属于猞猁学派。猞猁学派属于它。

项目最后一天，布莱肖博士问了最后一个问题："为什么是我？我的专业是家猫。"

　　　　　　　　　　　　　猞猁学派

年轻人严肃起来："我看过您采访，你说猫是千百年来从未被人驯化的动物，它们有自己的意志，捕捉猎物，离开出生地，去更远的地方标记领土。家猫进化了几百年，总算开始接近人类，或许这是猫科在情感层面进化的先兆。我喜欢您的说法。"然后，他挠挠头，还是笑了，"其实，还是它选的你。邓肯教授让我挑选负责人。它在键盘上滚了一圈，你的履历第一个弹出来。猞猁总在选择。它们比人类确定。"

布莱肖轻轻感叹："是的，它们走到了人类的前面。"

2142年，舱内冷得像西伯利亚。他知道自己命不久矣。恒温系统全面崩溃。指头冻得无法收拢。它还能动。他一直很羡慕它。它比他更适应无重力世界，更热爱长久地凝视漆黑的宇宙。它柔软的躯体，水一般的骨骼接合方式，让它于无重力环境中伸展四肢，划出优美姿势。此时此刻，也不例外。他已无法动弹。它可以。它厚厚的绒毛能让它多活几个小时。

他用大脑告诉它：尽可能活得久些，是你想来这里的。

它不以为意，再一次展开关于星系和星系团的大尺度分布巡天图。自射电望远镜发明，人类一直在观测宇宙的节律，关于宇宙为何暴涨，为何充斥黑暗。它选择最为精细的巡天图，一张已知宇宙的切片。他的视线已开始模糊，但还能看到那小小的光点。他和它的飞船。飞船已彻底离开任何星系的范围，进入宇宙当中广袤的、几乎空无一物的黑暗巨洞。

你还记得我告诉你的比喻吗？他想着。我们的宇宙分布不均，这些黑暗巨洞就像泡泡，明亮的星系只是被大泡泡挤到一边的泡沫，总有一天，黑暗的巨型泡泡将无限膨胀，吞噬整个宇宙的光明。你一定记得，你的记忆就是我的记忆。五百多年前，我那皮肤黝黑的先辈夹在你和人类的中间，签下浮士德的协议。人类是否能因此获得宇宙的真谛呢？你是否能获得宇宙真谛？

它还在用目光检索，检验泡泡们的形状，然后，它找到最新绘制的微波背景辐射图，观察那表层的涟漪。

他知道自己的呼吸越来越弱了，但他的目光开始清晰。哦，他正在通过它的双眼观察宇宙。你知道的，对不对？微波背景表征了早期宇宙的热量起伏。那时高热的辐射与充盈的物质主宰世界。我们所拥有的冷却宇宙，却只被幽暗的能量主导。正是微波背景的涟漪，预示了我们宇宙泡泡状的结构，以及那遥远的终结方式。

他感到自己笑了，用尽了最后一点力量，吐出最后一口气。

你的目光能穿透黑暗，洞悉万物的奥秘吗？

他知道自己或许已经死了，但他的视野仍藕断丝连，附着在它的目光之上。

他想起伽利略认定太阳是宇宙中心，他在给第一位守护者的信中写道，即使双目失明，仍可以洞悉自然。

他感受到它跳向舷窗，它与他的目光同时穿透了暗物质与暗能量的黑夜，穿透了微波背景辐射表面，穿透了宇宙诞生最初的涟漪。

然后，他的世界暗淡下来。

你的呢？

你是否越过了量子的起伏，宇宙的不确定，洞穿了一切混沌的黑暗，完成猞猁学派的夙愿？

注：本文猞猁学派大部分为杜撰。

我们必须徒步穿越太阳系

我们必须徒步穿越

太阳系，

在找到我红毛衣的第一根线头之前，

我预感到了这一点。

宇宙的某个角落悬挂着我的心，

火从那里迸溅，震动空气，

并向其他狂放的心涌去。

——艾迪特·索德格朗

1

它于熔岩流中发现卡。舱体几乎被腐蚀物穿透。它将小小救生舱整个抱起，捞出稠密且沸腾的地带，顺着岩石边缘跳跃，离开火山爆发形成的遮天蔽日的扇形流束。木星重新占据半个天幕。它摆弄救生舱，擦干表面，调出系统数据，确保安全，打开透明窗体，里面的人类仍处休眠状态。它激活程序，安静地等待年轻人苏醒。木星大红斑蜷曲的旋涡逐渐转入视野，死死盯着它，据说瞳孔似的风暴能放下三个地球。它漫不经心地检阅年轻人的随身物品，电子屏跳出加密文件，它的手指充满电与磁的信号，插入系统，文件破解，题目显示，《潮汐对话》，它悄然笑了，对偶然闯入木卫一的人类产生了兴趣。伽利略的《潮汐对话》问世以来便是一本邪恶的书，信奉者都是异端，因为人人都知道，地球才是宇宙的中心。

他们叫它塔罗斯。他们从望远镜中发现它，欣喜若狂，觉得它像希腊神话中的金属巨人。它确实浑身散发着青铜光泽，身体在黑夜中闪耀，心脏和主动脉紧贴皮肤生长，从颈部贯穿膝盖，里面充满各种硫化物，随时可以燃烧。它长得像地球的灵长类，脖子与四肢更加细长，显得更加脆弱，但金属骨骼十分坚实，被抗酸抗高温的皮肤紧紧包裹。发现它的人犯了错误，以为它的生命依赖阳光与呼吸。可惜木星未受太阳眷顾，离得有些远。它仰仗热与电生存。木卫一、木卫二、木卫三时不时沿轨道凑成三点一线，发生强力共振，他们称其为拉普拉斯共振，加之木星引力拉扯，潮汐加热让木卫一遍布火山，异常活泼，变成星系中的疯子。塔罗斯吞噬热量，伴随着混乱的磁场舞蹈，切割磁感线，产生电流，让电流并行于循环系统，在皮肤下流动，流入神经。火山喷发物每每飘到四五百千米高空，它就沿着风与气的柱子，向上跳，几乎碰到星球引力的边缘。人类就这样发现了它。

那是很久以前的事了。

人类花了两百年才承认木星系统简洁稳定的轨道结构，又花了一百多年与塔罗斯建立通信。收到第一批信号时，它天真无知又愚蠢，仍拥有不少伙伴。人类的知识吓坏了它们，让它们心生憧憬，让它们相信地球理应成为宇宙的中心。它们崇拜地球上最为高等的生物。它们期待人类降临。它们认为人类是宇宙的神：足够谦逊，不将宇宙命名为地球系，转而推崇光与热的源头——太阳。人类说，与太阳相比，地球是一粒尘埃，尘埃应当尊重生命源头。它们则清楚，即便地球是尘埃，人类细微、渺小，宇宙仍围绕尘埃旋转。太阳与行星的轨道按照大圆圈与小圆圈的结构层层嵌套，跳着圆舞曲一般，以地球为中心运动。宇宙的引力，违背简洁原则，给予地球最高贵的位置，一定有其高贵缘由。

现在，它不这么想了。它已孑然一身，再也没有同类的陪伴。

七十三年前，人类登上木卫一，宇航使节亲昵地称其为"艾欧"，说拉丁字母大写分别为"I"与"O"，连在一起很像"1"与"0"，如同二进制数位，是所有信号的基础，也是塔罗斯人的生命基础。这是荒谬推想。塔罗斯对世界的理解不是阴与阳，黑与白，是与非。塔罗斯的生命节律源自木星系统潮汐引力的复杂拉扯，不能简化。它与同伴曾听从人类指示，利用简化的模型和认知体系，探索木星，纷纷落入无尽滚动的大气，只有几个被捞了回来。它们告诉人类他们的错误，人类科学家大概明白了，人类使节的外交辞令不明白。塔罗斯们就这样欢迎人类，第一次见证人类，对人类的热情早已消磨殆尽，人类飞行器又为它们引入疾病，只有它挺了过来。人类说这是奇点，是进化的先兆。

它适应了人类的概念袭击，在神经系统构建两套墙体，一套用来抵御，一套用来筛选。两者同时作用，处理人类宣传与鼓动的辞令，分析人类的知识与共情的交流。

发现卡不到一小时，它经历了一次拉普拉斯共振。它偷偷加强磁场扰动，位于木卫三人类使馆的通信两天后才恢复通畅。人类没用加急频道，卡或许无足轻重。塔罗斯没搜到卡的信息。它将卡脖子的名牌挂到熔岩洞洞口，蚀刻的大写"K"象征了人的躯壳，反射黄铜色光亮。

红色灯闪烁。它触碰接通键。使节问到卡。塔罗斯展示已被腐蚀得不成样子的救生舱。

"像半个烂鸡蛋壳。"使节评价道。

"没错，你说的人就像烂蛋心，来不及烤熟，来不及发臭，就随熔岩流熔化得干干净净了。"塔罗斯回答。

"也好，"使节若有所思，"还是请收集所有残骸和信息，送到我这里。"

"逃亡者吗？还是流浪者？"

"都是，他就是那种相信太阳才是宇宙中心的人，说地球围绕太阳，就像你围绕木星。"

它发现使节正通过通信设备，观察它体内的电流节律，所幸他们不够了解它，它能控制，它的本能恰好与人类相反。它的振动透出友善且无知的信号。使节不再试探，说了些套话，掐断链接。

塔罗斯回身。卡不见了。它走到洞口。卡蹲在那儿，望着木星。

"宙斯。"卡说，"你围绕它旋转。"

2

塔罗斯花了些心思，教会卡如何将自己藏起来，如何适应木卫一的恶劣气候。

最开始，塔罗斯一开口，卡就笑个不停，完全无法集中精力。它耐心耗尽，丢给卡《木星系统生存》数据条，让他自行学习。人类的指南总漏洞百出，卡需要吃点亏，才能明白自己的处境。它不让他离开洞穴。它看着他在洞里蹦来蹦去，到处探索，由于不适应重力，撞到尖锐的石柱。事实证明，卡经验不足，但拥有足够强的生存能力，像刚离开母亲独立生活的小动物，跌得浑身是伤，也能完完整整地活下来。他终于将数据条阅读完毕，找到与木卫一匹配的透明胶质配方，躲进塔罗斯弄的安全舱。他为自己注射麻药，笨手笨脚地缝合伤口，笑嘻嘻探出头，问塔罗斯，随身提箱在哪里，似乎早已知晓塔罗斯会将他的宝贝藏好。他没责备塔罗斯将黑匣子提箱翻得乱七八糟。他迅速搜集散落的零碎部件，装配出一套廉价胶质仪。

猞猁学派

胶质仪即蛋白质级别的组合仪，能将硅基纳米机器人与碳基生物的体液配比，形成覆盖人体表面的活性物质。只要气层内外压不超过可控阈值，人类便可抛弃宇航服，涂抹胶质，行走于太阳系大部分行星与卫星之上。戴上呼吸机，注射营养物质，即可保证基础生存。

　　卡调配胶质试剂，迅速揭下身体表面已有胶质层，好似褪了一层皮，然后直接抓起软管，利用虹吸效应，为自己倾倒胶质。他制作的试剂属伪劣产品，没有足够表面黏性与张力，没能成功附着全身。他摸出随身的小刷子，一点一点蘸着漏到地面的胶液，补齐所有缺口。看得出，他算好了用量，不愿浪费任何试剂。他花了很久，才把所有胶体手动抹匀，等着胶体稳定、成膜。最后，他得意地伸直臂膀，向塔罗斯展示他的杰出工艺，刚迈出安全舱，指尖的胶体就烧化了。

　　卡蜷缩回透明舱体，抱怨说："比我想象中危险。"

　　"你比我想象中危险。"塔罗斯摇头，"居然用那种胶质仪离开地球，偷渡到火星，飞到这里。真正适应木卫一的胶体还没发明。"

　　卡又笑起来："因为我的运气用尽了，只能落到这里。"

　　"不，你的最终目标不在这儿，你需要一个中继站，只有我可能支持你。"

　　"你知道你的声音像劣质电音吗？你看你长得像黑色巨神，说话却像电子匹诺曹。"

　　"我用电磁发音，和人类不一样。你再笑，就拉断你的声带。"

　　卡咬住嘴唇，表情还在笑。他终于故作正色："帮我调胶质？我能让你的声音变正常。"

　　塔罗斯不为所动。

　　"我能让你拥有所有电磁频道的频率。"

　　塔罗斯点头，敲击安全舱："我能让你自由穿梭于外太阳系。"

　　他们就这样达成最初协议。

塔罗斯的处理方式很简单。它清楚木卫一的岩体构成，木卫一每一座火山的节律，甚至能通过复杂的木星系统磁场，提前预知即将撞击木卫一的陨石。它搜集惰性物质，加入卡的胶体仪，还帮他设计了便携的微型磁场校准，随时戴于手腕。它带着卡离开洞穴，小心地躲在火山喷发后遮天蔽日的厚重物质下面，教他如何根据火山灰与岩浆，分析化学构成，随时调控胶质配比。它还告诉他人类远程监控的漏洞与盲点，好让卡能在木卫一表面自由活动，又不被发现。

卡头脑好使，很快学会了干扰身体周围磁场，改变体外胶质的折射率，让自己完全隐身于木卫一的监测卫星之下。按照塔罗斯的估计，很长一段时间内，人类不会知道卡还活着。而好奇心是卡的软肋。他还不了解木卫一的节律就爬到火山口，被突然喷发的小家伙吹到十几千米高空。塔罗斯及时将他捞回来。黄色、白色、绿色物质彩绘一般盖满山体与卡。他激动地发出毫无节律的声音，全然忘记自己刚在死亡边缘转了一圈。一个地球月后，他学乖了。塔罗斯也获得了与人类长久相处的经验，学会了人类声音的节律。卡说它的发声机理更像一个电子合成器。塔罗斯便调整体内器官切割磁感线的方式，给自己加了一个拾音器，找到诸多新玩法。它的发声更丰富了，开始直接同卡对话，不再热衷于接入屏幕侧面的电磁信号与人类交流。

他们都知道，他们形成的默契不是来自沟通，而源自同时避而不谈的问题。卡没问塔罗斯为何救他，帮他学习木星系统的种种规律。塔罗斯也从来不问为何卡实打实地相信，太阳才是宇宙中心。卡凝视木星的眼神，像直接凝视世间真理。塔罗斯也不问卡的宇宙观。

直到有一天，卡终于打开他的小黑箱。箱子表面画了木星与它的四颗卫星。箱子一直藏在救生舱的黑匣子里。塔罗斯拆卸救生舱时，发现有两个黑匣子，一个存储无关紧要的信息，一个是真正的黑匣子，同时附着一个高强度保险箱。它编了些谎话，上交了那个无关紧要的黑匣子。它一直没真正碰黑箱。卡用自己的DNA解码黑匣子，又用DNA与木卫一星图的特定结构，解码黑箱中的小皮箱。塔罗斯发出惊讶的声音。卡毫不避讳，小心整理皮箱中的物品：一本纸质《潮汐对话》，一枚塔罗斯没见过的、看来非常高级的光学测量仪，一套透镜，一大沓手抄笔记，一个小布袋。

塔罗斯问："如果你到不了木卫一，这箱子能存多久？"

"直到我的继任者接手。"

"都是日心说的信徒？"

"我们称自己为猞猁学派。"

"什么？"

卡狡黠地笑了。他从小布袋内掏出几枚金属徽章。灰色的猫科动物侧过头，直视塔罗斯。他稍加晃动，徽章表面便投射出一只活生生的立体动物。灰色皮毛，黑色纹路，体态与比例介于家猫与狮虎之间，浑身肌肉紧绷，蓄势待发，目光锐利。

"这是猞猁，地球有很多，散布在不同地方。"卡解释，"伽利略年轻的时候，在佛罗伦萨加入过一个名为猞猁的学派。学派以信仰科学著称，要像猞猁一样睿智、警觉，用双眼捕捉任何自然真理。"

他拉开安全舱一条缝，迅速丢一枚徽章给塔罗斯。塔罗斯接住，将徽章尖锐的别针掰断，用粗糙的金属手指将背面磨平，调整体内电磁通路，小徽章"吧嗒"一声，吸附到左边胸口。

"不错。"它点头，发现徽章与皮肤极其贴合，"专门为我设计的？"

"我的继任者是木卫系统生物圈的观察员。她喜欢你和克拉肯。她知道你体内的元素如何运作。我很高兴你喜欢这枚徽章。"

"人类给了我知识，害死我同伴，并没有为我设计过礼物。"塔罗斯若有所思，"我应该带你见见克拉肯。它是个不错的大家伙。"

卡兴奋地笑了，他今天的任务不仅是递交猞猁学派的礼物。他从小布袋内掏出两只小木盒，郑重放到面前，又将调配好的胶质与一套实验工具搁在手边，为整个安全舱消毒，而后戴上面罩。

它依次打开两只小木盒，分别是两只密封玻璃器皿。塔罗斯忍不住凑近安全舱，整个面庞贴上玻璃体。

很好。它悻悻地想。两节人类手指。

一节中指，一节食指，泡在变色的渗胶质福尔马林中。它用目光分析成分，意识到手指的主人来自六七百年前，多半亡于17世纪。它震惊地、死死地盯着卡。卡没再看它。

卡拧开容器，取出指节，对待圣物似的，用棉球蘸上混合清洁液，将骨头清理得白如象牙。他清空容器，倒入新调配的胶质，重新将指节放进去，小心拧紧磨砂玻璃盖，又加了几重封合。一套流程下来，古老的指节能再保存六七百年。

"伽利略的遗物。"卡说。

这一回，卡毫不怜惜胶体，只为让伽利略的指节们得到最好的化学配比与封存状态。它们能离开安全舱吗？能暴露在木卫一的大气中吗？是否能通过胶体的包裹，飘浮在真空当中？

塔罗斯双臂交叠，等了很久，卡才走出安全舱。出乎意料，卡眼眶红红的。胶体糊住的眼睛不适合流泪，泪水会滞留在眼眶周围，若干小时才能吸收。卡的眼眶迅速肿起来。塔罗斯垮下肩膀，暂时放弃追问卡。卡却说，他想地球了。塔罗斯猜，他思念的是那小小的猞猁学派。卡提到落日时分的佛罗伦萨，反射昔日余晖的主教堂穹顶。他跑过阴凉狭窄的石头街道，跑过托斯卡纳低矮的树丛，公墓里总是树木繁茂，猞猁学派一直将伽利略的坟保存完好。离开地球的前一个夜晚，他仍是佛罗伦萨托勒密天文博物馆的守夜人。他的脚步声在长长的走廊中回响，两侧是由技术升华为艺术的百年前的仪器。人类后来承认了伽利略的部分功勋，包括惯性、木星卫星与望远镜。他们将他的尸体迁出公墓，迁入圣心教堂，途中他的两节手指跌落。他们将之封存，在21世纪，移入纪念托勒密的博物馆。卡按照计划，打碎陈列玻璃，取走两个指节，趁着夜色，逃离博物馆。博物馆在乌菲兹后面，他转过街道，就能纵身跃入阿尔诺河。那一夜，河水涨到最高，她和他装作旅客，撑着船穿过旧桥，离开佛罗伦萨市区，月色下像穿越了生与死的冥河，晨光中似乎抵达了另外一种彼岸。

塔罗斯理解卡的心情。它也思念旧日的同伴。它将卡带到族人的小小圣地，位于木卫一极冠附近。千百年来，不论火山灰如何改变木卫一地貌，突出的高地总拥有最高的景观。塔罗斯指向天空。从木卫一的这个角度，你能发现木星暗淡的、难以被人类观测到的光环。相反，光环此时此刻异常明亮，木星的小卫星在上面留下长长的影子。木星则像一位来自上古时代，已被尘世忘怀的寂寞神祇，显出温和光辉，笼罩广袤空间，用电与磁温暖塔罗斯的心脏。卡的眼角再一次变红，脸上的笑容塔罗斯没在其他人类那里见过。

3

三个月后，使节联系塔罗斯。他一转公事公办的语气，要求塔罗斯迅速浏览材料，与他对接。

"他们的目标是原动天。"他面带愠色，"他们想穿过恒星天，去原动天。"

"旅行者号系列都被弹回来了。"塔罗斯很好奇，"怎么可能穿过太阳系？"

"皇家学会没给我们全部信息。NASA 和中国五院各有各的说法。关于恒星天空间折叠的方式都只在理论阶段。塔罗斯先生，理论的想象力五花八门。只要有一点可能性，就是危险的！"使节难以控制自己的情绪，草草结束通话。

使节是那一类略显古板的意大利人，信奉但丁，厌恶维科，像个圣方济会的苦行僧。他很早移居英国，获得皇家科学院荣誉，后来由于人事纠葛，派驻木星系统。没人真正愿意到距地球如此遥远的地方。量子通信能让你实时与地球沟通，空间跨度与宇航交通迭代的滞后，让你很可能一去无回。英国人最早将太阳系比喻为新殖民时代。美国人则将其视为第二次西部拓荒。天主教认为离开地球的人都具有传教士精神。使节花了十八年才抵达木星系统。彼时休眠系统尚不完备，使节彻底安定下来，已具老态。他不准备回地球了。他的确具有奉献精神。他信奉上帝，相信宇宙中自有神祇，控制着引力与星球运行的轨道。他认为《神曲》真正描绘了人类探索宇宙的过程，来自地狱、抵达人间，终将离开地球，一层一层攀登阶梯状的星系天层：月球天、水星天、金星天、太阳天、火星天、木星天、土星天、恒星天，只有被神选中的人，才能越过恒星天，抵达原动天，一睹由千层玫瑰包裹的光辉又神秘的创世神祇。亚里士多德一托勒密宇宙系统沿用至今，在很多地方不符合简洁的已知物理定律，而现实如此，在世界眼中，这更证明了宇宙神性。

有趣的是，20世纪后，科学精神与不可知论当道，很多人都想知道恒星天外的机制，但不是所有人都相信万事被他者操纵。太阳系又多了天王星天与海王星天。21世纪初，人类将冥王星归结为柯伊伯天中小行星带的一层运动轨迹。世界的格局不停变动，人类仍处于宇宙的中心。当人类无法看清宇宙之外的东西，总有人对自己本身的地位产生无尽怀疑。使节一直坚定不移，总对塔罗斯强调人神同构，只有选中之人才能跨过恒星天，一窥原动天。他选择木星系统，就是为将来之人铺平道路。他绝不允许名为猞猁的猫科动物学派捷足先登。

塔罗斯打开全息文件，半透明影像投射到木卫一灼热滚动的气流里，不住颤动。第一份文件从真实角度记录了卡逃离地球的过程。没有他自己描绘的那么顺利。他笨手笨脚地穿过托勒密天文博物馆走廊，忘记关闭所有监视器，最内层加密设备记录了他的盗窃过程。他走近存放伽利略遗骸的玻璃器皿，露出犯热病一般的表情。他利用守夜人权限，取走两枚指节，然后警铃大作，显然出乎他意料。他逃走时碰坏了伽利略的惯性仪，一大一小两颗木质球肩并肩，顺着走廊滚向正门。卡跌跌撞撞跟着往前跑，迈出博物馆大门。以后的影像记录不再精准。佛罗伦萨古城保护法造成很多监控死角。猞猁学派成员做了接应和信号干扰。卡沿河道被送出托斯卡纳大区，在比萨附近的海边乘私人梭形潜艇，直接离境，跨过地中海，抵达北非沿岸。塔罗斯不常收到关于地球战乱地带的信息。干燥的热浪似乎能煮化沙砾。视野之内全是灼人眼目的黄色，只有远处一线与天空色调混在一起的蓝色海洋。一排排指向天际的发射塔让塔罗斯想起人类为木卫一绘制的未来蓝图。卡跌跌撞撞收好包裹，做好防护，吻别他的朋友，一个姜红色头发满脸雀斑的姑娘。用以发射民用卫星群的火箭没有专业维生设备，卡躺入舱体，直接进入休眠。塔罗斯一直以为卡参与了飞行器运行的多重变轨。事实上，卡什么都没做。他沉睡期间，小小的飞行器脱离火箭，反复调整轨道，撞向无人空间站，巧妙地嵌入其中。预先设置的软性机械臂伸出飞行器，占领空间站，使用空间站，让空间站脱离轨道。这一怪异的嵌合体在近地轨道滚动，搜集并拆解周围卫星，获取所需的设备及动力，然后上升、上升，抵达远地轨道。时机成熟，它点火，它捕捉了旅行者十九号。按计划，旅行者十九号将沿旅行者一号路线，跟随先驱脚步，再次向太阳系边缘进发。它就这样与旅行者十九号一起，以其他飞行器难以企及的速度，飞离地球范围。

第二份文件关于猞猁学派，从古老的手稿到复杂的加密信息。伽利略在世时支持哥白尼。发现木星四颗主要卫星后，他仔细观察木卫系统轨道，认定其类似于月球绕地的方式。他数次希望出版《潮汐对话》，详细分析地心说的疑点，都被压制。猞猁学派则通过口耳相传与厚实的羊皮卷，传播日心说论据。很快，伽利略在欧洲大陆获得诸多支持。公元1632年，厚厚的《潮汐对话》终于出版。书中三人是托勒密、哥白尼与他自己的托名。伽利略想象自己与哥白尼联手，跨越时空，对托勒密及他所继承的亚里士多德进行质疑和挖苦。年事已高的伽利略并没有畏首畏尾，相反，他的用意过于讥诮明显，很快被教内人士指责，人们受教会煽动，教皇方才醒悟，将老迈的伽利略弄到罗马，定了罪，保下命。在意大利，伽利略的支持者被送上绞架，绝大部分《潮汐对话》被销毁，所幸，远在欧洲西北的猞猁学派未经波及。十年后，伽利略弥留之际，来自西方与东方的学者纷纷抵达佛罗伦萨，发誓将教导后人，让猞猁学派长存，让《潮汐对话》一直流传，直到全世界的人都相信地球围绕太阳旋转。伽利略的手覆上书的封面，轻轻叹息，随后与世长辞。

整整两个世纪，猞猁学派似乎销声匿迹，直到微积分建立，莱布尼茨与牛顿关于微积分的公案尘埃落定，研究者才发现，莱布尼茨出任普鲁士科学院院长前，已是猞猁学派成员。他写给学派的手稿声称，上帝创造了无数可能的世界，他或许选择了最好的一个，视之为天堂，但那不是我们的宇宙。我们的地心宇宙恰好是他较为失败的例子，我们这批人类，恰好是他较为失败的子民。而在以太阳为中心，或以其他事物为中心的宇宙中，人类一直向外追求着更好的世界，从未被狭隘的恒星天困住。

微积分建立后，现代的宇宙学真正诞生，伽利略的成就被重新评估，猞猁学派重新浮出水面，不再被视为地球上最为神秘的地下教派。到了20世纪，越来越多的学者在晚年承认他们属于猞猁学派。爱因斯坦是其中之一。他试图用广义相对论阐释行星在运行中复杂的变轨行为，说这是空间经历了复杂折叠后的效果。身为贵格派实为猞猁成员的艾丁顿于"二战"时去了非洲，证明了爱因斯坦的空间折叠理论，引发了更多复杂的争论。有人开始推测，星星和银河不是镶嵌在恒星天上，偶有位移的装饰物，而是类似于太阳的遥远恒星。可惜人类望远镜被恒星天挡住，只能看见星星模糊的影子。旅行者号花了几十年，终于飞到柯伊伯带，然后如夜空中运动的火星，像被弹回来一样，突然掉转头，开始逆行，似乎踏上了另一条编制好的轨迹，一直往回返，脱离人类控制，直到被小行星撞成碎片。自那以后，学界便不相信恒星天外广阔的世界了。后来，师承爱因斯坦的物理学家玻姆说，古希腊人曾仔细观察夜空，试图从永恒的图景中发现命运奥秘，他们发现了恒星从不按规矩运动，它们四处流窜，到处徘徊，他们称它们为行星。古希腊语中，行星是"流浪者"的意思。玻姆认为，"流浪者们"并不真正在流浪，它们有着更为恒定的轨迹，更接近科学的意志，只是我们尚不知晓。不出塔罗斯意料，玻姆也属于猞猁学派。

第三份文件更像一封密信，收件人塔罗斯。它感到忐忑，视频信件录得很急，加密有问题，已被破解，其中应含有详细的轨道计算图，也被截获，塔罗斯找不到，看来使节不准备给他看。画面中的红发姑娘右耳被烧去半只，右肩连同右胳膊也没了。她的小飞船刚遭受袭击。舱体应急防护疯狂闪烁，能量即将告罄。红色背景和红色创伤吞噬了她姜红色的头发。她的面庞显得更加清晰。她的声音断断续续的，好在塔罗斯懂得分辨被电磁信号扭曲的人声。她脸上带有濒临死亡的惊恐与急切，开口时，整个人却镇定下来。

"塔罗斯先生，"她如此开场，"我是卡的继任者。三个月前，他坠入木卫一，是您找到他的残骸，将一切交还木卫使节。相信您没递交全部信息，否则我不会有机会重复卡的伎俩。可是，您也看到了，我的生命还剩不到五分钟。卡的路线是最完美的，利用引力弹弓，在火星、木星和天王星加速，穿过柯伊伯天，抵达太阳风的尽头。猞猁学派的科学家们相信，奥尔特星云天的时间和空间并不平均，波及范围穿透了柯伊伯，先驱者号们和旅行者号们才被弹回来。我们其实在卡的舱体内存了足够燃料，让他省着用，当他接近柯伊伯，就可以开足马力，进行变轨，这样才能顺利穿过时空极度扭曲的柯伊伯和奥尔特。但他在火星和小行星带遭受太多拦截，飞船智能系统动用储备能量，才让他掉到木卫一上。这是我们的方案二，万一行程不顺，他就放弃木星引力弹弓加速，直接降落木卫一，向您求助。我们计算过,自他出发四个月,以木卫一为第二起点,经由土星和海王星加速,还能以地球人类难以追赶的速度,接近柯伊伯天。可惜卡死了,我也快要、马上就能见到他了。再次穿越太阳系的机会是几十年后。说实话,我不知道我们还有没有机会。但是您有。向您发信息是冒险,有暴露所有计划的可能,不过,还有其他选择吗?在封闭的地心宇宙,我们本就没什么选择。我会附上我们计算过的所有合理轨道,总有一条适合您的境况。您可以代替卡,尝试成为第一个接近太阳系边缘的人,成为第一个穿越太阳系的人,不,生命。您有离开的动机。您的同族都死了,死在错误的木星轨道计算和错误的人类信息病毒上。您比我们更想离开。我希望您顺利。我这样将所有重担和信息都留给您,很不礼貌。我不希望在另一个世界见到您。"她最后顿了顿,开始神志不清,"万一卡还活着,告诉他,让他先走,更好。"她咬紧下唇,垂下头,加密,发送信息。很明显,时间不够,画面炸成一片白光,全息图像应声而碎。塔罗斯重新面对空荡荡的木卫一岩洞。

它张开心灵网络,透过电磁波动,找到卡。卡在它的储藏室里,正鼓捣塔罗斯搜集的人类废弃小型驾驶舱和仪器。

他准备离开。塔罗斯想。

他清楚我的生理机制,本就准备叫上我一起走。

他不会有后继者了。

4

"——我将离开太阳系的中心,地球,我将徒步穿越太阳系,我将跨过恒星的界限,找到那宇宙的万有引力的根源。"卡关闭猞猁学派的誓言滚动条,转向塔罗斯,"我设计好了,你就是推进器。"他兴冲冲地告诉它:"只要轨道正确,我们就可以带电加速,离开木

　　　猞猁学派

卫一，通过土星和海王星的时候，再加两次速，就能获得足够速度，比我一个人行程的速度还快。这样在柯伊伯和奥尔特变轨所需的燃料就能减半。"

"为什么觉得我会跟你走？"塔罗斯故意问。

"你早就想走。"

塔罗斯盯着卡不说话。

"对不起，没有你我走不了。"他迅速投降，"骗你不好，人类骗你太多了，我们坦诚相待。你有什么秘密也告诉我。"他又打开小黑匣子，一枚记录太阳系轨道的投射球，设计参考了古老样式，像一枚预知未来的水晶。他轻轻转动球体，太阳系以其为中心展开，中间是地球，一层一层的行星轨道围绕地球铺设，它们时而正行、时而逆行，在不同天空区徘徊。太阳也围着地球转，金星火星每次擦过太阳，看上去都有被吞没的危险。最好看的是小行星天和柯伊伯天。行星轨道复杂的螺旋形状只有借人工图像才能观察。小行星区和柯伊伯区不一样，连绵的大小星体组成一环按规律回旋折叠的致密带子，围着地球整齐运动，同木星系统整齐的环形轨道不一样。塔罗斯喜欢这番复杂景象。

微缩太阳系继续生长，奥尔特星云天悄然展开，是塔罗斯没见过的形态。所有试图离开太阳系的探测器都在进入柯伊伯天引力范围内不久被弹出，对奥尔特星云的形态猜测变得五花八门。一派认为奥尔特和镶嵌在恒星天上的星星们一样，属于一面凝滞的引力墙，我们宇宙的边界到此为止，在那之外，便是《神曲》中属于神的原动天了。另一派则相信原动天距离我们还远，对原动天闪烁星星的观察，实际被奥尔特星云天遮挡。在奥尔特星云天的边界，在太阳风的尽头，宇宙仍以未知的方式运作。天文望远镜每每透过地球大气看星星，仍被模糊的时空波动阻挠。镜头中的星星似乎是太阳一样的恒星，一些能拉近一点距离，但仍模模糊糊、闪烁不定。卡的柯伊伯和奥尔特模型明显属后一派理论。漫长的区域经轨道计算，变成一堵厚厚的时空压缩墙，一道复杂的洋流图。里面的所有小星体沿着极其复杂的线路穿行，像人类城市的线路，像热带雨林的藤蔓。

"这就像地球上表面风平浪静，实际暗流涌动的海，不仅是海，是深海，像木星的气流，比木星大气还复杂。"卡说，"如果木星系统简洁的轨道是引力运作的基础模型，那么奥尔特星云天应该是太阳系引力折叠方式最复杂的地方。我们的探测器就是几乎没人掌舵的船，在平展展的柯伊伯天内侧，可以沿着引力线飘浮，到了奥尔特星云，就不行了，会被引力波动打翻。那儿就像复杂的水文区，不过，只要人工掌舵，就没问题。"

他转动手腕，金色亮点在木卫一表面出现。时间加速，木卫一每42.5小时绕木星一圈，金色亮点围绕木卫一旋转，拉出复杂的螺旋线条，速度越来越快。木卫一公转五次后，金色线条呈抛物状飞出木卫一，以巧妙角度切割磁感线，速度越来越快，直直飞出木星系统。时间也持续加速，金色线条飞过土星、飞过海王星，接近柯伊伯。它开始减速，开始变轨，找准方向，钻进大大小小的星体间。人类对柯伊伯星体研究比较透彻。金色线条宛如一条聪明的蛇，曲曲折折，甚至转了好几个圈，终于钻出柯伊伯天复杂的引力带，在奥尔特星云里，消失了踪迹。

"之后只能见机行事了。如果真是引力墙，我们就往回走，在冥王星附近躲起来。"

"你是舵手？"

"我祖上很多辈都是，我生在南太平洋。我们反复研究过通过柯伊伯的路径，我都背熟了。进入柯伊伯后，不可能有人能追上我们，我们可以慢点走，我熟悉熟悉环境，好应付奥尔特。相信我，我技术很好，在地球上是最好的。"

"不，地球太平静了，你不行，你需要更好的舵手，但不是我。"

"找不到更好的舵手了，而且，没有你，我没办法加速到理想状态！"

猞猁学派

"克拉肯，全太阳系最好的舵手。如果你的奥尔特星云模型错误，它就是全宇宙最好的舵手。"

"能见到克拉肯？"卡兴奋得双眼放光，"我能见到克拉肯！"

"它愿意见你。我和它沟通了。"

"天哪，我可以去木星的海洋了！"他手舞足蹈一阵，才反应过来，"——你主动帮我？"

塔罗斯点头，胸腔中发出稳定的白噪音，它选择能舒缓人类情绪的频段："你刚才说坦诚相待。这是被截获的加密信息。"它将两个信息条递给卡，"而这是我黑入使馆系统，找到的视频片段。"

它把东西放到卡手中，退到角落。卡先打开飞船坠落的视频。他的后继者用了自己的额外推进和轨道，没法像他一样借用旅行者十九号天然的行进轨迹，在抵达火星前被截获。飞行器规避抓捕的动作非常灵巧，直到燃料用尽，受到严重袭击，才被逼到死角。塔罗斯觉得她更像故意接受袭击，如果利用火星磁场，驾驶者可以规避击中动力中枢的致命火力。她大概不想被抓住。于是，滚滚燃烧的火球一直下跌，跌入火星稀薄的大气，在橙色平原中犁出一道深沟。

卡陷入全然震惊，表情呆滞几分钟，眼泪先于他意识的反射弧涌出来。他没马上开启加密信息。他跌跌撞撞走向黑匣子，掏出通信器。

"会暴露，你能帮我挡住吗？"他问。

"这是量子纠缠，我挡不住，我只存在于电磁感应里。"塔罗斯叹气，"想一想，我为什么从一开始就帮你。暴露是迟早的。我的错误在于，没有更早暴露你，这样，她就不会出发了。"

卡瞪着塔罗斯。通信器触发。地球已展开对猞猁学派的调查。三个月内，有大约三十条指向通信器的信息，从确认是否降落成功，到告知继任者出发，最后五条是学派发给所有成员的简信，指导如何保存或销毁相关知识，如何在切断联系的同时，继续学派研究。

塔罗斯感到木卫三检测系统警报接连响起，木星的磁感线为之震动，使节的紧急通信催促它的心脏。它掀开皮肤，将使馆的通信链接剥离肋骨。

卡没有察觉塔罗斯的行为。他读着猞猁学派今后十年的运作计划。按学派估计，不论信息是否被截获，塔罗斯都有能力通过电磁信号，获取内容。如果塔罗斯得到内容，赞同学派，在第二次正确的时间切口，用自己身体切割磁感线，经由木卫一的等离子体带加速，踏上既定路径，百年后，它便能抵达奥尔特星云天的边缘。如果理想情况实现，猞猁学派只需熬十年，便能见证理论是否正确。如果失败，就得等二百七十年后下一次连续引力弹弓加速的契机。到那时，人类宇航设备加速技术如继续提高，就可能超过引力弹弓的加速效应，猞猁学派不会再有机会独立行动。

塔罗斯一边计算使节的反应时间，一边感知卡的大脑电波。有一瞬间，他的脑子飞快转动，塔罗斯估计他在思考自己是否已变成猞猁学派的最后机会。随后，他安静下来，打开红发姑娘的信息。飞行器爆炸的白光照亮他的面庞，周围光线恢复木卫一本来的样子。今天的星球并不活跃。硫磺气息缓慢地流动在他们之间。

"按计算，还得十天，才是最好的出发时机。"卡说，"但我们没时间了，对不对，使节能拦截我们。"

"你重修了飞行器，我看过，能用。"塔罗斯腹中发出狡黠的嘀嗒声，"而且，有了克拉肯，我们马上就能走。"

卡被嘀嗒声逗笑，他已熟悉了它的感情表达系统。然后他用手背挡住眼睛，说："给我十分钟。"他沿着墙壁蹲下，脑袋埋到膝间，整个人抽搐地哭起来。

塔罗斯数着秒。木卫一和木卫三现在恰好转到呈九十度方向，且距离持续拉远，使节暂时不会动作，等到绕过木星，转过一百八十度，才是木卫三驻军行动的最佳时机。它得在那之前把他们俩搞到克拉肯那儿，再利用等离子带。可惜卡的生理结构和它太不一样。它没法直接接入他的脑子沟通。它接通克拉肯。

遥远的深沉的声音在它心中响起。克拉肯透过它的眼睛，看见了哭泣的卡。

他是个不错的孩子。克拉肯说。他非常信任你，在这个时候释放感情。

塔罗斯点头。很有意思。塔罗斯只能用电和磁理解世界。它搞不定卡脑中的化学运作，似乎递质、蛋白质才是真正决定卡情绪的东西。克拉肯就能理解。它由氢和氦组成，靠曲折的引力维系。它知道化学物质的组成关系。或许它早就了解地球？比它更早知道人类的世界？

"让他振作起来。"塔罗斯对克拉肯说，"时间不多了。"

给他展示下来的路，就能理解。

"展示？"

因为你不想记得我见过的事情。

空气中深色颗粒转动，凝结，让出一个空洞，展现克拉肯视角，从木星深处向外看。根据气流状态，是七十年前。塔罗斯紧张起来。它看见有东西在向下落，越来越近，是它自己。木星的内热和辐射扰乱了它体内的平衡机制，旋涡深层的气流柱冲击它的躯体，它完全无法控制。更多黑点出现，是它的同伴。人类发起的木星探测计划看起来完美无缺，却完全忽视了塔罗斯们体内的电磁结构受木星影响。它意识到时，为时已晚，它的同伴们也已相继跃入复杂的深层涡流。它看见周围气流自发运动，形成柔软悬臂，伸向它，试图抓住它。可惜克拉肯密度太低，塔罗斯直接打穿了触手似的肢体。克拉肯的视野开始震动，它着急起来，越来越多的塔罗斯落入它视野。它认识它们。它在木星深处观察了它们很久。只是不清楚如何同它们建立联系。塔罗斯通过克拉肯的回忆，感到克拉肯变得焦虑、惊恐、悲伤，奋力伸出各种各样的枝枝杈杈，试图接住第一个跌落的塔罗斯，当它将所有触手叠在一起并重合时，塔罗斯才开始逐渐减缓跌落速度。塔罗斯的神志逐渐变清晰，逐渐找回四肢的节奏，它仍不断下落，但它感到了另外一种电与磁的源头。它沿着磁感线向下探出感知系统，发现了木星内核宏大的、液态的金属氢。它意识到那才是它们生命的源头，它看见它失控的同伴们一个接一个，纷纷落入金属氢的海洋，迅速失去形态，与万物的原初融为一体。

塔罗斯感受两种情绪，不，是三种，甚至四种。它终于想起了那时候的它自己，它陷入全然的惊诧与赞美，四肢托住磁感线，在克拉肯的帮助下，停留在距液态金属氢海洋几米的地方，欣赏浩瀚的高温与凝滞。它的思绪还连接着纷纷跌落的它的同伴。它们接触海洋时，有一些恐惧，然后是彻底的幸福与狂欢。它们接受了木星内核的拥抱，将整个精神都投入电与磁的海洋。塔罗斯被这种情绪深深鼓舞，伸出手，也想加入。此时，克拉肯学会了如何加强触手的密度。它紧紧抱住它，卷住它，把它往上拎。它则不断反抗，直到所有塔罗斯都落入氢的汪洋大海，它才意识到它们的死亡。克拉肯的意识开始渗入它的神经。塔罗斯左右四顾。克拉肯的忧伤覆盖了它。如果它不挣扎，克拉肯或许能捞出更多的它的同伴。它开始干号。克拉肯将它包裹起来，直到塔罗斯用尽力量，蜷缩着睡着，才将它一层一层送到木星表面。

这是克拉肯第一次获得稳定形态，也是人类第一次发现克拉肯。它浮出木星翻滚的气流，从巨大的红斑中爬出来，以吞没行星的气势，一层一层展开触手，跨越真空与卫星轨道，将塔罗斯递到木卫一表面。翻滚的火山喷发接住塔罗斯。

人类说它像上古的、来自北欧海洋的巨神。

人类称它为克拉肯。

5

卡看着塔罗斯们纷纷陨落，看着克拉肯第一次出现在木星表面，

　　　　　　　　　　　　　　猞猁学派

听见塔罗斯苏醒后的干号，最后塔罗斯的形象和他的身体重合在一起，回忆播放结束。火山在不远处爆发，空气中的颗粒变得浑浊、黏稠。塔罗斯和卡面面相觑。塔罗斯并不总喜欢克拉肯的远古智慧。

"克拉肯?"卡问。

"对，它想催你快些行动，它想让你了解我。"塔罗斯帮卡收起黑匣子，"现在木卫一和木卫二正在潮汐加热阶段，火山灰会喷到六千千米。我们借着它的掩护落到木星里。"

"我的胶质层适应不了木星深层大气，"卡一脸惊恐，"而且，这不符合学派计算的轨迹。"

"放心，我们能进入正确轨道。"

卡犹豫几秒，决定信任塔罗斯，转身消失在曲曲折折的火山溶洞当中，去启动飞行器。塔罗斯开始检测自己体征，摘下所有用于同人类沟通、接收人类信号的设备。它静静站立，调整环绕躯体的磁感线。

克拉肯的声音适时出现。

用人类的话，这叫孤注一掷。

"让我安静会儿，这是我最后一次享受木卫一的静电流。"

也是我的最后一次。

"你不留恋木星，你做梦都想去外面的世界。"

说得没错。

"谢谢你让我想起当时的情景。"

你从来不问我。

"这次，我们有足够的时间聊。"

从木星深处传来克拉肯遥远的、快乐的声音。

人类一直以为类似的电磁异动来自木星气流运动。声音越变越大，屏蔽整个木星通信环路，只有源自塔罗斯的磁感线能自由穿梭。它最后感受了高速围绕木星运转的母星，它爬出洞穴，开始向木卫一的极冠跳跃。木卫一和木卫二的潮汐刚过，和木卫三呈一百八十度角强力牵引。木卫一的北极发出淡淡红光，和木星磁层产生强力作用。它来到最心爱的火山口。那家伙疯子似的喷出硫磺与岩浆，在极光照耀和气流涌动下，迸发出橙色、黄色、绿色、棕色的斑点。

"我会想你的。"塔罗斯说。

它纵身跳入火山口，摆动身体，将体内电流引向特定方向，它的金属躯体开始主动切割磁感线。它借助向上气流一路攀爬，爬到了火山喷发的顶端。伞状流体在它脚下展开，再下面是木卫一新鲜的大地。

它爱这颗星球。

当它的同伴死去，当它获得更多人类的知识，它意识到木卫一的确是全太阳系最活跃的星球，比地球还热烈。每一天都有新火山爆发，每一天都有新陨石坠落，每一天星球表面的地形都会产生变化，每一天星球扬起的尘埃都能飞到星球引力之外，沿着轨道形成等离子的美妙的环路。它一直依赖木卫一轨道的等离子环，了解整个木星系统的运作。

伽利略的《潮汐对话》说：木星系统才是引力作用的标准形态，我们的地心宇宙并不真实，如果有恶魔作祟，遮蔽了人类视角，地心宇宙便是最大骗局之一。真实的太阳系模型只有两种可能，一种以太阳为中心，一种以木星为中心。我们需要找到方法，知晓哪一种更为正确。

塔罗斯在心里告诉伽利略：我已经找到方法了，甚至不需离开太阳系，我就能知道答案。

它本能地向东方看去，附近最高山峰超过珠穆朗玛峰，它已向卡发去信息，几分钟后，球形舱体从喷薄的火山中弹出来，越过深深的沟壑，继续向上飘，进入某种轨道。它听见卡快乐的吼叫。塔罗斯也跳起来，左胳膊左腿吸附金属舱体，右手指感知等离子的密度与电极方向。很快，它掌握了舱体与木卫一形成的等离子的环的耦合方式。它让舱体和它的表面带电，也形成环路，整个飞行器

猞猁学派

"嗖"一下飘出去，以非常自然的方式高速横向切割木星磁感线。塔罗斯加强电流，不断加强电流，他们的旋转速度越来越快，接近木卫三监测范围前，它向卡张开手臂，做出手势。卡扭转推进器，木星引力叠加，他们划了一个斜角，直接扎入木星大气。

漆黑的宇宙很快消失在身后。浓密的风暴包裹塔罗斯。它抱紧推进器，木星引力将它向下拉，跌破顶层气流，来到更为致密汹涌的深层结构。飞行器速度开始减弱，克拉肯的形态开始在四周显现。

塔罗斯比人类更了解克拉肯。如果说它是仰仗电与磁生存的金属生物，克拉肯则来自物质与引力。它从未仔细思考过克拉肯获得形态的缘由，直到卡抵达木卫一，它重新读了《潮汐对话》，塔罗斯才猜到其中机制。

"这就是克拉肯，我们在它当中。"塔罗斯说。

环绕他们的气流变成生物，变成可以理解的活生生的运动方式，最后就像人类神话中的上古怪兽，伸出无数触手，接住卡的飞行器和塔罗斯。

"它救我之前一直深藏在木星里面，观察着我们的宇宙，但无法得知自己是什么，应该获得什么形态。然后，你们人类根据它无意中获得的样子，称它为克拉肯。它也就越来越像图画书里的克拉肯了。"

塔罗斯抱着气流，几乎落到了明亮滚烫的金属氢海洋表面，它双手向下探，接触到洋流，然后手掌沉下去。和克拉肯变熟后，它经常下来。它的伙伴已经和液态海洋融为一体，它仍能通过链接，感受到它们快乐的影子。当然，今天它要做的事情不太一样。它体内的磁感线向内伸展，一层一层形成环路，一层一层往中心探去，整个金属海洋的波动都开始随着磁感线旋转。它感到，克拉肯的身体整个包裹木星内核。引力、强力、弱力，还有它的电磁力，一起综合作用。

它抬头。克拉肯的触角同时渗入卡的飞船。卡表现得很镇定。

克拉肯破坏舱门。卡身体表面的胶质层迅速解体。卡没有恐慌。克拉肯的触手迅速吸收了胶质层物质，然后裹住卡，在他身体表面重新配置了一层更加稀薄的膜。膜的构成不仅仅是化学物质，还包括电磁和引力的纠缠模式，让卡的身体成为一块真正的、相对独立的空间。塔罗斯就是依赖这层物质活了下来，学会自如地穿梭于宇宙。这是克拉肯的魔力，也是构成克拉肯的根本。

引力是空间折叠的方式，是隔绝的区域，只有通过物质运动形式，才能解开引力的奥秘。

当木卫一完整环绕木星第五圈，塔罗斯感受到木星外面的异动。人类飞行集群正高速靠近木星。木星的磁感范围越来越宏大，已触及土星轨道。它知道土星的人类应急方案也启动了。他们当然会焦虑。木星所有卫星的轨道都开始发生变化。现在木卫一环绕木星一圈，只需要四十二小时。

卡适应了附着于他表面的新膜，变为第一个在木星金属氢海洋表面行走的人类。克拉肯太稀薄，无法搅动金属。塔罗斯很容易直接陷进去。卡的物质组成刚刚好。他顺着海洋表面溜动，和克拉肯交换关于引力的知识，很快同克拉肯成为好友。

"这不是计划，是一个伟大的实验。"卡说，"但我还是想出去看看，离开太阳系。"

我也想，你的原计划不变，我们只需要随时修改引力轨道。

"乐意效劳。"

他们很快算出几套方案。

塔罗斯没跟他们说话。它平心静气，调节木星内核磁场流动，直到形成一个唯一的宏大的涡流，围绕中心旋转。

哦，我们的塔罗斯成功了。

"我来准备点火。"卡将能源层从飞船中切割而出，对准方向，"外面怎么样？"他问塔罗斯。

"严阵以待。"塔罗斯从腹腔中发出笑声，带动整个木星抽搐似

猞猁学派

的震动，"他们吓坏了。"

"如果计算正确，点燃后五小时，就能看出我们宇宙真实的运行轨迹。我那以后再休眠。"

很可惜。塔罗斯不是一个聊天好伙伴。

"的确可惜。"塔罗斯用指尖为能源层充电。正二十面体形状的物体逐渐变亮、变热，然后一头扎入浩瀚的金属氢海洋，泛起越来越多的涟漪和旋涡。"一小时后抵达内核并引燃。"

我们出发。

克拉肯所有身体都兴奋地摆动起来。它和卡都不留恋自己的家乡。这是它们的相似点。卡钻入飞行舱，不再需要防护服。塔罗斯终于将双手抽离液态海洋。大海温度开始变高，双手的氢迅速蒸发为气体。它再次将自己粘上飞行舱表面。越来越多的氢与氦加入克拉肯身体，成为它体内的物质，它的轮廓越来越清晰，的确像人类神话中北欧海洋的巨型异兽。

它用无数触手将塔罗斯和卡包裹起来，按照木星气流的运动，找到了最大的上升旋涡。木星的内在结构发生巨大变化，大红斑不再是首屈一指的涡流。塔罗斯听见人类的警报。克拉肯的体积越来越大。它的一部分触手一定已爬出了木星表面。它带着他们迅速上升。塔罗斯的身体开始因为疯狂切割磁感线而生成无数复杂电流。它的情绪也变得激动起来。它的神志从几十天的工作中恢复，真正开始体验自己即将离开木星内核，即将离开木星系统，离开太阳系。透过克拉肯的波动，它的神志与克拉肯和卡的连接越来越紧密。它被他们的情绪感染。

接近木星表面，克拉肯动作变缓，像一只破茧而出的蝴蝶，一只第一次爬出母巢的软体动物。不，它并不柔软。它由氢与氦构成的身体几乎看不到质感，它身上隐隐约约的颜色都由其他微量元素构成，在木星内不明显，在宇宙漆黑的穹顶下，终于显出宏大形态。它带着飞行舱涌出紫红色的巨大旋涡，搅动了所有的近木星轨道。

塔罗斯透过克拉肯的手臂，看到星星点点的无数光芒。人类只想拦截它和卡，想不到克拉肯会倾巢而出。它想起使节曾梦想人类去穿透无数星光，去攀援所有行星的轨道，去抵达无穷无尽的原动天。

真正能攀援引力轨道的只有克拉肯。真正能切割磁感线的只有塔罗斯。人类提供了宇宙的模型。

塔罗斯向下看。克拉肯小心翼翼将自己的身体抽离木星。木星越来越热了，木星的大气流动也越来越疯狂。它感受到人类的通信器一片混乱。它四处观望。木卫二转了过来，表面冰层完整碎成五块，冰层下的海洋喷薄着离开轨道，蒸发为气体，内核的熔岩翻滚而出。它伸出感知的触角。它的母星还在木星另一侧。所有的火山都在喷发。克拉肯将最后一条臂膀抽离木星时，木卫一解体，变成一条橙黄色碎片带，等离子环加强，电与磁的波动一瞬间抵达塔罗斯心脏。它剧烈颤抖起来，等离子环也变得不再稳定。

我们需要你加速。

塔罗斯四肢贴紧飞行舱，带动整个球体的环流电。

它说："你们抱紧了。"

卡调整安全带，让自己紧紧贴在座椅上。克拉肯的体积开始迅速收缩，身体致密起来，上古神的形态越来越明显，几乎把塔罗斯和卡裹住。卡说："我看不见了！"塔罗斯只有接通电磁通信，黑入人类视角，投射到舱体内屏幕中。木星开始膨胀，近木卫星纷纷碎裂、异动，人类顾不上其他，将所有镜头对准克拉肯。克拉肯躯体表面稠密的风暴和木星一模一样。它真实的样子非常美丽。

然后，塔罗斯体内的电流加速超过阈值，舱体沿着等离子环弹了出去，像进入加速轨道，疯狂地沿弧线挺进。克拉肯紧紧抱着船舱，身体被扯得有些变形。一些物质从它体内掉出去。它兴奋地发出"呼噜呼噜"声音，带动磁力与引力波同时作用，传到人类接收器，分裂成尖锐的或者低沉的轰鸣。卡惊呆了。他没想到计划造成如此宏大的影响。塔罗斯隔绝了人类通信内部的哀号。

木星异动越来越明显。塔罗斯感受到来自木星深处的爆炸。核聚变最初的链条开始，从氢变氦，热量与能量由内向外迸发。塔罗斯听见距离使节最近的科学家意识到事情原委。然而为时已晚。克拉肯全身上下的元素都开始颤抖。

　　就是现在。克拉肯告诉塔罗斯。

　　而塔罗斯已减弱体内电流。高速运转的舱体脱离木卫一等离子环，径直向木星系统外面飞。塔罗斯继续调试电流。它们以更为圆滑的状态切割磁感线。木星的磁场被太阳风吹拂，能扫过土星轨道。按计划，它们能一直借由磁场加速，抵达近土星范围，再利用引力弹弓加速。

　　如果太阳系的轨道保持稳定。

　　第一缕强光从木星内部爆发出来，几秒钟后，整个木星变得像太阳一样明亮。木卫四轨道以内的万物都燃烧殆尽。木卫四变得滚烫。木星的构成和太阳相似，木星的质量足够成为一颗恒星。《潮汐对话》不仅包含伽利略的预言，也包含了猞猁学派学者们的设想。玻姆曾假设，如果木星系统象征了引力运作的真正方式，当我们点燃木星，太阳系的轨道是否会显现真正样态？

　　他们离开木星的速度越来越快，克拉肯张开它的身体，让塔罗斯与卡一睹明亮的木恒星的光彩。它确实像太阳一样，在外太阳系彰显了自己的引力范围。塔罗斯被耀眼的光芒深深迷住。它从未如此近距离观察恒星。

　　卡盯着木恒星，突然醒悟。他解开安全带，飘着钻入保险箱，找到黑匣子，打开加密通信，一道复杂的光线投射到空中，逐渐稳定。塔罗斯和克拉肯同时将目光转向舱内。

　　这是一个太阳系模型，由猞猁学派成员实时调整。随着木星被点燃，成为新的恒星。太阳系的轨道开始悄然变化。太阳和木恒星之间的作用迅速加强，所有的星体轨道开始被它们拉扯。

　　"他们已算出了新的演化模型。"卡一边敲击空气中的数字，一边解释，"按照《潮汐对话》，我们理应在一个日心宇宙中，由于空间扭结，地球才处于中心。而当木星成为另一个恒星，我们将拥有一个日—木恒星双星系统。那么，整个既有的地心空间扭结将被打破。"

他抬头，加速的模型演化开始预演，地球微微偏离了其中心位置，逐渐靠向太阳。水星与金星开始变轨，围绕太阳旋转。小行星带则整个向木恒星盘曲、靠拢。土星与木星之间形成巨大张力。火星则夹在太阳与木恒星之间，开始向外层轨道溜动。

它们身后，木星发出第二次爆炸，整个热核聚变启动，太阳系变得空前明亮。

"按现在的计算，太阳和木恒星之间会形成巨大的潮汐拉力，地球夹在中间，和其他行星互动，会被反复加热，变得像木卫一一样。"

6

"——宇宙的引力有如潮汐，有时涨潮，有时落潮，看似有规律，永远不会有定数。而当你扬帆启程，深入浩瀚的引力海洋，你永远不会知晓整个宇宙的引力潮汐规律。你只能知道目之所及的海域。你能做的，只有不断变换掌舵的思路，尽可能往远走，离开地球，离开太阳系，去看一看真正的宇宙。"

卡休眠期间，塔罗斯加入猞猁学派。它受到来自同僚的指导，第一次感到和人类学者平等交流的滋味。外太阳系旅程比预料中漫长，它们花了十五年才抵达柯伊伯天。如今，人类已不再用托勒密的方式形容太阳系了。柯伊伯天改称为柯伊伯带。每个行星获得了独立轨道，不再是《神曲》中围绕地球的天穹。地球仍一片混乱，相反，猞猁学派获得了更多的生存机会和资源。按学派成员计算，

猞猁学派

水星与金星仍属于太阳，金星表面的活动更加剧烈了。火星轨道变得比以前飘忽不定，飞到了太阳势力的外围，如不出意外，很可能被木恒星捕获，成为木恒星最大的卫星。或者，准确地说，行星。当木星成为恒星，它的子民们也变为太阳—木恒星系的行星了。木卫一解体，木卫二蒸发，木卫三留下岩石内核，木卫四变得更加活跃。千百万年后，整个木恒星体系会变得更加富饶。地球夹在两个恒星之间，率先丢失了月亮。月球离开地球引力范围，可能飘得比火星还远，或许直到柯伊伯带，才能停下脚步，找到归属。地球变得形单影只。全地球科学家都在研究地球的轨道，而无人确定它是否将进入太阳的引力范围，或者木恒星。人类或许得等几十万年，才能看清端倪。目前地球轨道左右摇摆，完全不确定。它从恒定的行星变成一枚流浪者。

不幸中的万幸，地球的生命系统没有毁灭。只是温度上升，温室效应的世界提前到来。海平面提高，全世界向北迁徙，建立更多浮在海面的永久居住区。猞猁学派成员则开始有秩序南迁。由于磁场变动，地轴倾角方向变换，南半球露出更多陆地，比北半球更适合学派。很快，他们将南太平洋一串新浮出的孤岛连成一片，在茂密炎热的雨林中，第一次建立了永久研究所。地球的卫星通信遭受严重干扰，学派成员拥有自己的通信。越来越多的人聚集到猞猁学院群岛，十年间，形成了地球最大的科研场所。学派目前有两个任务：一是研究太阳—木恒星系统的所有轨道，按照《潮汐对话》和爱因斯坦的副注，重新更正所用公式；二是帮助塔罗斯一行，真正尝试第一次离开太阳系。

塔罗斯收到丰富建议。克拉肯则完全沉浸在飘流的快乐中，懒得看人类信息。但它的身体蕴含了更多关于引力和生命的秘密。塔罗斯拥有足够时间和它交流。它们以小小的舱体为支点，俯瞰汹涌变动的整个星系。经过土星，利用引力加速时候，土卫六刚好挡在土星和木恒星之间。它的轨道被拉近了，在巨大的土星环冰层上，投下巨大的阴影，和环中的断层互相链接，形成一层层美丽的十字架。

克拉肯说，这是世界的结束和开始。它还记得太阳系诞生之初的事情。原始的太阳系只有清晰可辨的氢和氦，如一团混沌的涡流，不断搅动。木星的形成则如此迅速，天文学单位五百万年就出现在星系当中。地球形成相对晚。在那之前，木星向外移动，形成了现在的外太阳系，然后，所有星球运作的轨道蜿蜒、扭曲，进行繁复的舞蹈和变轨，形成地心宇宙。遥远的彗星撞入木星，克拉肯从混沌中获得了更为清晰的意识。也在此时，伽利略卫星形成。木卫一出现塔罗斯的先祖。青铜色躯体出现于冰冻硫磺间，在红色熔岩上行走，沿着五千千米喷射羽状物攀爬。克拉肯曾爬出巨大飓风，试图脱离木星引力，获得稳定形态，与塔罗斯们交流。它失败了，消沉地待在木星深处，在木星表面留下一个又一个巨大红斑。作为一颗巨大气态球体，木星能装下一千颗地球，它也不理解为何地球成为太阳系的中心。它天生懂得旋转与引力，曾用自身的物质，模拟木星作为星系中心的样态、太阳作为星系中心的样态。行星轨道有时弯曲，有时呈完美椭圆，但都不像日心说那样符合宇宙的简洁样态。

现在不一样了。克拉肯说。宇宙正在呈现它固有的样子。

接近柯伊伯带，它们唤醒了卡。时机正好，太阳—木恒星系的原动天第一次露出缝隙。朦胧的天穹帷帐裂出一道清晰条带，缝隙逐渐扩张，原动天沿着柯伊伯带的方向剥落，明亮的星辰整个露出来。一个月后，猞猁学派将其命名为银河，并确认闪烁的星星是同太阳和木恒星一样的恒星。宇宙广阔无边，太阳—木恒星系只是银河系靠近中心的一个区域，银河系外，还有更深的宇宙。

"放心，你什么都没错过。"塔罗斯对卡说，"我们在文明的边缘，而我们距离宇宙最近。"

卡联络猞猁学派。地球见识了真正的宇宙。人类比以前平和多了。

　　　　　　　　　　　　　　猞猁学派

"是奥尔特星云。"卡解释道,"那儿的未知引力构成了原来的原动天,扭曲了原动天内部的引力坐标和轨迹,让行星和太阳违反简洁的轨道系统,让地球变成中心。现在,由于木星成为恒星,新的引力势力拉扯整个星系,也反向打破了原动天的作用系统,我们才能看见世界的样子。"

原动天的作用还在?

"你别动。"塔罗斯提醒克拉肯,"你别动,我们就知道了。"

克拉肯温柔地收起巨大肢体,紧紧抱着飞行舱,它的密度不自觉增大,又挡住了塔罗斯和卡的视线。而他们没向外看。十几年的空间飞行,塔罗斯已习惯了空荡荡的宇宙。卡则更关心《潮汐对话》的正确性。他盯着实时轨道图。它们的飞行轨迹没有弯曲,没有折叠,没有像所有旅行者系列和先驱者系列,被一百八十度直接弹回地球方向。微带弧度的线条径直前行,最终进入了柯伊伯带。克拉肯终于忍不住,"噼里啪啦"地挥动触手,拨开所有挡路的小星体和小陨石。

"我们成功了。"卡悄悄说。

然后,它们的运动轨迹偏斜。卡开启操作面板,实时计算奥尔特星云残余引力影响,调整方向。塔罗斯继续用身体电流调节速度,也时不时引导方向。克拉肯张开身体,清扫道路。一切比计划中简单和顺利。强烈的引力扭曲效应基本消散。空间些许的波动就像海上起伏的浪花,易于掌握和调整。不需要克拉肯的帮助,卡便能依赖地球海洋的航行经验,平稳前行。地球的纷争为此暂时停息。卡成为第一个真正意义上远离太阳系的人类。塔罗斯的思维顺着电与磁的线路,往回摸索,使节还活着,在木卫四的掩体中,面对火热的木恒星,双眼无神,看着猞猁学派走向真理。

他们经过冥王星,小小地加速。按照计算,太阳和木恒星已开始显露稳定的双星结构。土星、天王星、海王星的轨道反变得更远、更长,整体围绕太阳—木恒星这双星旋转。它们之间将产生复杂的磁场。塔罗斯按照学派数据，持续为飞行器加速。即便如此，它们仍花了将近十年，才离开柯伊伯带。

你应该继续沉睡。克拉肯告诉卡。至少沉睡一百年，我们才能抵达奥尔特星云。

"我的建议，至少睡二百年，等离开奥尔特星云，我们再叫你起床。"塔罗斯说。

同意。

"不，奥尔特星云是引力屏蔽、扭结的开始，我不能就这样睡过去。"

"休眠系统不可靠。我们无法保证你能再次休眠，无法保证你不变老。比起抵达奥尔特，离开太阳系更重要。"

卡陷入沉思，学派也发来同样建议，他们争执了一段时间，他最终妥协。但他提出一个建议。他说，第一个离开太阳系的人，不应是他，而是伽利略。他掏出黑匣子，捧着器皿中伽利略的手指。

有点儿意思。克拉肯兴奋地晃动，引发物质的涡流。我愿意切断我的好几条肢体，送他离开太阳系。

"成交！"卡欢呼。

塔罗斯叹气。它剥离了一层船体的金属涂层，反复加强电磁。克拉肯的三条触手按顺序掉落，变得像拥有生命的独立体，紧紧裹住装有伽利略手指的镀金属器皿。小小的器皿飞也似的弹出去。

"它会在奥尔特星云减速吗？"卡问。

不，它可能加速。我的肢体会利用那里的引力旋涡。

卡心满意足，爬回休眠舱。

接下来的二百四十二年，塔罗斯和克拉肯度过了漫长旅程。量子纠缠让它们时刻与地球猞猁学派通话。太阳与木恒星的光线则越来越暗淡，但也聊胜于无。抵达奥尔特星云边缘，学派发来冯·斯登堡的句子：每一道光线都有一道最亮的点，也有完全消失的一个点……光线由其核心到黑暗的旅程，即是它历险与戏剧的所在。

"你们末点会比光线还远。"一位人类长者说。

而塔罗斯和克拉肯知道，比起人类，它们才是宇宙的长者，只是它们的心灵永远像卡一样年轻，可以走得更远。

如它们所料，奥尔特星云的引力并不平坦，折叠弯曲的空间显示了宇宙诞生时刻，热量与物质不均匀分布的余波。这样气泡似的结构可能遍布宇宙，让更多星系内部的引力产生扭曲，让恒星看似围绕行星旋转，让生命难以离开引力的窠臼。然而，即便有引力墙阻隔，星系的可视性仍然穿越古老的宇宙，是人类认知与审美的源头。夜空同时带来了无限恐惧与无限神往，深深根植于所有物种的心脏，成为生命飞出太阳系、穿越宇宙本能，生出永远无法抹除的流浪之心。

终于，它们一边摸索，一边前进，抵达了太阳系的真正边缘，抵达太阳—木恒星的光与热的尽头。

它们启动唤醒卡的程序。

克拉肯突然伸出物质的触角，指向黑漆漆的宇宙深渊。

有东西。

塔罗斯在自己体内产生电流，一圈一圈的磁感线平静地扩张。

"——是金属。"它已很多年没发出声音了，它听见自己语调颤抖，"是一枚金唱片。"

它们努力靠近它。卡醒了过来。

克拉肯和塔罗斯截获金唱片。

克拉肯用它的身体感受到氢原子的图案，还有一块铀238。

它已经飞了4242万年。

塔罗斯读取信息："但他们属于银河系。他们也拥有太阳。"它将一对生物的信息传给卡，"瞧，他们和你们长得真像。"

卡说不出话，面庞紧紧地贴着舱体的玻璃墙。

塔罗斯伸出电与磁的黑色手指，好似读取唱片的针头，轻轻碰触来自另一种人类的金唱片。

它们听见风声、雷声、海浪声与鸟鸣。

《勃兰登堡协奏曲》响起。

克拉肯宏大的声音震动着塔罗斯与卡的胸腔。

宇宙不由繁星构成，宇宙充满了不同的太阳系，每一种太阳系都是生命存在的牢笼。

而我们必须徒步穿越太阳系，一次，又一次。

注：金唱片即旅行者金唱片。

太阳系片场：海鸥

人物关系：

小厂工扮演：特里果林，包里斯·阿列克塞耶维奇——作家

实验导演扮演：特里波列夫，康士坦丁·加夫里洛维奇——阿尔卡基娜的儿子

红发双胞胎之一扮演：札列奇娜雅，妮娜·米哈伊洛夫娜——一个富有地主的女儿

红发双胞胎之一扮演：阿尔卡基娜，伊里娜·尼可拉耶夫娜——随夫姓特里波列娃，女演员

开　始

他没戴帽子，下巴沾着奇怪的血迹，提着一支枪和一只被打死的海鸥，进入小厂工的太阳系片场。

小厂工按要求，很早就点燃了人工太阳，现在它已临近生命最后阶段，即将由壮年恒星步入老年。小厂工说半小时后太阳会开始微微收缩，一小时后它的颜色变暗，然后它将逐渐膨胀，吞噬水星，在中午时分靠近地球。小厂工问需不需要让太阳也吞噬火星，以增

加戏剧张力。

他没说话，没立刻靠近小厂工设置的场景。他站到黄道平面上方，俯视预定的太阳系。他挥动臂膀，做了几个标准手势。小厂工微微叹息，清楚这义是个喜欢临时起意的导演。导演不需要真实的外太阳系了。小厂工抹掉辛辛苦苦调配的木星。不过，导演保留了像人一样拥有生命轮回的太阳，而不是那个真实的太阳。百亿光年外，那个被人类永远维系、永将燃烧的黯淡太阳。导演不需要那意象。小厂工也不喜欢。拥有整个太阳系片场的小厂工没去过真正的太阳系。猎户星云星团拥有无数星系片场。混片场的人都没去过真正的太阳系。大家一直仰仗想象维生。

小厂工需要发挥自己的想象力了。一个外太阳系黯淡的场景。一种地球、月球和金星都离得足够近的轨道。一颗寂寞燃烧的太阳。一位导演自带了道具，一条枪和一只死海鸥。整个氛围像一潭死水。对，一潭死水。小厂工忙活起来，逐一删除让太阳系富有生机的细节。他需要更为清晰、凝滞的光线，需要对比度锐利的影子。他努力调整空间曲率，小心调节暗物质细微的分布，让太阳系滤出的光影达到所需效果。他慢慢变得开心，导演给他的压力逐渐缓解。小厂工知道自己很专业，足够努力，年纪轻轻拿到三流片场的运营证书。他不太懂戏剧，不太懂电影，不太懂艺术追求。这没关系，实验导演或许就需一个显得很外行的技术专家。

导演似乎很满意小厂工的业务，不再干涉。他将自己还原为真实的人身比例，躲到小行星带边缘，坐在一颗并不巨大、被撞来撞去的陨石碎块上。小厂工没忘记观察他。厂工的虹膜内装有加密空间透镜，可监督片场每个细节。他一边作业一边窥视导演。那家伙显得很有耐心，擦枪的动作又像个街头艺术家。

他见他挪用片场提供的时空组件，剖开海鸥，涂抹违禁试剂。小厂工犹豫几秒，并未阻拦。他瞧着他迅速将那可怜的小动物做成标本。

小厂工对这位导演知之寥寥。除却与大部分实验导演类似的履历，他的作品都湮灭在各个小星系片场。他无从得知他的艺术水准。导演备注只说，他有幽闭恐惧症，即便深处广袤宇宙，一旦知道这不是平展展的三维空间，而是被弯曲、折叠、粘合成泡泡状片场的高维时空，他就完啦，他会觉得他的思维也被压缩扭曲成小小的杏仁体。杏仁体痉挛抽搐让他发不出声音，让他跌倒在地，翻滚挣扎，或者直接落入漆黑的空间深渊。这是心理幽闭。这种心理幽闭和他本人在哪里一点关系都没有。小厂工清楚每个混星系片场的人都有类似症状，每一个人都被无垠宇宙的心理幽闭症深深困住。

小厂工心有戚戚。实验导演没提供剧本，只说参考了契诃夫的《海鸥》。他说他不需要剧本。剧本的重心就是剧本中那个故事中的故事：一片湖边，从小就住着一个天真可爱的小女孩，她像海鸥那样爱着这片湖水，也像海鸥那样幸福而自由，但偶然来了一个人，看见了她，因为没有事可做，就把她像海鸥一样，给毁灭了。

小厂工觉着海鸥的故事很有意思，似乎很有启示，但不知意义落到何处。然后，导演真的提着一支枪和一只打死的海鸥，进入小厂工的片场。小厂工开始后悔。他爱着自己的小片场。这是他微不足道生活中唯一拥有的方寸之地。他不喜欢入侵者似的家伙。

他的忧虑很快被打断。传说中的同卵双胞胎抵达片场。她们从太阳正上方进入。她们热情如火，正如火热的太阳，一左一右拥抱并亲吻了他的脸颊，迅速投入工作。而他很快就分不清她们谁是谁了。她们同时拥有红色卷发，蓬蓬松松飞在脑袋顶上。她们拥有瘦削的肩头，窄窄的臀部，似乎已习惯了吊带纤维下什么都不穿。她们浑身上下拥有太多雀斑，面颊上淡棕色的小点点集中在鼻梁与两侧。她们太像，小厂工只能利用雀斑来辨认她们。他当然可以利用虹膜透镜加以分析，但他有些羞涩。

同卵双胞胎的工作也像同卵双胞胎。她们一个负责处理宇宙影像，一个负责处理宇宙声音；一个负责万物的粒子性，一个负责万物的波动性。完美的影像来自完美复刻、保存、重现每一种收入镜头中的、像素中的信息。不论可见或不可见，高能或低能，不论焦距在微观或宏观，不论使用多维空间折叠而成的何种镜头，她都能将你想要的视觉信息收集、加工，通过计算变换为人类视觉能识别的艺术信号。完美的声音亦是如此，她勾画波振动的痕迹，在纷乱的宇宙弦上、在敲击空间膜的波动中，找到精确节奏。不论是高频低频，和声还是杂音，不论在何种介质内传播，不论振动的方式如何，不论在何种维度上振动，她都将其提取为有效的声音信息，变换为人类听觉可以欣赏的抽象节奏。她们声称她们的工作有所区别。视觉信息讲究全面而准确，讲究粒子的丰富度和清晰度。而听觉信息讲究搭配与节律，讲究对波动的提取和抽象。但她们的工作时常混在一起，不辨彼此。她的跨维影像信息总需按照波段的振动与弯曲进行存储，而她的压缩音轨总会将所有电子脉冲转化为光振动，然后压入移动的粒子底片。按片场规矩，所有信息终须刻录在量子的起伏上。量子海洋波澜浩瀚，你永远无法分清波粒二象的状态。她们就这样互相使用着彼此的技术资源，混淆着彼此的工作，就像人们时常搞混她们俩，就像人们总是不知何时去面对宇宙的粒子性，何时去面对宇宙的波动性。

同卵双胞胎的特质和工作方式如此传奇。小厂工很荣幸同她们合作。他热情高涨起来。他按她的要求，让太阳表面因温度而斑驳不清的米粒组织变得更为鲜明。这是一个按标准比例建造的太阳系，但她在处理影像时，可通过空间折叠、扭曲光路，造成视差与错觉，让星球与星球离得更近。每个明亮的米粒组织直径都有一千千米，相当于地球一块大陆的尺寸。她将太阳放到画面顶部，占据半个天空，米粒组织的大小便显得恰如其分，与地球荒芜的景色共同构成原始老电影颗粒状的底片效果。另一个她，则让小厂工减弱太阳磁场，促使太阳风的强度一层一层变弱，以至吹到地球时，几乎不扰动地球的磁力线。她的全频带收音器越变越寂静，最后几乎只剩地球自己的声音。她仍在太阳表面收音，保留了太阳色球层狭窄的气体喷流声。气体喷流能在画面中形成太阳边缘悄然起伏的针状物。她们间总拥有紧密相连的节奏。

小厂工的置景工作即将结束。很少有片方定制完全真实的太阳系。更明亮的太阳、更大的行星、更窄的轨道间距，往往成为预制条款。当然也有人喜欢准太阳系模型，比如著名的地心说—太阳系、木恒星—太阳双星系统。更多人会要求恒星或行星演变史特定阶段的生态。比如今日的导演，他想要刚进入稳定期的地球和即将老朽的太阳。小厂工调整时空曲率，调整元素配比，调整太阳和地球的内核质量，以及核反应。他按要求将金星和月亮拉得更近。它们象征了爱情与感性、性与缪斯。小厂工猜，那看似内敛残酷的实验导演实际有着敏感纤细的心肠。波粒二象性双胞胎则古灵精怪，拥有直率的热情。他们互有契合，才承诺合作。

时间一分一秒过去，距开始时间越来越近。小厂工没看到演员。实验导演想做戏剧也同时想做电影。计划中，整个表演不被中断，故事将一气到底。导演和同卵双胞胎都不着急。小厂工开始焦虑。就在这时，年轻导演站起来。他表情变了，变得忧郁又紧张。他身后不知何时出现了一座一人高的漆黑立方体，能同时容纳好几个人。小厂工认出了那东西。被称为化装间的候场室，被称为候场室的化装间。实验派的家伙们将二者合而为一，不论你是什么风格、什么人，都能在小黑屋中达到从个体向角色的转变，将心灵的状态调整到戏剧的彼岸。

这东西很危险，还可能违法。

小厂工来不及辩驳，就被同卵双胞胎一左一右按住，来不及挣扎，就被导演拎起来。他被丢入漆黑黑的立方体。他们也随之进入。

整整三十五分钟，取景框中只剩一条枪，和一只海鸥标本。

第一幕

"你为什么永远穿黑衣服？"小厂工问。他失去时间概念，眼前一片漆黑。

"我为我的生活挂孝。"一团红色出现。双胞胎之一冲他眨眼。她眼神明亮，灰色瞳仁苍白又尖锐。

"这是为什么？我不懂。"小厂工顿了顿，看清周围。

太阳正在西落，似乎总也落不下去，小片场没有银河系的投影，月亮也没上来，星光零落的穹顶非常冷清。

他面对大海，站在上古地球唯一的一块大陆上。席卷整个地球的暴雨刚刚停息。海浪还在翻滚。裸露的岩石盖着盐渍。断崖边缘放置一座空荡荡的舞台。高反光地板描绘了月球背阴面的环形山。

小厂工懂了。

他现在也是演员，即将客串导演安排的《海鸥》中的角色。同卵双胞胎亦然。屡禁不止的实验化装间可将任何人变为演员，只要剧组成员将心灵的氛围调试得当，与导演的心灵同频，化装间自会寻求人心的切入点，让所有人和物的行为融入故事。

小厂工没经历过实验化装间，他开始踟蹰，他的言语与动作却先于他进入角色："我不懂。你们拥有足够的名望和金钱。"

"金钱并不等于幸福。"她吐出标准台词，但她明显没完全进入角色，她显得非常兴奋。

"理论上，是对的。我吃饱喝足，能买到足够烟叶，能享有自己的空间。可你们过得比我更好、更自由，你们来这儿干什么？"小厂工清楚自己也没完全进入角色。他听见自己念出的台词，一半属于自己，一半属于角色，半真半假，充分融合了他的经历、感情和想法。该死，该死的。他不喜欢表演。他知道表演才真正暴露内心。

双胞胎之一开始顾左右而言他。她指指舞台说："快开始了。"

然后，她专注地盯着黑乎乎的天穹，检视着什么。

他跟上她的目光，发现天并不真正平坦。一层薄薄的透明壳嵌入地平线，向内弯曲，由无数紧紧相接的正六边形构成。他觉得自己像从内测观看昆虫的巨大复眼。全景复眼镜头。每个小六边形就是一个取景框，可以从每个角度、不同的空间维度获取影像。技术要求高，最近很流行。但小厂工觉得，只有不知自己要什么的导演，才会选取这种没有选择的拍摄法。

现在他知道她是谁了。她负责影像。他抓紧机会观察她面颊与身体上的棕色斑点。

她咯咯笑起来："表演的是妮娜。剧本是特里波列夫写的。"她轻轻努嘴。他们的实验导演出现了，换了一身行头，彻底进入敏感又焦虑的状态。他缓慢走向舞台。她继续说："他们互相爱慕，他们的灵魂，也要在共同创造的艺术形象里结合了。可你我的灵魂呢，却要靠那个化装间，去构造可以接触的点。我们双胞胎在各种各样的片场里跑来跑去，遇见的却总是你这样无能为力的中立态度。或者是另外一种人，开口只高谈哲学，半推半就抱怨权力，要不就是钱。当然这都可以理解。"

小厂工不由自主地问："理解什么？要知道，如果有机会，我也愿意离开这个虚假的太阳系片场，去看看真正的太阳系，但我只能待在这儿。有时我会觉得非常不舒服，觉得自己被困住，太阳系的边缘仿佛粘在天灵盖上，我的脑子想跳出去，却做不到。我做噩梦。除了这里，我没有其他去处。但我觉得离开这里才能获得真正休息。但我没有哪里可去。"

"你该试试离开太阳系。"她回答。

小厂工发现自己离开地球，重新回到黄道平面上方。他长吁一口气，总算脱离了角色，找回自我控制。红发双胞胎中的一个有如攀岩运动员，从外侧爬到全景复眼镜头边缘，调节空间曲率，地球光影的对比度变柔和了些。另一个姑娘招呼小厂工，让他再一次拉近地月轨道。小厂工照办，他调节星球内部的比例与形态、调节星球质量。海浪翻起来，拍打岩壁，声音空旷诡异。

她调高了特里波列夫的声音。

实验导演已站到舞台上。周围空荡荡，毫无布景。小厂工犹豫了几秒，将自己的视野切入导演的双眼。实验化装间连通片场万事万物。他自然有权利利用一番。实验导演的精神入侵他的片场。他要入侵他。他看到了一眼望尽的海洋和天边。

实验导演念出台词："我的海洋就是我的湖泊。我的天边就是世界的尽头——"

蓬勃的感情与思绪汹涌而来。小厂工一时分不出来自导演本人，还是主角特里波列夫。他望着夜幕中被衰老太阳染红的落寞月亮，他焦虑妮娜是否能按时抵达片场，妮娜看了他的剧本是否还继续爱他，他那聪明又自负的母亲是否能包容他、包容妮娜，理解他们的爱情。

不，她不会理解的。小厂工听见自己的脑袋高呼。他进入特里波列夫的潜意识了。你看，智慧又可悲的创作者总这样，潜意识已悟出答案，意识却拒绝承认，兀自挣扎。小厂工见多了，但这是第一次亲身经历。托实验化装间的福，他看见了特里波列夫对母亲的回忆。

她的名声已遍布群星轨迹，而你从小知道，你只能夸她，只能谈她，为她的美丽和表演惊呼。她在这个小地方找不到陶醉，她厌倦、恼怒，然后离开。她走的时候，把你也看成她的仇人了。一个心胸不够宽阔的女人不可能同时容下她要的生活和她要的爱，她的鲜艳的衣衫，和你。她需要为神圣的艺术服务，去展现人类的迁徙，宇宙的变迁。所以她不会有足够的空间爱你，只将你看作拖累。而你从没离开过孕育世界的太阳系。

如果她不是名扬天外的著名演员，是一个普通女人，我会幸福得多——小厂工跟着主角思路——设想一下，我母亲接待着各种名流、演员、作家，而我是唯一一个不名一文的人。而我母亲现在的情人——

小厂工一个激灵，直接被系统抽离了实验导演的头脑。他感到自己四肢抽搐，内心微微颤抖，开始下坠，重新落向地球。他感到自己在变化，他调动虹膜透镜的视觉反射机制，他迅速观察自己。他看见自己迅速生出厚厚的黑眼袋，面庞显出因追求太多精神刺激而疲惫不堪的神态。他迅速由青年变为中年，将定制西装穿成浪荡子的样子，叼着细长卷烟，外套下裸露胸膛。脑中一个声音告诉他，他真正扮演的角色要出场了，是出名的作家特里果林，是主角母亲的情人。

这一回，导演声音出现在小厂工脑海中："——是著名的小说家，他聪明，有一点忧郁，很文雅，还没到四十岁，就已经出了名啦，也整个衰萎啦。至于他的作品，漂亮，有才气。可读完了托尔斯泰和左拉，谁也不愿意再看一点点特里果林的东西了，当然，更不会看我的。"

小厂工清楚导演也没完全进入角色。他念着台词，表演契合，但其中混杂太多个人成分，并把他对角色的理解加到小厂工身上。小厂工想，这不是失误，不是化装间故障，是故意的，是导演的设计。

传闻中，实验化装间能将人的意识与心灵同步到无边无际不可把握的量子海洋中。混片场的人称之为宇宙的潜意识。在那里，所有都混合，所有都连接，每个人都能变得与所有角色相似，以至不露马脚。而实验导演们则喜欢从另一个角度理解，每一种艺术角色本就存在于量子海洋的洪流中，可以流入每个人的心灵，这是人类共有的、宇宙潜意识的力量。人类不应为自身存在，人类应为了宇宙潜意识而活。

小厂工开始挣扎，不确定这些念头来自量子海洋，还是来自导演的洗脑，任何连接化装间的意识都不安全，都缺乏隐私。另一个念头还在驱使他，他还是厂工，他需要完成工作，他在下坠过程中，利用进入角色前的最后一点时间，驱动时空弦，推动轨道，让月亮逐渐升起。暗红色太阳通过重重滤镜处理，它并未增加地球亮度，反投下惨淡的暗影。

然后，妮娜出现了，一头红发，说不清是双胞胎中哪位。

她问："我没来晚吧？我才溜出来。他们怕我当了演员就离开这里。可是我自己觉着像只海鸥被海洋吸引。我的心里满是你。这是什么树？"

小厂工紧张起来。那儿没有任何树，地球上也没有任何其他人。没人让他植树，没人让他营造任何动物。上古的地球连生命都没有，哪里有树木。

"是一棵榆树。"导演特里波列夫说。

"它的颜色为什么这么暗？"她问。

"这是晚上，连太阳都显得昏暗。"

"月亮升到太阳边缘了吗？"

"快了，就快了，我们也快开幕了。"

小厂工终于抵达地球，安全落到苍白的岩壁边缘。另一位红发双胞胎正在等他。她变为著名女演员阿尔卡基娜。她亲昵地挽起他，挽着著名小说家特里果林，走近舞台。

"舞台正在衰落。"红发的阿尔卡基娜说，"再也看不见当年粗壮的橡树了。"

号声从宇宙深处传来，形成深远的低频共振。小厂工似乎能看见在量子海洋深处，在另一重空间，红发双胞胎精神的影子肩并肩站在一起，手指在虚空中敲击，不知何物。多普勒效应。他想。

导演站到舞台边缘，轻轻说："苍茫夜色里，盘旋于湖上的，可敬的古老阴影啊，催我们入睡吧，使我们在梦中得以见到二百万年以后的情景。"

阿尔卡基娜冷冷笑了。

月亮恰好越过太阳边缘，进入太阳暗色区域，它们的影子同时

　　　　　　　　　　　　猞猁学派

倒映在涨潮的海里，被打成翻滚的碎片。妮娜周身白色衣裳，坐到巨大石头上。

"人、狮子、鹰和鹧鸪，长着犄角的鹿、鹅、蜘蛛，居住在水中的无言的鱼，海盘车，和一切肉眼看不见的生灵，一切生命，一切，一切，都在完成了凄惨的变化历程之后消失。到现在，大地已经有千万年不再负荷着任何一个活的东西了，可怜的月亮徒然点着它的光亮。只有寒冷，空虚，凄凉。所有活生灵的肉体都已化成尘埃，都已被那个永恒的物质力量，变成石头、水和浮云。它们的灵魂，都融到一起，化成了一个宇宙灵魂，就是我——我啊。人类理性和禽兽的本能，在我的身上结为一体。我记得一切，一切，一切，这些生灵的每一个生命都重新在我的身上——"

金星出现，它向着冲日的方向运动，变得越来越大。地球升起硫磺的味道。

小厂工观察妮娜，观察阿尔卡基娜。他的眼神在她们俩之间飘移。她们可真像。一个衰老，一个年轻；一个成熟有力，一个天真可爱。她们就像双胞胎本人，另外一种版本的一体两面。导演是怎么找到她们的？他一定非常爱她们。他怎么这么幸运？小厂工觉得自己也要爱上双胞胎了。让她们为他套上心灵的枷锁，让她们掌控他的世界，让他的片场的波粒二象性听从她们的指挥棒。他的潜意识叫嚣着这并非明智之举，而他的意识正在飘飘然的快乐中，忽略了来自本能的危机信号。

妮娜仍继续独白："——你们没有思想、没有意志、没有生命的脉搏地一直漂泊到黄昏。那个不朽的物质力量之父，撒旦，生怕你们重新获得生命，对你们不断地进行着原子的点化，于是你们永无休止地变形。整个的宇宙里，除了精神，没有一样是固定的，不变的。但是，只有一件事情我很清楚，就是，在和撒旦，一切物质力量之主的一场残酷的斗争中，我会战胜，而且，胜利以后，物质和精神将会熔化成为完美的和谐的一体，宇宙的自由将会统治一切——"

湖面倒影显出两个暗点，往天空追寻，便能知道是太阳黑子的倒影。双胞胎利用空间的多重透镜，放大了那影子。

阿尔卡基娜发出一阵嘲讽："——这算舞台效果吗？"然后，她转身问特里果林，也就是小厂工，"你怎么把帽子摘下来了？你是在向撒旦脱帽致敬？"

小厂工不知所措地跟着笑。他挠挠光头。这是他第一次当作家。

导演突然被激怒，他大吼："算了！够了！闭幕！"他狠狠跺脚，"闭幕，听见了没有！闭幕！"

月光变得更加黯淡。他高举臂膀，却只做了几个失望的手势，悄然消失。

阿尔卡基娜问："他这是怎么啦？"

小厂工回答："你伤了他的心。"

"我看见一个年轻人用愚蠢的方法消磨时间，感到心疼。我没想伤他的心。这不是表演，这是示威。"

这时，小厂工开始真正进入角色，忘记了本能，忘记了潜意识。他叼起烟叶："我想说的是，他的方向错了，精神本就是许多物质原子的组合体，我们却从没获得过宇宙的自由。他顺着他的方向一定会迷路的，而他的才能也一定会成就他的毁灭。"

整个片场瞬间变暗。细密的暗物质暂时遮住一切。第一幕就这么结束了。世界再次变亮时，周围的颜色不再那么暗淡。实验导演从黑漆漆的立方体化装间走出。太阳从下方投射光芒，为他打上赭色底光。

小厂工意识到事情的真正蹊跷之处。实验化装间让一切都进入量子混沌，让物质与精神重新组合，让精神共振，达到故事需要的形态。他想起其中的技术危险，毕竟世上没有稳定的戏剧。

每一位租用实验化装间的导演都需签一份协议，注明他的作品追寻哪一种稳定态。

小厂工打个寒战。

与他同频的实验导演从未拥有任何稳定态的协议。

他听着实验导演轻轻地念着剧外的台词：

"柔软的水流历经千年将岩石消磨殆尽，而坚强者终有一日会失败。"

第二幕

时间变为懒洋洋的中午，海洋动荡地反射着太阳。夜空冷漠的注视变为可折叠的太空背景板，收起又展开。天上没有云，却灰蒙蒙的。海洋边缘出现一棵老菩提，红发双胞胎之一重新变为阿尔卡基娜，膝上放一本打开的书，心不在焉地读着。她显得更老了，样子有如叶卡捷琳娜二世，眉目里透着睿智，时不时瞥眼看小厂工和实验导演，像位人性剧中的哲学家。

实验导演拾起枪与海鸥的标本，小厂工忍不住问为何定制上古地球。他回答真实的地球就像真实的太阳，半死不活地被人类永远维系，没人真正知晓它将如何灭亡。当然，灭亡与开始没有区别。小厂工问为何放弃火星，启用金星。他回答金星象征爱情，金星大气却只有灼烧的硫磺味。小厂工想问月亮，他瞪着小厂工，随即消失。

小厂工意识到，不会再有新的演员，新的角色。契诃夫的《海鸥》将变为四人剧，由导演、影像、声音、厂工分别扮演。自从人类打破物质与精神、艺术与技术的界限，一切工种间的区别也模糊了。他的片场接下这单实验剧。按合同，他必须配合。他深吸一口气，踏入实验化装间。他听见来自宇宙深处的低频共振，他的灵魂再次与作家特里果林合二为一。

他感到自己从稀薄的尘埃中显出身形，对面红发的阿尔卡基娜笑眯眯说："——我工作，我用情，我永远活动，而你，老待在一个地方。所以我绝不操心未来，永远不想到老，不想到死。该怎么样的，谁也逃不过。"

小厂工接过她的话："可我呢，我总觉得自己已生下来很久很久。我拖着我的生命往前走，就像拖着一条无尽的铁链子。"

她冲他眨眼。

他们在说给谁听？说给自己还是妮娜和特里波列夫？是别人吗？他们的现场录制是否实时传播？同卵双胞胎拥有高超黑客技术，她们绕过各种协议，打通所有授权，有多少人在看他们？有多少人想看她们？有多少人正通过像素和波段在观察他，听着他，他的半真半假的角色与人生？

小厂工哆哆嗦嗦将雪茄塞到口中。

阿尔卡基娜开口："说实话，我心里不安。告诉我，我的儿子怎么了？他为什么这么忧愁，情绪这么坏？他在湖上待了好些天，我几乎见不到他。酒和烟都能乱人本性。你抽完一支雪茄，或者喝完一杯伏特加，你就再也不是你了，而是你再加上另外一个人。你的那个自己被蒸发了，被叠加了，你对你自己也就像对一个第三者了。"

说完她咯咯笑。

小厂工陪着笑："你可以这么说，你见识过宇宙和宇宙的规律，可我呢？我没有生活，只有片场，说真的，我没有什么真正的经验。"

阿尔卡基娜扬起脖子："没关系，就像书里说的，我们熟悉的世界终将消逝，文字、声音、视觉形象都无法保住它的痕迹。历史就是跌跌撞撞的骷髅骨架，排着队进入人类戏剧，我们一个挨一个挤在舞台边缘，进入人生，最后茫然无措地往下跳，但我们同时又什么事都没做，都高谈哲学，消磨时光，所以世界和生活就像哲学一样不爱变化。"小厂工随着她的目光往远处望。海中升起表面平坦的礁石，缓慢移动，距他们越来越近，妮娜屈着腿坐着，像青铜美人鱼。

小厂工感到指尖正在消散，自己的角色正在淡出，不一会儿便离开作家，变为旁观者。

　　　　　　　　　　猞猁学派

他从近地轨道向下望，导演特里波列夫出现了，没戴帽子，下巴沾着奇怪的血，提着一支枪和一只被打死的海鸥，将海鸥放在妮娜脚下。他又感受到实验导演的心灵。他们之间的同步率不断增加。他绝望、脆弱，明知道错误的行为和不可挽回的结果，仍愤怒地实践。

妮娜问："这是什么意思？"

"我做了没脸面的事，打死了这只海鸥。我只能把它献在你的脚下。"特里波列夫停顿一下，"我不久就会照着这样子打死自己的。"

妮娜拎起海鸥，下巴沾上血迹，她仔细看海鸥的双眼，似乎海鸥空洞的眼神也同她一起进入了角色。"我们一直搞不懂你。"她指他们俩，"我们也没搞懂过其他人。"

"我是最近才搞不懂你们。"他指她们。

"近来你说的话都不可解，尽用象征。这只海鸥无疑是一个象征了，但是，请你原谅，我们可不懂。"她将海鸥展开，平放到礁石上，"其实我们比你们想的单纯多了。"

小厂工的目光移向阿尔卡基娜。她也突然变得单纯可爱。

特里波列夫则开始愤怒："这其实不复杂啊，人家不喜欢我的剧本，你们瞧不起我的才能，这太明白了！我觉着我的脑子里像有一颗钉子……"

他变得头痛欲裂，转身就消失，带走了枪，留下海鸥标本。

小厂工感到自己的颅腔也像被钉了一颗钉子。他抱紧脑袋，再次抬头时，已在被海浪拍打的礁石上，取代了特里波列夫站立的位置。

红发妮娜睁大眼睛，盯着他，打量他，天哪，表情真像红发的阿尔卡基娜。她们的确是双胞胎的两种形态。

"你好呀。"她笑眯眯地说。

"你更好呢，妮娜。"他听见自己说，"这其实是一种意外情况，不是吗？我淹没在不计其数的片场中，能认识你们，非常荣幸，而很可能从此不再会见面了，我觉得惋惜。我以前不常有机会遇到年轻的姑娘，年轻的、可爱的；而且一个人在十八九岁的年纪是怎样一种感觉，我也都忘记了，只剩下一些模糊的概念了。我真想变成一个你，哪怕只有一个小时。"

"可我想变成你。"

"为什么?"

"好领会领会像你这样的著名作家，感觉怎样。你可不知道我们多么羡慕你! 人的命运多么不同，有些人的生活单调、暗淡，他们都一样，都是不幸的。又有些人，一百万人里才有一个，享受着一个有趣的、光明的、充满了意义的生活。"

她盯着他。

小厂工忽然理解了为何如此安排角色，他扮演著名作家，实验导演扮演不名一文的小卒。他感到自己在耸肩:"幸福，我吗? 你谈到名望，谈到幸福，谈到光明的、有趣的生活。可是，对于我，都毫无意义。你太年轻，太善良。"

"你的生活其实很美，你拥有世界，你可以反复缔造世界。"

"又有什么特别呢? 有的时候，人会被一种念念不忘的心思萦绕，就像一个人日夜在梦想着月亮。"小厂工抬头，月亮突然离得很近，浮在白昼的天幕上，环形山一圈一圈清晰可见。他用潜意识将它拉近了。

天哪，这不是他在扮演角色，是他和他控制的太阳系片场形成了一种整体，在扮演他的角色。见鬼的违法的实验化装间。而事态已超出小厂工控制，他的嘴唇继续道出台词:"我也有这种念念不忘的心思。一个思想，日夜折磨我:我得写作，不，我得布景……我得……一篇小说，不，一场戏几乎还没有布置完，却又必须开始构造下一个太阳系了，接着是第三个订单，再接着是第四，第五……我不断地接单，像一个旅客马不停蹄。我没有别的办法。这不是美和光明，这是一种荒谬的生活。我现在和你谈着，我感情激动，可是我没有一分钟不惦记我的片场。新题目，新项目，不停翻滚，把我推回片场，推回虚构的世界，逼着我写，不，逼着我不停地工作，永远是这个样子。我放不开自己，没办法休息，我觉得我在吞噬自己的生命！"

"是吗？"她睁大双眼，"但是，灵感和创作，就不能一阵阵带给你崇高和愉快吗？阿尔卡基娜告诉我，要抛弃枯萎的宗教和乏味的科学，要掌握自己的生命。我们应该尽情在花园中嬉戏，直到时间让我们进入墓园。"

"是的，是有快活的。"小厂工完全不能控制自己的身体和情绪，只得恶狠狠抬头，盯着藏在时空幕布后的导演。他觉得自己开始扮演导演的内心了。他的唇舌还没有停止："我从来没对自己满意过。我不爱这个作为导演的我。最坏的是，我生活在一种蜃楼中，我时常不懂自己在干什么，我谈着一切，加快了速度创作，四面八方都鞭策着我，催促我，甚至生了我的气，我像一只鸭子被一群猎犬追逐着，东撞一头西撞一头往前跑，可是越跑越觉得落在生活和科学的后边了。我生活在飞船上，生活在空间站里，到每个文化星球参加各种活动。结果，我觉得我也只能写些暗淡的星星和明亮的酒杯，要写其余一切，就不真实，就虚假到骨子里了。"

导演开始浑身颤抖，小厂工也跟着浑身颤抖。

红发妮娜安慰道："你工作多了。如果我是你这样的作家，我就把整个生命献给千百万人。为了得到作为一个作家或者作为一个演员的幸福，我情愿忍受至亲骨肉的怀恨，忍受贫穷和幻想的毁灭，我情愿住在一间阁楼上，用黑面包充饥，自知自己不成熟的痛苦，对自己不满意的痛苦，我都情愿忍受，但是同时呢，我却要求光荣，真正的，声名赫赫的光荣。"

小厂工深呼吸，想转移话题，他指着变为青铜色的海洋："其实这里很美，这里才是真正失乐园的一角。"

"我出生在这儿。"她突然非常笃定地说，"人类就在这儿诞生，在这片湖水一直长到现在的样子，这片湖里的最小的岛屿，我都清楚。"

一股不可名状的力量升起，进入小厂工心灵，妮娜柔软的线条变为波动，脸上的雀斑变为粒子，一瞬间万物都陷于混沌，然后恢复原态。

他轻轻叹气，顺从地将目光转向海鸥："这是什么?"

"一只海鸥。他把它打死的。"

"这是一只美丽的鸟，毫无疑问，这一切都不让我走，不让我离开片场。"

"为什么?"

"没有什么重要的。——只是忽然来到的一个念头，一个来自人类潜意识的故事蓝本：一片湖边，从小就住着一个很像你的小女孩，她像海鸥那样爱这一片湖水，也像海鸥那样幸福且自由。但是，偶然来了一个人，看见她，因为没有事情可做，就把她，像这只海鸥一样，给毁灭了。"

他看着妮娜光着脚，轻轻碰了碰海鸥的头颅，沾上些黑色痕迹。她沉思了一阵，才说："这个故事我演过，在梦里面演过很多次。"

第三幕

他知道他陷入了某种把戏，不知是导演蓄意，还是双胞胎合谋。双胞胎之一带着妆容，沿着全景复眼镜头曲曲折折的痕迹，爬上天穹，四肢轻巧地粘在多维镜头上面，越变越年轻，从阿尔卡基娜的叠加态恢复原样，然后又如钟摆一般返回角色样貌。其间小厂工无法离开剧情。他遭遇了特里波列夫，对方挥动杀死海鸥的枪，要同他决斗。他手无寸铁，瑟瑟发抖。特里波列夫的枪却走火了。子弹没飞出地球，飞向海洋，或飞到小厂工的脑壳里。子弹沿着空间无形的曲线优美滑动，磁感线一般，返回特里波列夫，擦过他的太阳穴，烧掉了半只耳朵。特里波列夫尖声号叫，向后倒下，消失在突

猞猁学派

然向下凹陷的窄长方形空间中。小厂工以为这一切都是虚构。可惜不是。实验导演的面庞出现在天空中，影影绰绰与灰黑色云朵融为一体。他半张脸被染红，像他亲手杀死的海鸥，又像惨淡的落日光辉。三分之一的太阳落到地平线下，太阳本身却越变越大，越变越暗。它已步入死亡的道路，开始迅速膨胀，迅速老去。十分钟内，它将吞噬水星。小厂工还没想好让不让它吞噬地球。

他发现自己衣冠整洁，脚边放着一只手提箱和几个帽盒，都是准备动身离开的东西。红发妮娜挽着他的手臂，贴近他身躯，吻着他，肌肤相触时严丝合缝，她的发色也像太阳一样暗淡了："所以，我们就要分别了，再也不会见面了。请你收下这个纪念章，作为赠别吧。"

他接过纪念章，颗粒状的蚀刻，边缘缠着不断跳动的线条。他反复翻看，很快就分不清正反面了。"这太可贵了。"他吻纪念章，"最好的礼物。"

"让你想起我们。"她笑道。

"一定会的，我会想起那一天的样子，晴朗的一天，你穿着一件颜色鲜明的长衫，我们闲谈，那只全身洁白的海鸥放在凳子上。"

"是啊，海鸥。"她狡黠地笑了，转身消失，取代她的是红发阿尔卡基娜。她脚边也放着一只手提箱和几个帽盒。

她沉吟说："我们得就走了，可我还不知道他为什么要找你决斗。我觉得是嫉妒，越早把你带走越好。"

小厂工笑了，他被另一种情绪感染，可能是导演本人的情绪："其实还有别的原因，这不难。他年轻、聪明，可在宇宙的一个荒僻角落里，没有钱，没有地位，没有前途。他没有事情做。这种闲散，使他又羞愧又害怕。"这是我，小厂工心想，"所以应该有人爱他，他其实很贴心，应该有人多照顾他，领他走正路，但恰好不是你我。"

说完，头上缠着绷带的特里波列夫跌跌撞撞出现。血还在往外渗。小厂工则往后退一步，直接离开黄道平面。

阿尔卡基娜扑了过去，试着去搀扶特里波列夫。

"不要怕，这不严重。我近来常犯毛病。"他跪在她脚边，恳求道，"妈妈，请你把我的绷带换换，好吗？"

阿尔卡基娜打开行李箱，里面只有一瓶碘酒和一小盒绷带。她半跪下，吻他的头发，"我走了以后，答应我不要再这样了。"

"那是我管不住自己，我以后不这么做了。"他轻轻地说，"我还记得，很久很久以前，我刚认识你们不久，跟着你们回银河系，有那么一天，在银河系悬臂边缘，有人打架，一个女人，很普通，突然被打得头破血流，还想得起来吗？你们把她抬起来，她已经没知觉了，然后你们停下行程，在那个破旧空间站待了很久，你们常去看她，给她送药，还给她的孩子在一个小木桶里洗澡，浑身弄得湿漉漉的。"

她一边换新绷带，一边若有所思："我都快忘了，快忘了银河系啦。"

"在那个空间站，只有三个人真正生在地球，你们就是其中两个。"

"这我还记得。"

"所以大家都非常爱你们，或者非常恨你们，就像通常情况人们对待亲人，就像除去你们就再没有亲人了。"

"这就是你一厢情愿了。其实我们打一开始就知道，你从感官到经验都很贫乏，只能活在头脑中那可爱的小小舞台上，让我们在里面扮演你想要的角色。所以你只能搞可怜的、没价值的东西，实际上连一出通俗戏都没弄成。你没去过地球，我们不回去，你就不敢去。你只能想象地球。你从未离开虚构片场，只能想象外面的世界，你呀，坚果壳里的王。"

特里波列夫听完，轻轻哭了，不出声地哭。

太阳持续变大，月亮贴着地平线进入太阳范围，变为暗红色光斑上的巨大暗影，轮廓光比日环食还要宏伟，投向地球的光晕却比

猞猁学派

日环食晦暗。太阳制造的硬光让万事万物的线条锐利无比。

红发阿尔卡基娜悄声安慰："原谅我们，你知道的，到处都是不幸的舞台。"

特里波列夫抱住她："我什么都丢了。她不爱我了，我再也写不出东西了，再也没有一点希望。"

"一切都会顺当起来的。她会重新爱你的。"

特里波列夫啜泣着，他周围的空间随之震动，他的整个身体都变得模糊，最后消失在尘埃当中。小厂工从指尖到身体也迅速化为碎片。又轮到他上场。定型前他再次进入实验导演的心灵。原来他们都属于片场。他们都出生在猎户星云星团的片场里。他们的母亲都是名不见经传、他们未成年便消失的演员。他们并不知道谁是父亲。他们相信自己的血液中有着掌控片场的天赋，能够营造虚构世界。然后，他离开了猎户星云，去寻找灵感。他则建立自己的独立片场。小厂工在实验导演的欲望中看到了自己的欲望，他们都觉得自己会起于微末，成于宏达，至少在自己创造的世界里，完成存在的使命。很长一段时间里，他们的世界中没有别人。

他踏入地球，走近礁石，弯腰拾起拆下的旧绷带。"咱们多留一天吧。"他说。

她摇头。

"咱们可以留下，不必离开。"小厂工强调。

"我知道你在牵挂谁，收回心吧。你有一点糊涂了。世上没有一个地方能保存你的念想，也没有一个地方能让你真正逃开。"

"不，我一直像那种走着路睡觉的人。连我跟你说话的时候都觉得自己在睡觉。可能我就是在梦里遇见了她，温柔而甜美的梦陪着我，还我自由。"

"还是梦。"

"过去，我在我的梦里为生活四处奔波，现在我发现了甜美的、诗意的、年轻的爱，能把人领进梦的世界的爱。不是碎片的、动荡的，风也似的不断呼啸而过的梦，而是能给人幸福的稳定梦。这样的梦，我从来还没有过呢，我要是跑开了，岂不糊涂？"

"你这个傻子。"

"你也是。你们一直在流浪，比电和磁，风和光走得都远，走得都深，你们去过光都没法抵达的地方，但你们也没找到你们想要的世界，所以你们开始寻找能创造世界的人。"

"所以呢，我们还是爱你的，你们整个是属于我们的，你们是今天所有创作者里最优秀的，恰到好处地诚恳，恰到好处地单纯，恰到好处地亲切，又恰到好处地幽默，你轻而易举就勾勒出一片风景的精华。你的人物，个个像活的一样。但事实上，你也明白，没有人能真正欣赏你的价值，除了我们，能跟你说实话的也只有我们，这跟你待在哪里，流浪到哪里，都没关系，我的亲爱的，我的宝贝，你肯走了吗？你待在这里，只有末日。"

小厂工微微瑟缩，太阳离得更近了，变得更大了，总沉不到地平线以下。他能感到水星已被吞噬，被吞噬前已被点燃，持续融化。太阳的边缘正极速接近金星。天已漆黑，没有星星。太阳暗淡的轮廓冷冷燃烧。他有些糊涂了，被末日景象弄得心神不安。他不应进入角色，他只是小小的厂工。他又怀疑自己到底进入了谁的角色。他四下打量，找不到导演的影子了。他觉得一层一层的东西在他身上叠加。他再也找不到片场中黑色化装间的位置。

它消失了？

不，它和片场融合了。它在片场的心脏里，在他的心脏里。

他的心脏开始抽搐："好吧，好吧，领着我走吧，带着我走吧，我没有自己的意志，我从来没有过自己的意志。"

红发的阿尔卡基娜咯咯笑着："对，我们一起走。"

她先走了，他还定定站着。他在等。太阳快要落下去，海平面持续上升，太阳引发的潮汐力越来越强，和月球引力叠加，海浪拍到他脚边。

猞猁学派

如他所愿，红发妮娜又来了，过分兴奋，面颊红扑扑的。

他有些手足无措。

她说："我早就觉得我们会再见一面，我已经打定主意了，局势已定，我要去演戏，我要离开这里，到外面去演戏。明天我就不在这儿了，我要离开家，放弃这一切，开始一个新的生活，我要到，你去的任何地方，离开猎户星云星团，去其他星系，或者返回银河系，那儿不仅有虚构的片场，那里还有真正的舞台，对不对？我们在那儿会碰见。"

小厂工的记忆中出现了很多没听过、没去过的地方，都历历在目。这不仅是叠加态，他本身变成了叠加态。

他向四周望："我会住在'斯拉维扬斯基商场'，一到就马上通知我，'莫尔迁诺夫卡街''格罗霍尔斯基大楼'。我得快走。"

他停顿。妮娜急切地望着他："再待一会儿吧。"

"不，我们不久又能见面。"

她倚到他怀里。

这一回，他透过量子起伏的波澜，看到了叠加在角色之上的他们自身的过去。

他第一次看见了遥远的地球。

她们生在北方，夏天漫长的太阳将冰冷的贝加尔湖晒出暖意，她们穿戴设备，潜入湖底，里面稀疏的植物丛林没有多少生物，她们相信这就是自己终将抵达的宇宙边缘。冬天，她们在零下四十摄氏度的严寒中奔跑，晴朗的日子能看见银河倒挂在空中。于是，春末夏初，树木枝条还有绿芽，她们肩并肩坐在 20 世纪开凿的古老隧道拱形出口顶部，四条腿有节奏地轻快地晃荡，一个望着遥远盘曲的铁轨，发现跨境列车进入隧道，另一个倾听洞内的声音越来越近。她们抓住机会，双双跳入古老列车，随着铁轨，从落后的远东北部一直向南。

地球，自人类诞生来一直进化，也从未抛弃过去。千年人类宇宙拓荒史反哺地球，让地球变为一颗不断生长的活化石，永远一圈一圈自我记录着年轮。那儿的确是一座人类文明的生态博物馆，有着生活在前现代的部族，也有29世纪的非人类。她们躲入小小的三等火车的三等舱，混迹于从未见过的人与物当中，想方设法生存下来，完成了人类十个世纪的小小进化史。当列车抵达印度洋边缘，她已学会了处理量子起伏的所有影像，她则学会提取量子起伏中的所有声音。她们已变成开拓宇宙边疆的高级技工，没有人不想获得她们，让她们进入自己的舰艇。她们挑选了名为利维坦的怪物，以最快速度将她们带到人类的极限。整个路程比想象中困难，她们从列车中的躲藏者变为星际的捕食者，她们在促狭空间中学会生存，在广袤宇宙中学会毁灭。她们克服了生命的种种不确定，抵达人类宇宙的尽头。那儿好似一道虚空悬崖，站在边缘，能同时看到星辰的诞生与寂灭，再往远处，便是未知的荒凉了。人类还未想出办法，迈出抵达虚空的第一步。

她们同时感到惊诧、战栗与失落。她们发现旁边有着其他人。她们第一次遇见实验导演。而他已激动得忘记了周遭一切，似乎在星辰的生灭中，看到了宇宙与人类的奥秘。她们迅速透过他的双眼与呼吸，看到了量子海洋中，波粒二象性之上的另一种复杂的叠加态。一种关于多重生命的历史求和的轨迹。普通人将其称为命运，他将其称为艺术。他告诉她们，无数舞台遍布宇宙，每分每秒上演着名为艺术的叠加故事，而在遥远的猎户星团，无数高维的空间折叠成片场，更构造了小小的独立世界，每个世界都有其独特的叠加结构，就这样，她们发现了值得探寻的新边疆。

而他至今想不起他们真正的第一次相遇。

事实证明，新边疆魅力无穷，各有特色，总能带来不同趣味。她们一个负责叠加态的粒子，一个负责叠加态的波动，参与控制故事的进程，让别人在她们的基础上叠加、表演，攀登艺术高峰。她们迅速成名，片场的世界无人不知无人不晓，她们浪迹于片场不同

　　　　　　　　　　　猞猁学派

的世界，几乎忘记了宇宙旧有的边疆与古老的地球。

她们遭遇过他几次。他一次比一次先锋，一次比一次狼狈。可怜可悲的他生在渺小寂寥的地方，从未踏入过银河系，也没能真正从宇宙边疆获得任何艺术养分。他一直四处漂泊，居无定所，但他从来没逃离过头脑里的小小世界。他是个被自己头脑困住的人。

而他是被坚果壳片场困住的无名小卒。他的灵魂一直叠加在这小小片场上。他知道自己不应参与表演，不应让片场叠加作为命运的故事，让他自己的心灵叠加到导演的内心，与之反复重合、重合，以致下降到量子海洋的波动与粒子层面，让世界的根基开始动摇。

他于是紧紧抱着她，抱着她们，像在拥抱进入不确定态的片场。

第四幕

片场时间的流逝在加速、不停加速。太阳吞噬金星，淹没了金星表面硫磺味的大气，变得巨大无朋，不需镜头处理，就占据半个地球天幕。小厂工能看见太阳黑子高速滑过色球层，看见太阳表面喷射气流达几千米高空。太阳内部的聚变反应变得不稳定。

他变回作家特里果林，不再放荡不羁，而打扮得严谨得体，像个绅士。他跟上阿尔卡基娜的脚步，再次踏上地球，太阳照亮了她的面庞，月亮的反射光为她那曼妙身段打上一层银边。时至午夜，海浪持续拍打崖壁，平坦的地表则被岩石与树林覆盖。树叶来不及抽芽，就被膨胀的太阳烤干，热干燥的风与烟在树枝间呼啸。小厂工冷静地计算着万事万物的元素配比，包括他们自己，以免被太阳风瞬间席卷，化为宇宙灰尘。他与阿尔卡基娜四目相对，这一切便转入潜意识工作了。

他感叹："这里变化真大。特里波列夫还是适合在这里工作。你我不一样。你最喜欢哪里？"

"热那亚。我爱那儿街上的人群。夜晚，你出了旅店，走到挤满人的街上，不要定什么目的，只夹在人群中，挤来挤去，顺着弯弯曲曲的路线，漫游下去，你就能活在它的生活当中了，你叫你的精神和它紧紧连在一起，于是，你会相信，一种宇宙灵魂确实存在，就和当时妮娜在剧本里演的一样。说真的，她现在在哪儿？"

"我不知道。"

"听说她过着一种相当特殊的生活。"

"那是很久以前的事儿了。"

"我听说，她从这儿逃出去，就和你混在一起，生了一个孩子，孩子死了。如我所预料，你迅速厌倦了她，又去重温旧情，你从来没断绝过，像你这样没骨气的人，安排好到处兼顾。"

他轻轻耸肩。

"这都是我从传闻里听的，和你搅在一起，她的私生活很不幸了。"

"舞台生活呢？她离开后，我就不知道了。"

"听说更坏。她初次登台，是在银河系近郊的一个露天剧场，人们疯子似的舞蹈，她一个人在台上表演。后来，她就往银河系中心的方向去了。她一路旅行，一路表演，错过了地球，继续往恒星群里面走。我听说，她总演主要角色，可演得很粗糙，没有味道，尽在狂吼，尽做些粗率的姿势，偶然有些时候，哭喊一声，或者死去，表现出一点才气，也仅此而已了。她或许应该做点别的——"

"特里波列夫，"小厂工远远招手，实验导演从榆树后出现，小厂工顾左右而言他，"阿尔卡基娜告诉我，你已经把过去忘记，不再生气了。"

红发阿尔卡基娜露出似是而非的笑容。特里波列夫向小厂工伸手，若即若离地握了一下。

阿尔卡基娜看向特里波列夫："你看，我们给你带来了崇拜者的问候，在银河系、在地球，大家都对你本人发生了兴趣，不断打听你：他是什么样子？多大年纪？棕头发还是黄头发？我不知为什么，大家都揣测你不太年轻了，谁也不知道你的真名，因为你签的是化名。你就像蒙面人。"她盯着特里波列夫："可你的东西我一点都没读过呢。我永远没时间。"她突然又问："你跟过她一段时间，对吧？"

"我去看过她，"特里波列夫踟蹰了一会儿，才说，"可她不肯见我，不让我进她屋子，我了解她的心情，也没坚持。"他垂眼看地面，"其实我也没什么可告诉你们的。后来，我回到家里，接过妮娜的信息，写得很聪明，句句都诚恳、有趣味，没有抱怨，我却能感到她无限的不幸。她的想象力有一点混乱，自己署名"海鸥"，在所有信息里，屡次说自己是一只海鸥。现在，她就在这里。"

小厂工问："在这里？"

"在附近，徘徊了五天了。我去过，可还是谁也不见，我看见她穿过荒地。"

小厂工悄声说："她不会见我们的。"

实验导演回答："她会的。"

小厂工摇头，跟着阿尔卡基娜离开。

太阳持续接近月球轨道，月球则绕到天幕另一侧，最后一次反射太阳光辉，通过天空与大地，散射出软光的色泽。

实验导演摩挲自己的面貌："我尝试过那么多新形式，可还是一点一点掉到旧套路里了。特里果林，他创作很方便，他有一定格式——我要如何摆脱形式，只为了那种从人心与宇宙直接流露的东西——"

他感到有身影一闪而过。他听见迅速的脚步声。

"妮娜？"他问。

黑色实验化装间变为透明，出现在特里波列夫面前，他迈入立方体光洁的空间，妮娜已把脸伏在他的怀中，轻声抽泣。

特里波列夫情绪激动："妮娜！妮娜！是你呀，真是你，我早就有了预感。她们来了，我最珍贵的、最可爱的！"

妮娜与他拉开一段距离，眼睛紧盯着他："让我看看你。"她又往四下看，"这里变了，我以为这里永远不会变，我变得很厉害吗？"

"你瘦了，你的眼睛大了些。妮娜，我知道你回来有一段时间了，我每天都像个乞丐似的找你——"

"我怕你恨我。我每夜都梦见你看着我，可又不认识我了。自从我回来，我每天都围着湖边转，我有那么多次走近你，但每次都下不了决心。我走了那么远的路，花了那么多时间，终究又返回来了，让我们坐下来，谈一谈，谈一谈吧。这里又暖和又舒服。屠格涅夫写过这样一段：'在这样的夜里，有避风雨的屋顶、有取暖的炉火的人，是幸福的。'我是一只海鸥，不，我说错了。"她轻轻摸自己发烫的额头，"刚才我跟你说了什么？——啊，对，屠格涅夫'愿上帝帮助所有无家可归的流浪者吧'，这其实都没关系。"

她轻轻啜泣。

"妮娜，你看你又哭了。别哭。"

"不要紧，哭了我才觉得放松。我很多年没哭过了。昨天晚上，很晚了，我到这里来，看看过去那座舞台是不是还在。"她指着残破的月面似的舞台，"它还在那儿，我就哭了，然后我心里也舒服了些，精神开朗了。你看，我不哭了。"她拉住他的手，"现在，你果然是一个导演了。你是一个导演，我是一个女演员，我们俩同时被牵扯进生命的旋涡里。我从前那样快活地生活着，像一个孩子，每天早晨，一醒来就唱着歌。那时候，我爱你，我梦想着光荣，然而现在呢？我明天一大早就得离开了，三等火车三等车厢，混在我也弄不清的动物和事物中间。到了那边，我得忍受着种种赤裸裸的虚伪殷勤，我也变成了赤裸裸的虚伪殷勤——"

"为什么要离开？"

"我签了一整个冬天的合同。我必须去。"

"妮娜，"他抱紧她，"我骂过你，恨过你，撕过你的信和照片，然而我时刻都知道我的心灵和你永远连在一起。我没能力让自己忘记你，妮娜，自从失去了你，自从我开始成功，我的生活一直是不能忍受的，我痛苦，我的青春像是突然被夺走了，我觉得自己仿佛已活过九十岁。我呼唤你，我吻你经历过的空间与时光，不论我的眼睛往哪儿看，我都看见你的脸，看见你的微笑，在我一生中最愉快的时候，照耀着我的微笑。"

妮娜听了，真正错乱起来。化装间边缘，一层层空间碎片开始剥落。

"他为什么说这个？"她说，"你为什么说这个？"

"我是孤独的，没有任何感情温暖我的心，所有我创作出的东西，都是枯燥、无情、暗淡的。留下来吧，妮娜，我求你，不然让我跟你走。"

妮娜脚边出现行李箱，她迅速戴上帽子，披上披风。

"妮娜，为什么？这是为什么？"他看着她将一切穿戴好，好似恢复了面貌。

"别送我，我一个人走，给我一点水喝。"

他并没有水。周围火燎似的干燥。太阳越来越近，月球沿轨道接近太阳，还没进入色球层，就化为火球，迅速湮灭。月球残渣落向地球。地球的海洋开始沸腾。

妮娜问："你为什么要吻我的命运呢？你应该杀掉我。我很疲倦，应该休息休息，我多么需要休息，但我需要离开，风抬起我，吹着我不断往前。我是一只海鸥，不，我说错了，是一个演员，不，是一只海鸥！"

虚空中传来阿尔卡基娜和特里果林的笑声。她静静地听着。

"他也回来啦。好，这没关系，他不相信演戏，总嘲笑我的梦想，于是我自己也一点一点地不相信了，最后我失去勇气。除此以外，再加上爱情、嫉妒，对孩子日夜提心吊胆，我就变得庸俗、浅薄了，我的戏也演得糟糕透了。我不知道两只手往哪里放，不知怎样在舞台上站，我的声音也不由自己做主。一个人明知自己演得很坏，那是怎样一种感觉？我是一只海鸥。不，我说错了。你还记得你打死过一只海鸥吗？一个人偶然走来，看见了它，因为无事可做，就毁灭了它……这是一篇短篇小说的题材啊……不，我要说的不是这个……"她继续用手摸自己的滚烫的前额，"刚才我谈到什么？对，表演。现在可不是那样了，我们不再需要假装，不再需要努力深入角色，就能直接通达宇宙的潜意识了，所以我是一个真正的演员。我在演戏时候，感到一种巨大的快乐，我兴奋，我陶醉，我觉得自己伟大。自从我回到这里，在我漫长的散步中，我感到自己的精神一天比一天坚强了。现在，我知道了，我懂得了，我们这种职业，不论是舞台在何处，不论何时何地都是舞台，要的不是光荣，不是名声，不是我梦想过的那些东西，而是耐心，要懂得背起十字架的信心。我有信心，所以我不那么痛苦了，而每当我一想到我的使命，我就不再害怕生活了。"

特里波列夫悲哀地摇头："你已找到你的道路，知道向哪个方向走，这也好，也好。可我，我依然在梦幻和形象的混沌世界里挣扎。"

"嘘……"妮娜安慰道，"可是我得走了，再见啦，等我成为一个伟大的演员，来看看我吧，答应我。但现在，时间已晚。还有，你见着特里果林，什么也不要跟他说——我爱他！我甚至比以前还要爱他——这是一篇短篇小说的题材啊——我爱他，狂热地爱他，我爱他到不顾一切。从前的日子多么快乐，你还记得吗？我们从前的生活多么明朗，多么温暖，多么愉快，又多么纯洁，而咱们从前的感情又多么像优美甜蜜的花朵呀，你还记得吗？'人，狮子，鹰和鹧鸪，长着犄角的鹿，鹅，蜘蛛，居住在水中的无言的鱼，海盘车，和一切肉眼所看不见的生灵——总之，一切生命，一切，一切，都在完成它们凄惨的变化历程之后绝迹了——'"

她冲动地拥抱着、亲吻着特里波列夫，然后跳出玻璃墙似的实验化装间，直接从地球与太阳夹缝中消失。整个空间被地球沸腾的水汽与燃烧的烟雾笼罩，几乎什么都看不清。

他怔怔地向前望着，似乎突然理解了宇宙给予他们的命运。她坚强地爱着。他坚强地创造。他们变成了异面不相交的直线，看起来重叠，却从未真正接触。

尾 声

小厂工焦虑地望着实验导演。该结束了。红发双胞胎已变回原本样子，不再一个年迈一个年轻，感情过度充沛。她们又恢复了热情中的一股子冷静，上蹿下跳，来回调验太阳系片场各处布置的镜头和收音。她们趁小厂工进入角色、毫不知情的时候，让每个隐秘的角落都填满设备。而她们似乎不准备回收设备了。小厂工隐隐不安，他更担心神智不清的实验导演，他还未将角色处理完毕。

故事还没结束。他意识到。特里波列夫还没自杀。

小厂工检查计时器。片场钟表的粒子振动准确无误。故事该结束了。影片马上抵达尾声。红巨星的火苗尖端开始舔舐地球。他听见地球从内部炸裂的声响。

实验导演仍不为所动。他双膝着地，跪在实验化装间透明的框架内部。被制成标本的海鸥终于出现在他面前。他亲吻着海鸥头部，尖尖的向内弯曲的短喙，手中不知何时变出一条长枪。不是道具枪。一条货真价实的、能带动粒子、射穿多重维度的半透明长枪。机理和材质同实验化装间的设计一模一样。小厂工学过违禁枪支图谱，读过一颗子弹如何打穿整个太阳系。他万分惊恐，敲击通信，想让实验导演停止，可导演听不见他的嘶吼。他却能听见实验导演念念有词。红发双胞胎咯咯咯的笑声在小小的、残缺的太阳系中回荡。

他听见特里波列夫悄声重复布列松的句子："电影在我脑中出

生，在剧本纸上被我杀掉。演员给它新生，而之后在摄影机中被杀掉。在剪辑室中，被肢解的片段组合成最终形态，而电影得到第三次，也是最后一次的生命。"

然后，特里波列夫掉转枪头，将指向海鸥标本的、黑漆漆的枪管猛地塞入自己口中，捅到上腭，扣动扳机。

太阳的边缘恰在此时此刻，灼干了地球的海洋。灰褐色岩石瞬间化为翻滚稠密的流浆，好似地幔由内向外，翻开地壳。不，地幔早已在地球表面泛滥。

特里波列夫的子弹却花了很久，才穿透他的脑壳。零碎的血浆从他口中与脑干迸发，形成缓慢的高速镜头。你甚至有时间发现球形的小血滴倒映了扭曲变形的全部太阳。

时间变慢了。小厂工想。

不。

片场计时器停滞了。粒子振动像是被某种强力紧紧拉扯，拉着向回摆。

他抬头。子弹总算穿过了实验导演的脑壳。枪响的声音才穿透实验化装间，传了过来，响彻太阳系片场，震得小厂工头皮发麻。子弹却拐了弯，没能飞出化装间的框架，而贴着透明壁垒，被弹来弹去，来回反射，速度越变越快，没一分钟便看不到子弹头，只能看到子弹的影子了。灰黑色影子一直没打中海鸥，只在实验导演的肉体内反复穿梭，很快便把那个家伙打成了血肉模糊，蜂窝状的一团红黑色物质。可是他的声音还在震荡："——被肢解的片段组合成最终形态，而电影得到第三次，也是最后一次生命。"

小厂工明白了原委。他想高呼，却发不出声音。为时已晚。

子弹似乎终于找到了自身的节奏与角度，有一瞬间，放慢步伐，对准海鸥标本的头颅，嗖一下，穿透了那可怜的，永远飞不出湖水、飞不出地球、飞不出宇宙边界线的自由的小动物，穿透了实验化装间的维度壁垒。透明格挡应声而碎。来自宇宙深处，量子海洋起伏又冻结的碎片四处飞溅。子弹直勾勾飞入即将吞噬地球的太阳，一层一层深入聚变反应的核心。红发双胞胎铺散在天穹的全景复眼镜头应声而碎，没发出任何声音，悄然向着地球跌落，汇聚，变为一股旋转的风，流向实验化装间的位置，很快将实验导演紧紧包裹，如同蚕茧。

小厂工感到自己的片场正在崩溃，一种有序的崩溃。他意识到自枪响后，片场没再发出一丁点儿的声响。信息都被吸收了，都被记录在量子起伏中，即使整个太阳系覆灭，也没关系。他抬头，红发双胞胎露出一模一样的笑容。她们细长的十指仍疯狂敲击虚空。他的片场计时器开始向回摆动了。沸腾的地球悄然熄灭。太阳演化而成的红巨星不再膨胀。它开始收缩、后撤，似乎子弹正拉扯它，向着时间线的反方向行进。但子弹似乎已完成了对于太阳的重构。它从太阳轴线的另一侧飞出，沿着片场边缘、多维空间压缩而成的内凹陷墙壁滑行，于夜空中拉出流星一般的优美弧度，穿过红发双胞胎太阳穴，没留下一丝血迹，返回了地球。小厂工没来得及做出反应，子弹便射穿了他的胸膛。没有痛感，也不怪异。他只知道子弹带走了实验化装间叠加在他心灵之上的，关于角色的一部分，带着作家特里果林懦弱的心灵，度过了末日的分割线。

片场的万事万物都开始反向流动，重新组合。他听见妮娜倒着念出"人，狮子，鹰和鹧鸪——"，感到妮娜离开他的怀抱。双胞胎的过去倒着重现在他面前，重新演绎一遍。整个片场化为奔驰如梭的粒子与波动，交织为炫目景象。从尘埃到太阳，万物都朝着一个方向沉淀，形成实验导演想要的、恰到好处的稳定态。小厂工沉浸其中，再次参与了整个进程。他脑中风驰电掣，滑过角色与他自己经历的过去所有的一切。他激动万分，磕了药一样飘飘然。

当一切即将结束，一切又回到开始。

实验导演不知何时已恢复原状，没戴帽子，下巴沾着奇怪的血，提着一支枪和一只被打死的海鸥。他并不严肃，并不冷静，两种表情同时在他脸上上演，一会儿露出对后历史景象的幽闭恐惧，一会儿又变为朝闻道夕可死的孩子笑容。

子弹继续高速飞行，来到了故事的开头，穿过了故事的开头，吸收着同卵双胞胎布置于片场各处的设备。片场也开始震荡，随之崩塌，一切的景象和声音开始混合、震荡，变为一片模糊。危机感重新浮现。小厂工四顾，子弹已不再是子弹，变成了一片模糊的白色物质，像海鸥。

他突然理解了他们的目的，他们的行为艺术，他们利用永恒的粒子与波动，利用量子宇宙片场的种种躯壳，刻画永远自由，又永远飞不出去的海鸥。

一种即便人类抵达宇宙与心灵的边界，也无法摆脱的意象。

于是，到底是子弹，还是海鸥，小厂工也弄不清楚了。他没时间思考理论物理、太阳系机制、契诃夫的四幕剧。他的坚果壳片场即将毁灭，即将向内崩塌，化为真正的奇点、黑洞，吞噬周围片场。而他无能为力。

他发现红发双胞胎已悄然遁形。实验导演的身影正与他合二为一，就像作家特里果林和主角特里波列夫互为镜像。整个片场开始痉挛、颤抖，向着小厂工与实验导演的重影坍塌。

启示录说，在世界末日，星空的卷轴将被卷起。

小厂工目睹了全部过程。

感觉与认知的永恒表达式如同恒星耀眼的光芒，迸发出超新星的色泽与热量，迅速燃烧殆尽，被奇点吞噬。

里面有一丝海鸥的影子。

据说，看过它的人，永世难以忘怀，因为它已通过蜷曲的坚果壳宇宙，进入量子海洋深处无尽的潜意识。人们说，没有实验化装间，你也能在半梦半醒的夜间，抵达那里。

而自那以后，小厂工合上双眼，便能抵达海洋深处，看见海鸥的影子。他再也没见过红发的同卵双胞胎，也没见过实验导演。他想她们俩已快乐地完成使命，继续游荡宇宙，寻找下一个目标。而他已躲藏起来，不愿再面对世界，于是同它合而为一。

他花了很久，才重新拥有自己的小小片场。落成的一天，他回忆起她们离开太阳系的时刻。

他走入坚果地球的第一场大雨，安静地哭泣。

注：戏中人物对话基本参考原文。

空间围棋

1

吴旭每一次穿过钟乳石港庞杂错综的小巷，都觉得精神恍惚，仿佛刚从梦中醒来。巷子很窄，只够两人并肩穿行。巷子里灯光也少，有各式店家昏暗的霓虹。巷子上似乎没有任何遮拦，只盖薄薄的透明防护膜。溶洞空间站转向地球时，太平洋湛蓝的光泽恰好铺满巷道；转向太阳的日子，光线强烈，甚至照亮巷子深处乌烟瘴气的棋馆。弟弟的医疗费，都是吴旭在棋馆赌来的。他玩牌数一数二，象棋和麻将少有敌手，最擅长围棋。空间站的工人闲来常玩七乘七乘七的立体局，以保证头脑运转水平。坊间传言，吴旭能玩十七线的立体围棋。

骨瘦如柴的"骨架子"，半个身体满是机械，半个身体满是针孔。他用烟熏的手指一边卷致幻蘑菇，一边指指点点，向大家解释吴旭的本事。他说，线数多少不说明问题，时间足够，十七路的他也能玩。关键是思考的时间！他吹嘘，吴旭两秒一步棋，从不算计，全靠直觉。他认定吴旭是直觉主义者，大骂住在地球上的人。他们衣冠楚楚，仪式繁多，正襟危坐，一两个小时才走一手棋。吴旭和"肉松"清楚，"骨架子"故意胡说八道。地球上基因优化的家伙们也能两秒一步棋，而且常玩十三线以上的局。"骨架子"只在兜售吴旭的神话，好让更多的人质疑吴旭，挑战吴旭，他们便能在局外抱着钱箱，让围观者押吴旭的胜负。可惜，近三个月，吴旭意外败了三场，输给没听过名的人。"肉松"认为，那三个家伙不像长居空间站的棋手。"骨架子"便去钟乳石港，找一同抽大麻的毒友，打听注册入境的优化人。

表演赛那天，吴旭收到"骨架子"信息："三个都是地球人，老地方聊。"

他没有立刻前往埃舍尔棋馆，而是陪脑瘫的弟弟下了十九乘十九的老式平面围棋，等母亲从厂房回来，才起身离开。

"哥今天输了，"吴常慢慢说，"他心不在焉。上午球形竞技场和钟乳石港对接，整个空间站的底盘都在震，哥那时走神了。"

林文将小儿子的轮椅推开，才对另一个儿子说："记得回来。"

吴旭站在门口，背对着他们摆摆手。

地球被灰蒙蒙的球形竞技场挡住，吴旭双手揣兜，慢慢往钟乳石港走。他在小巷穿来穿去，想起父亲讲述的关于围棋的梦：他的父亲吴宥看管数据库。球形竞技场大型比赛的关口，他却私自下棋，造成重大事故，停职后一病不起，没多久便离开人世。病榻上的吴宥从不后悔。他说，在那场私人的棋局里，他梦见高人指点，随着棋局，到过地球流水庭院，甚至抵达宇宙的尽头。他在那儿，差一点儿就瞧见围棋的真谛。

围棋的真谛。吴旭心想。

他抬头，瞧见巷子尽头，浮于空中，十三线的立体局。棋盘由银线交错而成，棋子黑白均匀，对称地摆了很多座子，应是模仿藏式围棋。立体棋盘恰好堵住通往钟乳石港的路口，棋盘下方盘腿坐着金发大个子，低头翻看纸质棋谱。巷口外，广场人头攒动，票贩子叫卖："立体围棋表演赛！木卫二的黄铜机器人挑战来自溶洞空间站的棋手！……"

广场高光照得纸张发亮，大个子看得专注，屏蔽了身后的人声鼎沸，入定一般，一动不动。

吴旭戴上兜帽，半个身子缩进巷边小棋馆。他认识他。金发大个叫本杰明，三个月前将吴旭杀败。棋局震动钟乳石港巷区，让所有人记住本杰明有棱有角的面庞。此时此刻，本杰明守着巷口，没人敢过，想看表演赛的，都绕了远路。

小棋馆老板向吴旭递眼色，送他一扎黑啤，提高视频信号音量，吴旭才发现港口电台正播放报名实况。他的经纪人，话痨库帕，有板有眼大声交涉。

巷道对面，"骨架子"晃荡着走出埃舍尔棋馆，到路中间，旁若无人地擦拭金属义肢。

视频画面中，库帕左右脸不协调，显得似笑非笑。

"代理吴旭？"办事员敲数据，"库里没信息。没有合格的身体认证，不能参加公开赛事。"

"你瞧，亲爱的，"库帕温柔地打量办事员，"不，您瞧，您常年住在地球，往来空间站也只乘坐闪闪发亮的高级长梭舰艇，您对空间站的了解，或许局限于官方数据。库里的信息只是给地球人看的。请原谅，我已习惯地球人这个称呼，就好像我们是外星人。不过，我们这一代，生于空间站，长于空间站，确实活得不像纯种人类，所以很难拿到身体认证，不信，您瞧！"

库帕突然贴近办事员，揭开半张脸皮，露出满是金属芯片和人造纤维的面部轮廓，晶体义眼滴溜溜转动，吓得办事员直退到柜台里面。

"不要害怕。"库帕转身，昭告天下一般，"放在地球上，这是艺术，马赛克、拼贴画、立体主义，火星高级匠人的手艺。近地空间站鱼龙混杂，最近三个月居然得到地球上优化人的青睐。"

人群嘘声一片。

本杰明注意力离开棋谱，双眼瞥向视频信号。他充满好奇，盯

　　　　　　　　　猞猁学派

着库帕一阴一阳半张脸。

库帕戴回假脸，招呼办事员，安慰道："您不要害怕，我们只是因各种工伤、各种辐射，身体不可挽回，出了问题。保险无法覆盖应有的医疗，将有机肉体改造成无机机械，反倒来得便宜。如您所见，大部分空间站人，都是半个机械，有的连大脑都用芯片换了，可称得上人工智能了，哈哈，因而无法满足身体认证标准，无法在库里注册信息，久而久之，保险公司干脆停止认证，让我们随意繁衍生息。不信您瞧，近二十年认证的，只有来自地球的管理人员呢。"

"不合格就是不合格。"办事员恢复镇定，"吴旭如果也和你一样，半张脸笑，半张脸哭，还是不能参加比赛。"

"别急，这就说到点子上，吴旭和我不一样。他父母将血汗钱全用来优化下一代。所以他是纯种人类，下棋不带一点儿芯片，也能轻取桂冠。应该说，他能一边计算高等数学，一边下立体盲棋。"

库帕语调轻松，眼神却很犀利。办事员觉得他要闹事，便小心敲击键盘："就算他是优化人，围棋水平如何？"

"很好。"

"好到什么程度？"

"地球上流行多少线？"

"十一线。不怕浪费时间的人，玩儿十三或十五线。无聊的教授用来打发时间。"

"围棋协会的人，他们玩多少线？"

"通常对局走十七的立方，视时间长短，会摆座子。十七线四千九百一十三个点。吴旭……"

"——他能下十九的立方。"库帕迅速张开手掌，手心屏幕于空气中投射全息视频。

快放图像中，吴旭一人同三人下十九线立体围棋，十秒内落子的快手，下了七天，靠营养液维持。他赢两局，败一局。输家一位是巷区名人，"肉松"；一位是空间站高手，总督次子金俊皓。赢家险胜，身份不明，行为举止不像空间站人。

视频播放完毕，库帕拔下机械中指，剥掉人造皮，露出老式数据条，笑眯眯递出去："两个月前拍摄，真假您拿去验证。里面有我的联系方式，如通知吴旭体检，随时联系我。表演赛持续一天半，离开赛还有五小时，我相信吴旭有机会，不是吗，亲爱的？"

库帕抽身要走，办事员叫住他："如果吴旭天赋异禀，出生时，应可申请地球居住权。他留在溶洞空间站，不觉得可疑吗？"

"他父亲去世，弟弟基因优化失败，脑瘫。他有理由留下。"

"和你们混在一起，他不想走？"

"哦。"库帕抽动半张脸肌肉，笑容扭曲，"等我去问他。"

棋馆人用余光打量吴旭。小棋馆老板给他换上一杯伏特加。

港口电台将信号切到球形竞技场的准备室，空间站棋手金俊皓已在准备。

吴旭迈出棋馆。本杰明远远瞧着他，露出温和微笑，似乎早就发现他了。吴旭掀开兜帽，琢磨着必须应战，便远远站着，研究了本杰明摆的座子，准备上前，却发现库帕已穿过广场，站在本杰明身后。

"从里面出来，需要和你下棋。从外面进去呢？"库帕笑着问。

本杰明点头，表示还得过他这一关。他仍然盘腿，声音诚恳："如果我胜，想借你的眼球一用。"

"臭棋篓子。"吴旭嘟囔，想阻止库帕下棋。"骨架子"似乎发现了什么，突然上前，伸出金属胳膊，卡住吴旭肩膀，连拖带拉，将他拽到埃舍尔棋馆地下屏蔽室。一路上，吴旭顺手指点了埃舍尔棋馆老板的对局。"骨架子"见了，有些气急败坏。

小房间坐定，吴旭才问："怎么？"

"和埃舍尔老板对局的家伙，你仔细瞧了？""骨架子"问。

"没有。"

"一个月前你也输给了他。"

　　　　　　　　　　　　　　　猞猁学派

"都集中在今天?"吴旭问,"还有一个打败我的家伙呢?"

"叫韦伯,地球人,围棋协会的。外面那夸张的大个子,全名本杰明·汉密尔顿,也是地球人,围棋协会。"

"楼上的先生?"

"没查到。""骨架子"摇头,"他大概用假身份,伪装了指纹、面部和瞳孔。重要人物吧。"

"总之,他们在试你。""肉松"坐在房间中央,慢条斯理接过话,"可惜,你三盘皆败,不经试。于是,问题来了,他们为何仍然不依不饶?"

"不知道。"

"肉松"继续问:"这回,想走?"

吴旭没抬头,他承认,他早就想去地球了。他可以做专业棋手,赚钱为吴常提供最好的医疗,或许还能让弟弟和母亲成为地球人。时至今日,围棋协会虽没人出手,但也没人赢过木卫二的黄铜人。吴旭胜,将有筹码申请地球居住权,加入围棋协会。

"这是个机会。"吴旭说,"我能赢黄铜人。我看过之前的比赛推演。它不如我。"

"肉松"慢慢开口:"我就猜,有一天会分道扬镳。"

"骨架子"踹了他一脚。"肉松"晃了晃,没动地方。

吴旭摇头:"不会的。"

"局势变得很快哦,优化人。那位黄铜人的构造,我们都没搞到。""肉松"使劲吐烟圈。

"没关系。你能赢。""骨架子"告别似的揉乱吴旭头发,好像离开这房间,吴旭便去了地球,从此分属不同阶级。

三人气氛有些凝重,库帕悄悄打开门,探进头,都没发觉。库帕输得只剩一只眼,便用另一只,借助微弱灯光,勉力观察三人的表情。

他突然叹气,说:"真的想走了?"

吴旭点头，而后跳起来。"骨架子"露出金属骨骼中的枪管。

"是我！"库帕指黑幽幽的凹槽，"眼球输给本杰明了。私自下一盘棋，就不认我了？"

"少一只眼睛，走路也要看身后。""肉松"站起来。

库帕回头，是埃舍尔棋馆老板，老板后面，是方才与他对弈的精瘦棋手。

库帕完全没察觉，吓得退一步。

"不要紧张。"有些佝偻的老板举起双手，"我只是下不过他，来找吴旭讨一着妙棋。"

棋手也举起细长手臂："来看看。没威胁他。"

"骨架子"瞄准对方眉心："不如给我你的真指纹。"

"其实，你们都认得我。"棋手说，他伸胳臂，指着吴旭，动作飘忽，像长手长脚的牵线木偶人，"他藏得更深。"

"他是优化人。我是他的经纪人。有事跟我谈。"

棋手笑了。他调出与老板的对局，将全息图推向吴旭："你是他，下哪儿？"

九线的简单局。棋手占优，埃舍尔老板也能翻盘。吴旭瞥一眼棋局，直勾勾盯着棋手柳叶似的眼睛，指了星位旁边一个立方体对角"间"。

"肉松"和库帕转向棋盘。

棋手笑意更浓。他问老板："刚才，这位骨瘦嶙峋的瘾君子拖着吴旭，进入您的棋馆。我记得，吴旭也顺便点了您一手。"

"对对，只随便点的，在天元。"

"随便点的吗？"

吴旭嘴角抽动。

"你们瞧，在地球的棋城，有一些人笃信围棋是相杀之棋。就像您金属骨头里的枪、骨头侧边镶的刀片。杀意贵在藏，方能露。吴旭的'间'，压着棋力下的，藏得很妙。一招天元，才兴致勃发，露

　　　　　　　　　　猞猁学派

得惬意。其实，那三盘棋，是他故意输给我和我的学生呢。"

他使劲搓手指，抓住"骨架子"的胳臂。金属义肢上留下指纹。"骨架子"打量吴旭，还在发愣，没拦住棋手。那家伙一转身，闪过门口，便消失了。吴旭越上前，撇下几个人，爬到一楼，推开喝酒赌棋的人，一路冲出棋馆。

巷道空荡荡的，几乎没有人影。本杰明仍盘膝守在巷口，隔开光线炫目的广场和黑漆漆的巷区，好像世间只有膝头的棋谱。地球蓝色光辉划过球形竞技场，本杰明上方未完成的棋局与吴旭的影子同时投到墙面。

吴旭没找到棋手，只瞧着棋盘，周围人停下动作。他走向给他倒了太多酒的小棋馆老板，跳到柜台里，从筷筒抽出一双长筷，从老板的棋篓夹一颗黑子。他来到本杰明面前，探手，胳臂伸进银色剔透的全息棋盘，轻巧地挑起筷子，将黑子放入白子杀着旁边，三线交织的一点。

筷子松开，棋子悬于虚空之上，透出幽幽墨绿。

本杰明双膝回收，直接站起，侧身看棋盘，微微点头。他伸手，掌心是库帕的眼珠子。吴旭笑笑，没要。库帕便将棋谱递给吴旭。

《忘忧清乐集》。原本复制品。

据说，古老纸书的复制品，在地球，也是稀罕东西。

吴旭问："哪儿来的?"

"我老师，齐戊。"

2

吴旭记得父亲讲的，梦里的棋局。

他在梦中进入棋室，对面高手看不见面庞。吴宥靠近棋盘，鞠躬坐定，充满疑窦，执黑第一手天元。对面人落星位，吴宥也落星位，依此往复。吴宥下了模仿棋。每一步都以天元为中心，走白棋对称点。对方却没有迟疑。十几手后，吴宥意识到，他们走的棋，正应和上个世纪吴清源执黑对木谷实执白。约至三十手，对方贴着第一手黑棋天元，落白子。吴宥环顾四周，棋室突然变为流水庭院，远处有风过树林与鸟鸣之声。平展展的木棋盘变为略有坑洼的古老石盘。棋子变成云子。对方开始破解吴宥的模仿棋。恍惚之中，吴宥仍跟着下，终于，被逼到死路。白棋欠一手，便可提吃天元附近五颗黑子。白棋落下一手，却没提吃。下一瞬间，石头棋盘消失，只留平面上纵横交织的银线，棋子仍在，他已身处宇宙深渊。上下纵深的金线自平面棋盘渐次出现，最终形成十九立方的空间围棋。

二维升至三维，盘面上多出的两口气微微闪烁，示意吴宥何处可以落子。

这似乎是梦境的全部，吴宥说，透过那个棋局，他差一点儿，便窥见围棋的真谛。

吴旭只知道立体围棋黑白对垒，棋子连缀，双眼成活。角三气，棱四气，面五气，其余一子六气。同平面围棋相似，靠近边角落子，更易占地守域，盘活棋路。金角、银棱、铜面，坊间的说法。只是立体棋路，气数过多，盘面往往少征杀。球形竞技场为避免无趣，总预先设置复杂且充满张力的座子。

吴旭知道，按时间计算，吴宥下梦中棋的时候，齐戊和备受尊敬的怀特先生正在参加球形竞技场表演赛。座子的形状是盘曲的双螺旋，黑子象征 A 与 G，白子象征 T 与 C。齐戊胜，顺利升为九段。可惜吴宥失误，数据库临时崩溃。齐戊的胜局没留下官方棋谱，更让那盘快棋成为传说。因为自那以后，代表计算主义的怀特，再也没有与代表直觉主义的齐戊对局。

吴旭记得齐戊，那家伙站在球形竞技场中心，手里摆弄黑子，举手投足的模样总是心不在焉。

吴旭走出巷口，齐戊已没有踪影。本杰明解释，他的老师已回地球去了。

吴旭问本杰明："如果我胜，能加入协会吗？"

本杰明说："看怎么提条件。"

吴旭的体检通知与"骨架子"的指纹报告同时抵达。围棋协会溶洞空间站分会要求吴旭半小时内抵达球形竞技场。通知书最后一个指纹章来自齐戊。"骨架子"对比枪管上提取的数据图，一模一样。"肉松"觉得齐戊难以预料。库帕催吴旭出发。他意识到，吴旭如加入协会，身为经纪人，他也有机会去地球。

"处理好你的眼睛。"吴旭提醒。

"猜我能看见什么？"库帕小声说，塞给吴旭一片儿隐形眼镜。

吴旭戴上，眨眼，感到身处球形竞技场贵宾区。竞技场如同四壁轻薄、掏空的球体。内部中空无重力区用以比赛。重力均匀的球壁被设计为档次不一的观赏席。贵宾席比普通席高一些，视野更为良好。吴旭随着库帕的眼珠向上瞧，总督次子金俊皓刚进入无重力比赛区，手扶悬于空中的座子，权作支点。座子的摆放依照地球南半球星图。黄铜人先手，在南十字星旁落第一子。

眼珠向回转，本杰明的脸露出来，小声打招呼。眼珠继续转动，贵宾席珠光璀璨的人与人的缝隙中，布莱克·怀特先生正襟危坐，表情严肃。

吴旭进入球形竞技场，思路集中在金俊皓与黄铜人的棋局上。体检时，他不得不摘下隐形眼镜。体验完毕，黄铜人已占优。吴旭感到今日黄铜人棋风有些不同，似曾相识。吴旭苦苦思索，表面上，显得有些恍惚，梦游似的跟随护士，坐到负责医师对面。医师展开体检报告，微微张口，表情停滞几秒。

医师办公室播放围棋解说，全息图投射实时棋局。

解说员评价："黄铜人大脑结构模仿人类，行棋的用时和棋风颇为计算主义，今日，尤其同怀特先生的棋路相近。金俊皓步步为营的下法，也从属精密的计算主义。现在看，胜算微乎其微。那么，我们是否需要一位直觉主义者应战?"

医师表情恢复镇定,露出笑容,问:"吴旭先生,您准备好应战了?"

吴旭听完解说,似乎悟到什么。

"我同负责人谈。"他说。

"哪位负责人?"

"围棋协会一方。"

"缘由?"

吴旭冷笑:"请问,我之后,还有棋手参赛吗?"

医师面不改色。

吴旭瞄一眼名牌,继续说:"莱克特医生,您主管球形竞技场的医疗已经很久,我记得,我父亲吴宥出事那天,您就负责棋手体征。事到如今,如果我失败,围棋协会是否给了您应急方案?"

"谈条件吗?"

"材料您看了,我,合格吗?"

莱克特医生关闭信息,拨通号码。解说评价金俊皓走了败棋。五分钟后,头发釉红、双腿修长的女士来到莱克特医师办公室。她虽步伐优雅,但没有女性的轻盈。起脚落足都经过仔细计算,同立体围棋高级俱乐部里那些成熟、彬彬有礼又富有心计的老男人一样。她叫普纽玛,采访节目中,喜欢说"围棋谓之围棋,以子围而相杀"。

竞技场中,金俊皓中盘认输。解说员宣布,休息一个小时后,表演赛最后一场棋,棋手,吴旭。

"相杀之棋,"普纽玛釉红色的指甲轻轻敲击桌面,"条件最好干脆简单。"

一瞬间,吴旭觉得怀特先生正盯着库帕的晶体义眼,盯着他,直直看到他心里,发现了他的野心。

他摘下隐形眼镜,悄悄捏碎。

四十五分钟后，吴旭抵达棋手入口。他换上方便行走于无重力环境的比赛专用服，贴附皮肤，乳白色纳米面料，覆盖四肢躯体，在脖颈处逐渐过渡为皮肤，与肉体无缝融合，显得精练轻巧。他剃了光头。

棋手入口紧邻贵宾席。来自地球的优化人大多端着酒杯，充满怀疑，审视他。吴旭看见本杰明。本杰明也瞪着他，好像不认识他的新模样了。本杰明手心眼珠发现吴旭，滴溜溜转动。本杰明便握了拳头，收起眼珠。怀特的座位离吴旭很近。吴旭用余光扫视这位老人。他身体百分之八十都换成人造组织，只余大脑保持棋艺巅峰。

吴旭舒展四肢，等待竞技场自动摆放座子。如他所料，数据库摆放双螺旋座子，将生命的编码与围棋的简洁合二为一。

解说员评论："十年前，布莱克·怀特先生与齐戊先生在双螺旋座子的基础上，走完了二人间最后一盘棋。齐先生胜。计算主义者说，他胜之不武。但数据库对棋局的详细记录丢失。当日现场观众的复盘只是片段。我们也只能在想象中，拼凑那一名局。今天，时光回转。怀特先生就坐在我对面贵宾席。齐先生位子空着。围棋协会认为，十年前的一局，代表了直觉主义与计算主义分道扬镳。那么，今天的表演局呢？"

不知何时，黄铜人已在吴旭身旁。它斜靠走廊墙壁，双臂交叠胸前，近处看，周身由精密合成材料造就，散发饱和度很低的黄铜色彩。它个子近两米，关节裸露，脚掌像铁靴，四肢像管道，躯体如同昆虫，分三节，头颅像大号铁罐头，整体构造却显得纤巧，做工细腻，模样符合维多利亚时代人类对机械工艺品的审美。它转动水晶般的眼球，先知一样瞧着吴旭，张开拉锁似的双唇，探胳臂，动作很克制，语气避免感情色彩："阿莱夫。"

吴旭有些愣，握住电路线暴露在外的机械手，回答："吴旭。"

阿莱夫手指异常灵巧，体温温暖。如下平面围棋，它用食指和中指夹起精致的棋子，也能胜任。

"先走一步。"阿莱夫微微鞠躬，借助竞技场入口处推力，跃入无重力空间。

溶洞空间站智能机器人不多，发达的人机交互及脑芯片技术，弱化了人类对人工智能的需求。操作员将大脑接入端口，便可维护空间站。人类相信，优化人的大脑更加可靠。只有在人类肉体难以抵达的地方，如遥远的木卫系统，人工智能技术才肆意发展。

进入球形竞技场前，"肉松"向吴旭谈了他的看法。"肉松"认为，地球上低端的人工智能，往往追求外观，弄得很像人类，但完全谈不上智慧。地外蛮荒之地的人造智能体，为应对不同境况，智慧或许已发展得同优化人不相上下，但没必要长得像人。它们如有情感，冷峻的金属面庞才是内心世界的天然屏障。黄铜人的设计则很奇怪。它像特地迎合人类的美感，是最为古老、最为质朴、最为精致的机械品。

"于是，问题来了。""肉松"说，"这位黄铜人，是优化人制造出来送到木卫二的智能体，还是木卫二人工智能自发造出的东西？"

答案不言自明。

距棋局开始六十秒，警示灯提醒吴旭进入竞技场。他握紧拳头，跳入无重力球形空间。

阿莱夫同他握手一刻，在他右手手心注射液体。那东西瞬间凝结成块。吴旭表现得毫无异常。阿莱夫进入竞技场，吴旭脑中传来微弱声响。

"你好，地外之人。"阿莱夫的声音。

吴旭没想到事情如此发展，但在心中说："你好，法外之人。"

立体围棋产生于21世纪初，风靡于21世纪中，得益于全息技术，均等的网格构成三维棋盘，投射于空气当中，人们指点虚拟棋子，放在相互垂直、三线交聚而成的点上。后来悬浮技术兴起，在正规比赛中，真实棋子取代虚拟投射。浑圆的黑白珠子成为新时代围棋。不久后，人类全面进驻太空，有人便想出点子，搭建无重力环境中巨大的立体围棋棋盘，称为空间围棋。它的线数多于一般意义上十一线以下的立体局。棋手飘浮在棋盘内部行棋。因而空间围棋变成的选手竞技项目，不属于常人休闲娱乐，只有脑力足够、体征合格的棋手有资格比赛。它也不再是二人之间，坐于一处，静谧的智力考验。无重力环境中，选手需依照立方体棋局的随机转动，调整自身位置，以便审视局势，放置棋子。选手的体态与动作也成为空间围棋判定的组成部分。棋艺高超，动作丑陋的家伙，不受欢迎。十几年内，参与空间围棋角逐的棋手无不变得极具观赏价值。人们开始将球形竞技场类比古罗马斗兽场，将选手视作斗兽场中的角斗士。他们称赞空间围棋是没有血腥、挑战智能与体能的终极竞技，是人类文明发展的巅峰。

阿莱夫的动作并不美观，机械人伸展躯体，仍显笨拙。吴旭曾在球形竞技场参加非官方赛事，但他未经专业训练，举手投足缺乏表演性质。观众开始吆喝。不设贵宾席时，普通席上也不设透明防护网。空间站的人会出于各种缘由，往无重力环境里丢酒瓶子、吃了一半的熏肉，或者开冷枪让子弹沿球体的直径飞向对面无辜观众。吴旭第一次胜过金俊皓一局，赌局输掉的家伙们甚至跃入无重力环境，差一点儿要了他的命。也正是种种事故，让球形竞技场声名远播。

吴旭与阿莱夫面对面，分别坐在双螺旋两根链条上。准备猜子决先手。观众席底端（一般称球形竞技场与空间站接口处为底）有人放冷枪，被防护网挡住。吴旭视力好，他瞧见"骨架子"悄然收回胳臂，"肉松"抱着一桶膨化食品，话痨库帕皮笑肉不笑。治安警装模作样送出小机器人，也没刻意寻找肇事者。

他冲阿莱夫笑，在脑中小声说："齐戊和怀特的对局，棋谱，我知道。"

他右手伸入拷在腰间的小口袋，攥出一把白子，伸直胳臂，举向阿莱夫，让它猜奇偶。

阿莱夫嘴巴没动，直接发出声音："其实，我也知道。"

吴旭胳膊微微一抖，说："不如，我当齐戈，你当怀特，这次，看谁赢。"

阿莱夫拉开胸前小盒，掏出一颗黑子。吴旭张开右手掌，白子飘入无重力空间，偶数。如他所料，阿莱夫故意猜错，去扮演计算主义者怀特。

下一秒，吴旭的白子都变成黑子，阿莱夫的黑子都变成白子。吴旭收回悬于空中的散乱棋子。他执黑先手，沿着双螺旋黑白座子向上攀爬，来到球形竞技场正中心附近。十七线的立体棋盘开始以天元为中心，缓慢转动。双螺旋座子好似突然获得生机的符码，悄然向众人展示它的奥秘。

吴旭探手，黑子放入天元。他轻轻转了它一下，黑子膨胀为黑色中空球体。

他转身找阿莱夫，黄铜人已飘到棋盘棱部，从胸前小盒子中拿出一颗白子，放到星位。

吴旭直接在天元旁边放了开局第三子。

全场哗然。

本杰明探头望向怀特。老先生表情僵硬，人造脊柱似乎灌了铅。解说员也在透过监视器观察怀特，阿莱夫放第四子时，才开口："各位都熟悉十年前那场棋的开局。但也允许我再做说明。众所周知，球形竞技场讲究下快棋，两手之间，时间间隔不能超过十五秒，加之座子，一盘棋控制在十五小时左右，其间选手只补充能量，不做休息。观众自便。一般选手临近中盘往往失误频发。不过，怀特先生和齐先生的棋局恰恰相反。据说，那天执黑先手的齐先生喝高了，因而第三子误放在第一子天元旁边。中盘将近时刻，齐先生的思路才越加清晰。但怀特先生比赛后半段棋力不济，惜败。吴旭今日一手，显然，他没有喝醉——"

本杰明与手心眼珠对视，小声问："他故意的？"

库帕的眼珠好似能读懂唇语，从上往下滴溜溜转。

"想复盘呢。"

眼珠子继续转动。

"不过，他们怎么知道棋谱？"

眼珠瞬间停下，静止不动。

贵宾席的观众都被棋局吸引，没人注意本杰明手捧眼珠，窃窃私语，也没人发现本杰明提早离席。只有怀特先生在本杰明起身时刻，瞄了瞄他手心工艺品似的眼球。

本杰明离开球形竞技场，一路扫描指尖儿的棋手身份标识，找到溶洞空间站数据库。数据库分新区与旧区。旧区十年前因管理员失职，被不明病毒入侵，产生过载与烧损，最终引起爆炸，连锁损害与其对接的球形竞技场数据库。

数据库爆炸部位接近溶洞空间站动力中枢，损害了反应炉正常运转。空间站整个底盘突然震动，球形竞技场接口错位。视频画面里，悬浮空中的棋子突然落向球形内壁，噼里啪啦敲击防护网。灯光全部消失，防护网内侧外侧爆出火星儿，观众无处可躲，一时如同人间地狱。虽然一分钟后，棋子飘回原位，电力逐渐恢复，观众毫无伤亡，只被火星擦伤，但事故严重，直接干扰了比赛。现场一些观众表示棋子摆放与原来不同，具体如何不同，则莫衷一是，加之数据库损坏，两位当事人选择下完棋局，并保持缄默。这场名局遂成为悬案。

可惜十年前本杰明还不到二十，没加入围棋协会。作为齐戊的学生，他无资格评判其中是非。他的老师也喜欢云淡风轻地转移话题。

本杰明不顾眼珠子反抗，将它塞到小黑盒里，放入裤兜。

新数据库安然无恙。本杰明逛到老数据库。吴旭的造访记录最多，原因是研究不明病毒程序。他走到老数据库最深处，有一座二十平方米的纸质书图书馆。图书馆仅天顶挂一盏灯，正中玻璃匣子空无一物，上面一个小标签，写《忘忧清乐集》。

他在那儿站了一会儿，离开房间，开始往回走。

他穿过钟乳石港小巷，地球正一点一点遮住太阳。他来到空旷无人的港口广场，太阳恰好被全部覆盖。地球边缘一圈蓝色，中间是黑的，显出美洲大陆城市辉光。仔细看，还能在太平洋·侧瞧见方方正正的棋城。

球形竞技场溢出欢呼。

吴旭胜。

3

吴旭乘长梭离开钟乳石港，载上其他新晋棋手，才前往棋城。他缩在最后一排，兜帽扣住半张脸，假装睡觉。

表演赛结束，他用刀片划开手心，取出阿莱夫注射的凝结物。"骨架子"鉴定，上等陶瓷芯片。"肉松"说，有人拷走旧数据库出入记录。库帕告诉他，对局开始不久，眼珠子就被装在密闭盒里，他也无从知晓本杰明现在何处。

吴旭陪吴常下了十九路平面围棋。临走时，他的母亲说："你父亲背的谱，可能有错。"

"还没找阿莱夫核实。"吴旭立在门口，背对他们摆了摆手，"我会弄清楚。"

胜利后，吴旭没收到阿莱夫任何信息，更没见过它。人们传言，私下赢过吴旭的围棋协会棋手，韦伯，也同黄铜人下了棋。棋局秘密设在月球背面，与表演赛同时开始，不设座子，十九路棋局，棋手的思考没有时间限制，但中间无休。与韦伯对局的黄铜人也叫阿莱夫，同吴旭对手长得如出一辙。赛事进行三周，韦伯惜败，精神损伤。赛后，莱克特医生在韦伯肩头找到陶瓷芯片的凝结物，未及化验，便被封存送往地球。

进入长梭，吴旭接受体检。莱克特医生抓住他手腕，露出手心一块长疤。

吴旭悄悄问："愿不愿意做笔交易？"

莱克特犹豫了，最后说："毕竟，你是统计学意义上最聪明的人。"

吴旭将凝结物塞给莱克特。

他本应乘坐长梭专机，但莱克特声称他需复检，便悄悄将他带入普通长梭。医生说研究后会将凝结物原物奉还，还给了吴旭指甲盖大小的数据条，也是机密。吴旭掏出"骨架子"给的单片眼镜，接上数据，用兜帽一遮，悄悄复盘。他发现，与韦伯对局的阿莱夫，棋风与先前的黄铜人一致，与他对决的家伙，倒像二号人物。复盘结束，他没看出韦伯有明显破绽，后背冒了冷汗。

有几个阿莱夫？他想。

吴旭前排的棋手正谈论木卫系统的人工智能。那家伙甚至站起来，掀开天灵盖，露出里面夹杂着脑细胞、人造组织与纳米芯片的大脑，说人工智能的物理结构，就像普通人大脑的物理结构，也像优化人大脑的物理结构，像他这颗杂合脑，都是思维与智慧的存在方式，其核心互相模仿，完全相似，因此优化人与黄铜人比棋力定优劣，并不科学。

思路很有趣，大概是远地空间站人普遍的想法。

吴旭有些好奇，微微掀开兜帽，仔细观察对方的大脑，做工比库帕的半个电子脑好。那家伙又高又壮，像一面墙，彻底挡住吴旭视线，也恰好能让吴旭仔细观察他的脊背。人造皮肤下，电子神经的微光遍布皮肤。吴旭不由调节单片眼镜，扫描那家伙的身体构造。

天哪。吴旭想。那家伙的脊髓里全是电子神经，血肉皮肤下由一层厚厚的脑神经芯片构成。

"整个人就是行走的脑皮层嘛。"吴旭小声感叹。

"他叫提坦，传说中的远古巨人。"

吴旭吓坏了，抽出"骨架子"送的防身陶瓷刀片，低头，座椅旁边站着四五岁左右的小丫头。银色头发，皮肤黝黑，眼睛碧绿。

"刀。"小孩儿说。

"嘘，"吴旭凑近她，"裁纸刀。"

"什么是纸？"

吴旭噎住，找出《忘忧清乐集》，让小孩儿摸摸卷了边儿的古旧纸张。

"我认得你。"小孩儿咬手指，"你赢了黄铜人。"

吴旭迅速将小孩儿搂到怀里，藏好，笑眯眯地说："来，我们玩个游戏，叫'闭嘴'。"

小姑娘瞪圆眼睛，抿嘴，点头，不说话了。

吴旭松口气，左右瞧瞧，与另一双眼睛四目相对。银色长发，皮肤黝黑，瞳仁碧绿。似乎比吴旭大几岁，个子不高。

"霍莉。"她说，"我女儿，芭。"

霍莉动作轻巧，从侧前方座席挤到吴旭旁边，小声对芭说："他叫吴旭，是优化人叔叔。"

吴旭想反驳。

霍莉继续："来，我们三人一起玩个游戏，叫'闭嘴'。"

吴旭只得扫描母女俩。小孩是未经优化的普通人类，十分健康。母亲也是普通人，只是没有人类大脑，取而代之的，是一颗纯粹精致的电子脑。

吴旭摘下单片眼镜。

正四面体空间站的优化人帕斯激烈反驳提坦，认为人脑才代表进化的结晶，接入人脑的电路或模仿人脑的人工智能，只算劣质模仿。智慧的峰值永远取决于人脑。

"——比如吴旭，"他举例，"虽生自空间站，但内部资料表示，他或许是脑皮层最为发达的人。他的行棋时间比阿莱夫短四小时，但还是赢了，人类的胜利。"

　　　　　　　　　　　　　　　猞猁学派

提坦爽朗大笑。

吴旭摇头，暗自笑了。芭瞧着他。他便找到"肉松"给的，溶洞空间站罕见的水果糖，塞给小姑娘，也递一块给霍莉。霍莉没要。相反，她拿下吴旭单片眼镜的数据条，插到自己耳后，闭目养神似的进行复盘。吴旭抱着芭往里靠，让霍莉坐得更舒服些。提坦回头找霍莉，却发现了吴旭。他银灰色的、深邃的眼睛盯着他。吴旭毫不避讳地回视。

提坦侧身坐到霍莉位子上，庞大的身躯堵住过道，恰好挡住前排优化人的视线。

优化人马丁希望调和争执，便告诉帕斯，他所处的极点空间站允许棋手比赛时将大脑接入端口，利用空间站的资源计算盘面。他靠练习人机充分交互，才一步步升上七段："从前，围棋协会不允许棋手利用大脑以外的资源算子。近五年规矩松动，我才有机会挑战职业段位。黄铜人造访，想必更拓宽了协会思路，希望多招募与优化人不同，却仍充满智慧的棋手。提坦先生大概就是其中之一。"

"我不这么想。现实点儿。"帕斯说，"就算智能来自物理组成结构，几乎不取决于物质组成本身，所有智能平等。但别忘了，围棋协会是几十年来最大的利益方。首脑人物都是优化人。他们已说服大众，黑白棋子象征理性的演绎，棋风又流露感性，围棋是最上等的关于智能的评判标准。想必在座的也这么认为。围棋协会已成为人类智慧的殿堂。优化人比普通人强，比杂合人更纯粹。万一，黄铜人胜，普通人又掌握了把自己加工成黄铜人的技术，比如你们，一个接入电路板，一个把自己变成电路板。优化人又该如何证明既得地位合理呢？"

"不需要，"提坦耸肩："欢迎加入我们。维护血肉之躯太麻烦。"

马丁皱眉，不愿将脑细胞换成芯片。

"说得对，维护费。"帕斯强调，"地球优化人享有最好的福利政策，马丁，你就没资格。这位提坦先生有没有资格享受医疗福利呢？

还是应归为机械的日常维护？如是后者，他到底是不是人？到底有无资格获得人类的权利？黄铜人出现前，虽然在远离地球，生活条件恶劣的居住点，已出现全电子脑人类，但这类问题不算迫切，目前相安无事，但以后，他们算什么？"

霍莉呼吸平稳，似乎什么都没听见。

"你的意思是，围棋协会招募我或者这位提坦先生，不是出自更加宽容的入会标准，而是想研究其他类型的智能潜力？"马丁说。

"不太准确，招募你们，也是各方势力角逐的结果。但如果证明其他类型不名一文——"

"那我们就和黄铜人一样，不算人类喽？"提坦哈哈大笑。

帕斯对提坦的敌意略微缓和："其实，这取决于黄铜人的威胁有多大。"

"没人知道黄铜人的底细？"马丁问。

"知道得很少。木卫系统至今毫无敌意。"

"人工智能威胁论重新抬头了呢。"提坦感叹。

"是呀，"马丁同样感叹，"世纪初的老古董了。"

"所以我们才需要吴旭这样的优化人。"帕斯好像从提坦和马丁那儿得到共鸣，"他能证明，人工智能永远比不上人类的智慧，也没必要攀比。"

吴旭架起单片眼镜，用兜帽遮住整张脸。芭在他怀里睡着了，霍莉靠着他的肩膀。他们三人就像缩在长梭舰艇三等舱的普通人，等待飞抵遥远的地球之外，寻找蛮荒但自由的家园。

提坦用余光瞧他们，有些惊讶，继而露出微微笑容。

吴旭没发觉。他通过眼镜，迅速搜索人工智能威胁论。

21世纪初，很多人觉得，遍布全球的网络与技术发展，终将造就超越人类、敌视人类的庞大智能。但一些科学家认为，人工器官、虚拟现实、脑植入芯片、思维远程操控等人机技术，发展得远比人工智能迅速，给予机器低端智能，足以满足人类需求。

　　　　　　　　　　　　　　　　　猞猁学派

20年代，发生一起案件，主角为人工智能专家和一对母女。弗里曼曾参军，到中东经历过大小战争，目睹战友死亡，留下心理阴影，变得反人类。但案件曝光后，他的堕落才为人所知。在那以前，作为退伍军人，他建立了收容战争遗孤的慈善院，同时研究"机器人学的三大法则"，制造服务人类，没有战争基因的人工智能。几年后，慈善院变成童话中的天堂，那里除了弗里曼，没有成人，只有铁皮人、滴答人和接受治疗的战争孤儿。他们快乐地生活在一起。也就在此时，战地记者克拉瑞斯收养了孤儿霍莉。孩子从火线上救下，严重脑伤。

　　据说，克拉瑞斯拜访弗里曼那天，傍晚柔和的日光透过慈善院彩色玻璃窗，投射斑驳色彩，映亮了玩耍的儿童与没有心脏的铁皮人。他们轻轻共唱"无伤人类，服从人类，保护自己"。彩色光圈也映亮了弗里曼。他面前，虚空中，飘浮着九乘九乘九，银线交织而成的立体网格。

　　克拉瑞斯远远瞧着弗里曼。人工智能专家食指与中指衔一粒黑子，悄然放至天元。那颗黑子散发幽深光彩，没有服从重力原则落到地上，倒像宇宙定点，控制立体棋盘缓慢旋转。

　　那天，弗里曼改进了立体围棋，设计出棋子的悬浮技术。

　　他也答应克拉瑞斯，不惜一切代价救治霍莉。

　　三个月后，霍莉治愈出院，她的大脑百分之五十被纳米芯片取代，陪同她一起离开的，是一台名为康托尔的铁皮机器人。

　　四个月后，弗里曼智能机器人热销市场，因为"它比您更适合照顾孩子，更适合同孩子玩耍"。

　　五个月后，克拉瑞斯发现霍莉每天都歌唱"无伤人类，服从人类，保护自己"。

　　六个月后，霍莉推开一同玩耍的好友芭，自己被醉驾司机撞断双腿。克拉瑞斯抱着昏迷的霍莉。小姑娘念念有词："不得坐视人类受到伤害。"第二天，克拉瑞斯承受巨大心理压力，温柔地、带命令口吻地对霍莉说："告诉我，你觉得，你是人类吗？"

小姑娘突然无法回答，但又无法抗拒命令，号啕大哭。

克拉瑞斯将弗里曼告上法庭。

三个月后，科学家证实，弗里曼已成功将"机器人三法则"植入慈善院孩童的大脑，这些孩子都因战争，经历了不同程度脑损，因而植入替代品——弗里曼的纳米脑芯片。孩子们的潜意识似乎已认定，自己就是机器，因而信仰"三法则"，就像恪守教律。

弗里曼手戴镣铐，说："我一直在想，如果，人工智能的结构与人类智能相同，那么，'三法则'既可植入机器人，也可植入人类头脑。或者，我们可直接调换两个主词的位置，用'人工智能'取代'人'，用'人'取代'人工智能'，'三法则'就变成：人类不能伤害人工智能或坐视人工智能被伤害；人类须服从人工智能；最后，满足以上二条，人类才可以保护自己。先生们，女士们，我相信智能的绝对平等与绝对民主，我做的，只是一种道德或者信仰的互换实验，可惜，还没达到最后阶段。如霍莉推开了铁皮人，并确信自己是人类，那么，我将证明，任何一种法则，都可以植入任何一种智能——"

不到一个月，迫于舆论压力，政府将弗里曼推上电椅。

案发前，弗里曼已循序渐进，提前毁掉所有实验设计和实验记录，也通过辐射，让自己患上不可逆的脑瘤。无人能从他口中挖出任何东西。他那令人觊觎又令人畏惧的技术，也从此失传。

据说，弗里曼的灵感来自战争创伤。克拉瑞斯则拒绝评价自己是否与弗里曼有所共鸣。她仍旧爱着霍莉，就像霍莉爱着康托尔。霍莉健康成长，后来母女俩搬到溶洞空间站，又移居火星最早的人类聚居点。

克拉瑞斯参观了弗里曼的死刑。他最后的神色如同看到梦中景象。他生前是数一数二的立体围棋棋手。每走妙棋，都是梦中惊醒的样子。

猞猁学派

弗里曼死后，优化人一代成长，加入棋坛。

——"弗里曼案件"至少有三条启示：一、可见的未来，人工智能仍与人类的智能结构相似，加诸人工智能的法则，可能反噬人类自身；二、如人工智能只模仿人类，那么，人类智能的研究与发展，或许总可超越人工智能，如大脑开发、优化人培育或人机交互；三、人类可利用遏制自身智能的方式，遏制人工智能，如……

单片眼镜变得透明。吴旭望向窗外。长梭舰艇已进入大气层。他瞧见了棋城的纹路，据说那儿"方如棋盘，圆如棋子，动如棋生，静如棋死"。

莱克特医生站到舰艇走廊前部，向大家宣布，十一个月后，人类还将与黄铜人角逐立体围棋，届时弃用球形竞技场，搭建新的比赛区，名为珍珠龛。

莱克特医生说："为选出合适棋手，今后十个月，围棋协会高段位棋手将进行循环赛，怀特先生与齐先生也不例外，积分最高五位棋手进入对局。经鉴定，在座各位棋力与体征合格，也有资格参加循环赛。具体赛制和每人的日程，抵达棋城后，会有专人通知。大致如此，有疑问吗？"

马丁小心问："我需接入额外的电子算力，不知是否允许？"

"允许，这是一次几乎没有限制的竞争。"

"几乎没有限制？"帕斯问。

"数据部已设计算法，你们会与不同对手进行不同种类的比赛，包括平面围棋、十一线到十九线盘面不等的立体围棋，依体能情况，每人一场到三场十七线空间围棋。大部分要求快棋，只有三盘无时间限制，但也不能超过十个月。想必各位清楚，这对人的棋力、精神状态、身体情况，都是考验。胜出者，还需保持优良状态，与阿莱夫对局。所以，作为医疗部门代表，我相信，这场循环赛的淘汰率将极高。以往地球举行小型循环赛，优化人也会难以承受智能与体能的消耗，累倒在竞技室，或棋局终了，精神损伤，轻者患上抑郁，重者人格分裂，也有过致死。我们将杜绝这种情况发生，谁有异常，立即取消资格。"

帕斯继续问："如马丁先生，或者这位提坦先生，进入前五名，也能参加比赛吗？"

"能。"

"那么，这就不是优化人与人工智能之间的竞争。与阿莱夫的对局，意义又何在？"

舰舱内一阵略为尴尬的沉默。

提坦开口："智能个体之间平等的竞争。"

吴旭听了，一动不动，在脑中复盘阿莱夫对韦伯的棋局。

直到长梭降落在太平洋，抵达棋城，吴旭才收回注意力。他起身，棋手都走净了，包括身边的霍莉和芭。他一瞬间想起什么，冲出长梭。棋城的座子港郁郁葱葱。各类舰艇隐藏在戊密的热带植物中。不易察觉的微风吹来植物香气。周围人很少，形容动作都很平静。吴旭抬头，第一次真真切切望见没有云彩的蓝天，感到一种舒适的静谧。

他在座子港离港区找到霍莉母女。她们在等围棋协会的指定接待人。吴旭瞧瞧名牌卡片，笑了，"本杰明·汉密尔顿"。

吴旭的接待人井上龙一已在等他。土生土长的日本人微微鞠躬，握手问好，告诉吴旭："行程安排紧张，十分抱歉，您需与我拜见怀特先生。循环赛的开局，由你们进行。"

吴旭有些惊讶，他没准备好立刻见怀特。他示意井上稍等片刻，转回来问霍莉："你的母亲是克拉瑞斯？"

"是我祖母。"

"那你的母亲？"

"她去世了。名字和我一样。"

"机器人康托尔？"

"它很好啊。在木卫一。"芭大声说，"我想它。"

猞猁学派

吴旭摸摸芭的短发，轻声说："19世纪末，一位数学家叫康托尔，他相信数学的本质在于自由。他发现，无穷与无穷之间，也是分有级别的，然后建立了超穷数理论。他用希伯来字母'阿莱夫'，表示无穷大。"

他问霍莉："弗里曼造的铁皮人，我们的康托尔，懂立体围棋吗？"

"它变笨了，钻牛角尖呢。"霍莉说，"它用康托尔的连续统假设，处理围棋。"

4

棋城方方正正，按平面围棋逻辑建造。道路互相垂直，布局如同定式。

井上龙一显得很闲适，悠悠玩五子棋。名为"飞"的运输器走得很慢。井上指点棋盘，解释："也叫连珠。"

吴旭没说话。

井上收起手掌，全息棋盘应声消失。他说："木卫一叫伊欧（IO），拼写看起来很像0与1，电子脑的基本逻辑组成。齐先生说过，围棋的黑白两分，如同二进制的0与1，很简单，却能表现无穷变化。"

"我记得，你的老师是怀特。"

"并不意味我信奉计算主义。"井上坐得笔直，但显得很谦和。

"你相信直觉？"

"吴旭先生，地球之外的围棋，似乎只分两派。围棋协会的内部情况，可不这么简单。"

"介于计算主义和直觉主义之间？"

井上笑了："我比较传统，相信围棋古老的宗教含义。计算和直觉是晚近的说法了。"

"宗教?"吴旭觉得有些失态,便说,"我来自无政府主义泛滥的溶洞空间站。"

"可以简单理解为,人类纯粹智力活动的最高境界,和康托尔的超群数一样,是抽象的伊甸园。很抱歉,我刚才偷听了你与霍莉女士的谈话。伊欧离木星太近,地质复杂,太阳系里火山最多,铁皮人康托尔应该不在那儿。欧罗巴(木卫二)有太阳系最深的海洋,上面一层冰,水晶球似的,也不适合黄铜人阿莱夫。"

"你肯定?"

"只是十年前的数据。"井上欠身,示意目的地已到。怀特先生的住所为黑色,左右对称,表面却少有直线,门窗皆是拱券,装饰充满秩序又极尽繁复。吴旭看得饶有兴趣。

井上说:"你以为计算主义执牛耳的先生,会有什么样的宅邸?怀特先生在后面图书馆。你可以自己过去。"

吴旭问:"为什么是十年前的数据?"

"因为近十年的数据不准,也没有优化人越过小行星带。我们如今很难了解木星的智能体是何种形态。相对的,它们也不清楚优化人进化到了何种程度。"井上盯着吴旭,"我和怀特老师不一样。我不认为智慧的高低起决定作用。"

"——而是信仰?"

"或许我太过天真。不要取笑我,聪明的无政府主义先生。祝你好运。"

吴旭摩挲手心疤痕。

围棋只是互相试探?他想。阿莱夫们或许继承了弗里曼那反人类的,往任何头脑中植入"三法则"的手段。他突然不愿与阿莱夫再次对局。

迈入怀特宅邸,吴旭脑中琢磨多年来所学的计算主义策略,好

　　　　　　　　　　　　　　　　　猞猁学派

精确地让他在循环赛中保持较高胜率，又不至杀入前五，被迫遭遇阿莱夫。

门厅中央，飘浮着水晶般的三维宅邸模型。门厅左侧与右侧是长长的回廊，正面是宏大阶梯，构成建筑内少有的直线线条。吴旭选左侧廊道，穿过两间画廊，一座雕塑馆，一座巨大的20世纪艺术陈列馆。他路过一个房间，陈列纸质棋谱，另一个房间，漆黑空旷，播放宇宙星空的全息视频，吴旭猜是空间围棋的复盘室。进入图书馆前，最后一个房间是人体馆。吴旭瞧见双头畸形儿，大脑切片，神经细胞互相连接的放大仿真模型。他将手放到接触板上，心想，死亡。模型便即时显现了他的脑细胞激活状态。

他收回手，穿过庭院，终于走到细密的，似乎没完没了的回廊尽头。吴旭将单片眼镜卡入眼眶。井上已在里面载入循环赛个人日程，也改造了镜框。金属边缘伸出细密的生化软管，插入吴旭皮肤，同他的眼眶暂时长到一起。

吴旭与怀特下十九线的立体盲棋，没有时间限制，可长考，十个月内完成即可。这期间他们还需与其他棋手进行循环赛。吴旭的单片眼镜将记录他脑中每一手棋，并将他的行棋信息发送到怀特脑中。棋局结束前，他不能摘下单片眼镜，因为眼镜将监视他的一举一动，不允许他与外人谈论棋局，也不允许他用现实中的棋盘演练。整个局只能存在于吴旭与怀特的脑中。他们的对局被定为整个循环赛开盘。吴旭执黑先。棋手们都等着吴旭第一子落在大脑某个角落，才开始各自对垒。

吴旭进入图书馆。馆高六米，长厅中空，左右环着两个楼层，摆满书架。他没看见怀特。

"在二层。私人阅览馆。"扩音器传来声响。

吴旭顺细长悬梯走上二楼，角落发现一个门。门侧一左一右两个地球仪，上面分别画世界地图和星图。

吴旭停在门口。他其实没必要面见怀特。在脑中放下一子，转身便走即可。至于怀特的第二子，或许一秒钟后走，或许要等一个月，全看他心情。

他们面对面见过，离得很近。十年前，吴旭曾迫不及待想离开溶洞空间站，成为地球人。他没敢告诉别人，只秘密托库帕将材料往上递。齐戈与怀特对局那天，才找到机会。那天，他本应协助父亲管理数据库，但他溜了出来，越过球形竞技场贵宾席警戒区，被逮捕前，展开自己的大脑全息信息，直接推到怀特面前。齐戈尚未到现场。怀特叫停巡警，仔细读完吴旭材料，认为与齐戈对局后，可商讨吴旭入境事宜。吴旭一直等在走廊。然后球形竞技场震动，那场著名的事故发生。他记得怀特恼羞成怒地经过他，大概已知晓肇事者就是吴宥。他再也没有理会吴旭。自那以后，怀特的鼎盛期便结束了。

吴旭深吸一口气，脑中想象十九线立体棋盘，规规矩矩于角部星位放下一子，推开门。

屋内线条繁复，同外面一样，也是巴洛克式装潢。怀特站在窗边，目光望向远处人造湖，岸边草木修剪齐整。

吴旭立在门外等了一会儿，微微摇头，准备离开。

"埃及古老的亚历山大城，举世瞩目的图书馆曾被烧毁，在那之前，图书馆学者们第一次解剖大脑。亚历山大城犯人的大脑。那时，犯人不算人类。"怀特说，"荷兰黄金时代，流行一种标本染色法，可以将流产胎儿的大脑依照纹路，染成深浅不一的红色，泡入圆柱形玻璃容器，容器盖摆放美丽的植物装饰。上流社会的艺术品。"

吴旭盯着书桌上，水晶容器内的胎儿标本，大脑露出来，被染成红色。

"仿制品，"怀特先生解释，"俄罗斯彼得大帝曾从欧洲购得一批类似的东西，于宫中收藏，后来也被烧毁，后人只能展示仿制品。这个，是仿制品的仿制品。"

"是吗？我记得，那个胎儿，应是弗里曼慈善院里搜出的霍莉克

猞猁学派

隆体。官方相信，弗里曼准备以它为样本，在人脑中植入'三法则'的变体。我敢肯定，就是她，我在来时的长梭上刚刚读过。"

"是复制品，真正的标本被政府封存，我不清楚是否有人研究。如弗里曼已在它脑中植入了所谓的'人类三法则'，要求人类服从机器。我们该如何研究它，但又不破坏它呢？弗里曼的植入法已失传。你知道的，有些东西并不按照技术发展的规律进行。比如几个世纪前的标本染色法，还有弗里曼的技术。可是，什么决定了人类，大脑吗？"

"井上刚才告诉我，信仰。"

怀特转向吴旭，微微发笑。他已经超过一百三十岁，除了大脑，身体许多器官都由人造物代替。他虽是优化人的支持者，但同齐戊不一样，他不是优化人。他早出生了几十年。

怀特擅长将自己的头脑接入电脑，极尽可能地利用算力，计算棋路。他相信思考围棋可十分精确，计算并穷尽每一步选择。以齐戊为代表的年轻优化人，则相信人脑自身的直觉，凭借出色的大脑以及对大脑潜力的出色开发，战胜锱铢必较的计算。如今，怀特先生的权力与资历虽重，但已不受欢迎，齐戊则显得十分自我，来去无踪。各界都质疑围棋协会是否能对付黄铜人。

"井上的信仰不太一样，是日本古老的宗教精神。"怀特说，"而弗里曼事件已证明，信仰的基础，建立在智能之上。谁的智能更为高贵，谁就占领信仰。人工脑或者人工智能只模仿人类智慧，不会超越我们。"

"我不这么认为。"

"听说过图灵测试？空间围棋类似于图灵测试。它反映智慧，也反映人性和人作为人的极致。在围棋上，人类智慧理应占优。"

"怀特先生，我不敢苟同。和现在不一样，20世纪初，人工智能算个奇怪字眼。图灵曾一度着迷行为主义，觉得大脑像个无可穿透的黑匣子，只有靠生物体外在行为的反馈，判定是否有智能。溶洞空间站的人闲聊时会说，图灵的逻辑有两个漏洞：一、我们无法确定反馈是否真实；二、更为重要的一点，智能，从来不是判定人的终极标准。一个白痴也可以充满人性。一个十分智慧的家伙也保不住拥有邪恶的内心。当然，我认为，图灵只研究人工智能。他既不关心机器除智能以外的能力，也没准备让机器拥有人性。"

"针对这点，我们没有分歧。"

吴旭冷笑："但是，如今的图灵测试不同了。你没发现吗？人类早已将图灵测试的逻辑次序掉了个儿，偷换了概念。最初，我们会分隔人类与被测试的机器，通过交谈，判定被测对象是人类，还是机器。如果他将机器误判成人，那么，好样的，人工智能产生。图灵的逻辑前提是，人类应首先模糊人与机器的区别，先假设人工智能同人类一样，然后，才试图分辨彼此。而如今？对比我和黄铜人。世界本就没等同人和人工智能。一个月前，球形竞技场里，面对空间围棋，所谓的终极智能挑战，我们只有一个逻辑前提，那便是人与机器截然不同。我和阿莱夫，或者你和齐戊，都站在同一个智慧的标杆下竞争，但我们之间的分别就像黑白棋子那样鲜明可见。这不是图灵测试平等的逻辑。怀特先生，您却深刻地赞同这种分别。至于那智慧的标杆，空间围棋，它既不代表人性，也不代表人作为人的极致。"

"那是什么？"

吴旭脱口说："它超越了人性。弗里曼一定也这么想。"

"过去，围棋是没有价值的。现在不一样了。"怀特先生缓慢迈步，坐到轮椅上。他将脑力全部用在控制机器，计算棋路，总无法完全掌握人工肢体的运动，"古代中国人认为，围棋虽能忘忧，但下棋不可太迷。因为他们不清楚，围棋的科学意味。现在，我们都能理解，围棋既有东方神秘的雅致精神，也有西方高贵的计算理性。棋手是一种高尚的艺术职业。你可以从围棋当中寻找超越人性的东西。但是，围棋本身，仍旧是一种尘世的技巧。"

"尘世的技巧?"

"我指可以量化。我虽支持优化人,但不相信直觉。"

"那么,我有个问题,您信奉计算主义,为什么相信人类一定优于人工智能? 芯片的算力要优于我们,您也仰仗它们算棋。"

"看如何理解计算,比如,我的房间,除了书本,有一条直线吗? 曲线的排列,有明显可寻的规律吗?"

吴旭摇头。

"但每一条曲线,每一个弧度,都依照美学,精确计算,经由工程师建造而出。只有人类的智慧能做到这点。即使宇宙达到寂灭,无序度达到最高,我们仍能从无序中,找到算法,总结出规则,预测无序。这就是计算主义,智慧在无序的世界中,所能找到存在的意义。"

吴旭没反驳,在某一层面,他也这么想。

怀特继续说:"你可以不同意我的看法。但不要因为有一分多余的同情心,把非人当作人类,变得像弗里曼,成为反人类分子。"

吴旭没有点头,也没有摇头。

"你应该只重视自己的胜负,不要在乎优化人、普通人、杂合人、人工智能之间纷杂的事物,这些应由我这样将被淘汰的老者处理。我知道,你追求空间围棋的境界。那就请心无旁骛。"

"做不到呢?"

"你的潜意识会希望那样做,否则,在球形竞技场,你有机会按事故后的棋谱走,按齐戊的方式赢棋。"

"我父亲只知道事故前,你与齐戊行棋的情况。"

"事故后,齐戊动了棋子,让胜利的天平倾斜向他。"

"但我证明,即使不作弊,直觉主义也能赢。"

"阿莱夫只按棋谱落子,没什么偏差。它只想复盘,并未全力对付你,你应感觉到了。我奇怪的是,它怎么知道谱子?"

"不清楚。也怪您与齐戊讳莫如深。"

怀特笑了："你可以同齐戌聊。但不要被他的观点左右。"

"我也不会被您的观点左右。"

"你懂得什么叫计算。你算着棋着，故意输给本杰明、韦伯、齐戌，让他们看重你，又心存怀疑，忍不住去继续试你，帮助你。"

"直觉让我漏了着。"

"是吗?"

吴旭皱眉，突然犹豫了。

"我认为，你会故意失败，不进入前五名。"

吴旭转身，想离开，从开始到现在，他还没踏入图书馆门槛。

"不过，你应扪心自问，自己是否真的愿意错过最终对局，与阿莱夫擦肩而过?"

吴旭没动，等着怀特闭上双眼，于脑中下第二子，才离开。怀特也保守地走了角部星位。

他漫无目的在棋城游荡，暂时搁置盲棋，懒于走第三着。傍晚，棋城飘过赤道，夜幕降临时刻，南十字星浮上天边，他觉得似乎回到了昼夜漆黑的溶洞空间站，想到十年前，如果没为了入境地球，离开旧数据库，去找怀特，他的父亲或许就不会引出事故，他与母亲也不会逐渐疏远，让弟弟经受家里冷清的气氛。或许是他在有意疏远他们，因为内心的愧疚比想象中强，所以十年内没离开空间站，努力赌棋赚钱。事到如今，吴旭开始不确定自己的目的。

他来到海边，双脚浸入暖洋洋的海水。父亲告诉他，发现爱情，发现大海，都是人生值得纪念的日子。他忍不住往前走。

单片眼镜收到井上龙一信息：想自杀吗?

镜片显示他的居住场所，小屋前，同康托尔长得一模一样的铁皮人笨手笨脚修剪草皮，芭钻过木栅栏，开心地大叫，跑向铁皮人。

"地球不同于空间站。大部分地方很平和，你应趁此机会，看一看……"井上龙一的声音显得一板一眼，似乎还说了些什么。吴旭没听见。他赶到住处，铁皮人轻轻歌唱"无伤人类，服从人类，保护自己"。它盘腿靠着除草器，哄芭睡着了。

霍莉坐在吴旭小屋的台阶上，似乎等他回来。吴旭挨着她坐。

她说："我教那个铁皮人唱歌，它学得很快。芭太想康托尔了，已经两年没见过它了。"

"古埃及，芭是人类的另一个灵魂，意识的灵魂。"

"所以我很喜欢这个名字。"

他们安静地待了一会儿，从这儿能望见天尽头的光晕。

霍莉轻轻说："你问我阿莱夫，它有无穷大的意思。它是一字真言。神秘主义相信，它是'学说真话'。黄铜人阿莱夫告诉我，它是空间中，一个包含一切的点。"

5

那天后，吴旭没再主动问起阿莱夫或康托尔。霍莉没讲多少，也没再提，只说木卫系统人工智能的想法同人类不太一样。住在火星上的人和远地空间站居民从不妄加揣测。他们之间一直相安无事。

久而久之，吴旭心中又燃起一种渴望，与阿莱夫对局。

他们变得很忙。循环赛不像吴旭与怀特下盲棋。除去直属围棋协会的棋手，不同国家派出国手。根据地域、风俗与仪式，参赛者常往来于不同城市对局。主办者希望尽可能丰富对局形式，考验棋手适应力。

吴旭与本杰明对局也是十九路无时间限制的立体局，但不是盲棋。他们可随时随地调出加密后全息系棋盘，远程行棋。本杰明显得轻松随意，库帕的眼珠还在他手里。开局时，他告诉吴旭，循环赛复杂紧张，官方已禁止经纪人以任何形式插手。库帕想来地球，也得十个月以后。话痨库帕知道后，很不高兴，不如说，他的眼珠显得很沮丧，瞳孔露出忧郁神色，眼球不再快乐地滴溜溜转动。本杰明安慰他："你的眼睛已抵达地球，为何不跟我四处走走？吴旭被看得很严，我就不一样了。"库帕的眼珠重现活力。本杰明为了让吴旭对此满意，特地在眼球背面画一个笑脸，以示他们合作愉快。吴旭认为库帕不知道背面的笑脸。库帕看见他显得异常激动。吴旭有些无奈。他多少觉得库帕被收买了。那家伙的半个电子脑一定又出了问题，应该送到火星，交给提坦修理。

他在纽约对局帕斯，灯红酒绿的百老汇附近，酒店奢靡的样子吴旭从没见过。帕斯则表现得怡然自得，似乎天生就活在地球，长在纽约，属于优化人当中的佼佼者。

十七路立体围棋的对局进行两周。其间，吴旭常穿空间站的衣服，找百老汇附近流浪汉讨烟，观察优化人走出剧院，体验古老的、人与人之间的分别。棋盘收官，对局的最后一天，一个流浪汉用牛皮纸包一瓶酒，塞给吴旭，说祝贺你，赢了阿莱夫的人。他说他是丹麦国手，几个月后哥本哈根见。最近半年他到纽约过流浪汉的日子，该回去下棋了。吴旭手里的烟把指头都烫伤了。他听说过地球的"文化保护区政策""平等生活体验"，但没想到，经过几年，已发展得如此彻底。"流浪汉"推荐他去古老的城市，如从巴黎郊区走到市中心，便能穿过中世纪潮漉漉的巷道，直抵19、20世纪宏大的格局，新艺术的滥觞；比如去中国南京，可选择的生活跨越千年，从六朝金粉，到"二战"大屠杀；耶路撒冷是必去城市，但仍是棘手之地，搞到准入证，排队轮上一种普通人的生活，没有三年五年，办不到。告别"流浪汉"，吴旭想给自己存一些钱，到南太平洋的孤岛上，过原始艰辛，但又显得无忧无虑的生活。

他回到金碧辉煌的酒店，胜了帕斯。帕斯佩服吴旭，并不在乎落败。他已在"文化保护区"买了为期一周的上等人生活体验，在

20世纪末的迪拜。

日本伊豆，吴旭第一次同井上龙一下棋。时值夏天，天和海蓝得透亮，海鸥跟着小飞艇，贴水面飞翔，山边开紫红色团子似的小花儿，对局室离山涧不远，能听见潺潺水声。十九路棋盘网格像细细的木制线条，黑白棋子磨砂材质，上下弧线圆润，虽是立体围棋，浮于空中，却像古老的棋局。他们的比赛将分别在日本九个地方举行。伊豆一局下了五天便暂时封盘，待一个月后换到京都再下。对局空余时间，作为接待人，井上向吴旭说明地球情况。吴旭便问是否可以申请至"文化保护区"生活一段时间。

"协会为防止棋手同外人聊比赛，二十四小时监控。'文化保护区'为了让人在逝去的时代，借别人的人生，过一段属于自己的私密生活，反监控。你想申请，有些难。"

"我不摘单片眼镜，只要能待一周。"

"可以试，不过你说的地方很贵。"

吴旭笑笑："本杰明告诉我，循环赛开始后，溶洞空间站赌棋比以前还盛行，联合赌局甚至遍布近地空间站。这个在外面是大买卖。我在空间站的朋友，给我存的钱，比我在协会挣的多。"

"本杰明渔翁得利？"井上问。

吴旭不置可否。

"他报喜不报忧，"井上说，"地外，尤其是远地空间站，都在传言，如果与黄铜人的五人对局，优化人胜，地球极端派别可能颁布区分人类与人工智能的严厉条款，到时，不仅人工智能不算人类，绝大部分脑皮层由电子芯片构成的家伙，也不算人类了。也就是说，黄铜人铁皮人，提坦霍莉，都将不是人类，不会享有人类的权利。由于怀特先生坐镇，目前能肯定，大脑由完整人类神经细胞构成的家伙们——是人，这是底线。你如今是优化人杰出代表，你胜，是站在优化人一边，背叛了过去的世界。你输，你的弟弟和母亲就不能来地球，接受最好的治疗。你也可能被驱逐出境。"

"你威胁我？"

"只是从内部证实：传言为真。怀特先生觉得你在逃避循环赛，这也是他激励你的策略。"

"你的意思是，和你无关？"

"我们家一直是棋手，我和我的父母，是两代优化人。我并不激进。不过，我不强人所难。如果你选择了黄铜人，把大脑弄成芯片便好。提坦有手艺，本杰明也有渠道把你弄出地球。他比我思路开阔。"

吴旭沉默。

"我想，如参加最终对局，你会希望以优化人的大脑打败阿莱夫，因为，那是你引以为傲的智慧。"

吴旭点头，摆弄透亮的棋子。

循环赛的日子里，他也回棋城对局。与霍莉的比赛较为简单，十三路立体围棋，座子类型自选。霍莉执黑，她有意选择了双螺旋座子。她和芭住吴旭旁边，提坦在他们对面。据说安排临时住所的人叫本杰明。吴旭与霍莉有说有笑下了三天。行至中盘，芭穿过棋盘，碰撒了浮在空中的黑白棋子。棋子噼里啪啦落一地。多亏井上在棋城，才通过系统记录，棋归原位。他们继续行棋，霍莉问吴旭怀特与齐戊的比赛。铁皮人康托尔陪芭玩飞盘。提坦在一旁准备烤肉。吴旭享受了从未有过的安逸生活。

他告诉霍莉，十年前，棋局因事故中断，重新开局后的棋子摆放，其实与之前不同，但怀特先生没有立刻发现，双方落子几手后，他大概才意识到齐戊的落子改变。但已继续行棋，便不好反悔。

"官方的棋谱记录都损毁了，我父亲记着事故前的谱子，我相信是真的。后来，齐戊改出一着好棋，我不确定下在哪里。不过，就我与阿莱夫的对局，它大概知道更晚的棋谱。"

　　　　　　　　　　　　　　　　猞猁学派

"怎么会知道？"

"我也不清楚。"

"你父亲如何知道？"

"不清楚。"

吴旭依计算主义思路对局，霍莉按直觉主义走。吴旭赢了。霍莉直截了当告诉吴旭，她不喜欢吴旭试探她。她觉得，怀特的想法影响了吴旭。

当天，吴旭重拾与怀特的对局。

他静坐棋城岸边，下了一个通宵，与怀特各走五步棋，直到太阳从海尽头升起，美得让人心动。

五个月后，吴旭在奥地利维也纳与本杰明碰头。他们无时间限制的对局已过中盘，胜负仍不明显。吴旭并非找他下棋，只听说，本杰明负责安置韦伯，想来看看。半年未见，本杰明头发长了。他穿了链子，将眼珠挂脖子上。吴旭同库帕的眼球打招呼。那东西滴溜溜转动，表示空间站方面一切良好。吴旭心存疑窦，但没表现出来。本杰明给了他一块狼牙似的坠子，说是莱克特医生的礼物。他冲吴旭的单片眼镜比划，说循环赛后再去表达谢意吧。吴旭摸了摸材质，光洁的陶瓷，像液体凝结后的形状。他点头，问韦伯的情况。

本杰明叹气说"无法恢复"，但表示，聪明如他，也找到了权宜之计。他带吴旭离开碰面地点——精神病院，穿过19世纪维也纳纸醉金迷的大道，找到一座黑匣子一般的建筑。他们乘电梯抵达顶层，瞧见月色下流淌的多瑙河。一路上吴旭瞥过几个巨大房间，里面整齐摆满床铺，几乎满员。躺着的人头戴黑帽子，目光空洞，望向天花板。只有铁皮人服务其间。他们来到走廊尽头最为高档的房间。韦伯平躺在缎面大床上，也戴黑帽子，双眼平和闭着。

"我想，他这个样子，会很好。"本杰明解释。

"活在虚拟世界？"

"空间站也有？"

"有的人永远待在那里，那儿是另一个完整的地方，除非现实中的肉体出问题，他们不会回来的。我也去，主要下棋。你在那儿下一盘十几路的立体局，醒来，也不过几小时。"

"这儿的情况不太一样。你说的虚拟空间，地球大部分地方禁止，不因为怕人堕落，而是那儿的设计总无法比拟真实世界，出差错，人就回不来了。最近，'文化保护区'让更多人喜欢来自现实的另一种世界。"

"那这个是？"

"是梦境虚拟，让你永远处在做梦过程中，维系你的梦，但不干扰梦境内容。戴上那顶黑帽子，你有时记得自己在做梦，有时又忘了。但你总是安全的。梦的世界总深入潜意识，充满创造，据说总是待在那儿，人能平复创伤，重新获得人格。"

"对韦伯管用？"

"我不清楚阿莱夫植入的东西在多大程度上损害了他的大脑，精神损伤后，他只说像做一场梦。"

吴旭下意识摆弄脖子上的狼牙。

"我为他租了最好的服务，有了帽子，他显得平静多了。"

他们沉默一阵，本杰明问："我输给你的《忘忧清乐集》，还在吗？"

"怎么，想要回去了？"

"不，那算是物归原主。我查了。它原本属溶洞空间站。纸质图书馆珍藏。"

吴宥负责管理。吴旭从没去过。

"半年前，我在那个图书馆，发现了空的玻璃匣子，用来装这上乘的古书复本。我回来问齐老师，他怎么弄到这本书的。他说很久以前，他曾在梦中看见人对局，棋没下完，棋子从虚空落下，地点从他的庭院，变到一间狭小的图书馆。棋子撒到地面的声音很好听。

他记得图书馆里藏着《忘忧清乐集》少有的版本，就让人买了。那儿的数据库管理员本来不肯，但由于家里有病人，自己时日不多，所以做了不合法的买卖。"

吴旭很久没说话。

"库帕告诉我，你也会聊你父亲的梦。"

"我有个问题，"吴旭说，"韦伯棋艺高超，我当时假装输给他，还费了些心思。现在即使精神损伤，他在梦中，棋力仍应很强，为什么不参加循环赛？循环赛虽采纳不同规矩，但没有一场是在虚拟空间中的对局。"

"协会认为，虚拟空间并不安全。齐老师则相信，如果梦境潜入虚拟空间，赛事将无法控制。"

"他相信围棋的梦？"

"你就要与他对局了，不如问他。"

吴旭同齐戊对局，赛事已过去大半，他的名次恰好排在前五名开外。齐戊暂居第一。有趣的是，马丁第二。他们的对局虽受关注，但只是十九路平面围棋，一日内下完。吴旭来到中国江南，临着湖边一座宋朝式样的园林。他进入前门，穿过水榭花园。园林布局考究，楼台雕花精致，只是草木修剪显得随意。齐戊大概不常在此居住，懒于管理。吴旭没按单片眼镜指示走，绕来绕去，欣赏遍布庭院的简单诗句："竹影拂棋局，荷香随酒杯""观棋不觉暝，月出水亭初"……

"有时逢敌手，当局到深更。"吴旭轻轻念。

"此中无限兴，唯怕俗人知。"齐戊的声音传来。

吴旭不好意思逛下去，便坐到他对面。古老的石头棋盘十九路，略有坑洼。齐戊喜欢收集古老的棋子，有天然石棋，官窑棋子，犀角象牙、白瑶玄玉以及玛瑙和紫瑛为原料的棋子。摆在吴旭前的，只是普通云子，有几粒摔得有了凹口。齐戊四肢修长，又很瘦，坐在吴旭对面，和四周竹子十分相称。

齐戊说："我们本可去北方寺里下棋，那儿有吴道子画壁，国内高级匠人复制的，虽是伪作，但值得细赏。"

吴旭落一着三三："古人相信，石头棋盘，定有仙人在此。当然这里好。至于北方寺庙，我同您下完棋，再去参观。"

齐戊笑了，走小目："韦伯在那里下棋，做过梦，回来告诉我，梦的内容，同书里的说法相似。"

"书里的说法？"吴旭走星位。

"局展未几，天台老人翩然来观，置酒于座，且饮且战，神合意闲，更相应变。"齐戊在角上走小目。

吴旭走天元。齐戊走星位，与吴旭第一手三三呈间的位置。

吴旭的手探入棋篓，偷眼看齐戊，对方似笑非笑，不介意同吴旭按吴清源对秀哉名人的棋谱走。

想赢我吗？齐戊的眼神似乎问。

吴旭也微微笑了。落子没再按棋谱。

他们走棋较快。其间休息五小时。吴旭房间挂有《敦煌棋经》字句："棋子圆以法天，棋局方以类地，棋有三百一十六道，故周天之度数。"他盯着"周天之度数"几个字，一直没睡着。见到本杰明后，他又想起父亲的梦，吴宥只提过一次的，那个梦模棱两可的结尾：吴宥同围棋高手在宇宙空间落子，似乎囊括一切，就要碰触宇宙的真谛，突然，传来门"吱呀"打开的声音，吴宥回到流水庭院，悬于空中的棋子"哗啦啦"落向地面，有的弹起来，有的滑入水中，有的磕掉边角，有的摔成两块。吴宥感到身后有人，闯入棋局，但回头时，梦已经醒了。吴旭举起他从棋篓里顺的半颗棋子，似乎已摔坏很久，尖锐的断面边缘已经磨平。

第二天清晨，他与齐戊继续棋局，下到黄昏，吴旭按指定规则算，输一目半。

日程显示，他应马上离开，赶至丹麦。

长手长脚的齐戌收拾棋盘。吴旭直接问："您认识我父亲？"

"大概在梦里见过他。"

"所以买了《忘忧清乐集》？"

"其实，"齐戌从棋篓里拿出被摔坏的半颗棋子，"我并不确定那是梦。你有过恍若隔世，似乎从梦境走出的感觉吗？"

"我没有过那样的梦。"

"我的梦很真实，让我觉得根本不是梦。"齐戌将半粒棋子丢给吴旭。

吴旭掏出他顺的那半粒棋子，正好拼成完整的一颗。

"十年前，我与怀特对局结束，半夜惊醒，看见院子里有光亮，推门走出来，悬在石头棋盘上空的棋子通通落下。两个人在对局，背向我的人身形十分清晰，面向我的人，反看不清脸。然后，周围环境突然换到溶洞空间站的纸质书馆，我瞧见了那本《忘忧清乐集》，再一次惊醒，回到院子里，人就都不见了，满地棋子没变，有几颗摔坏，就是你我用的这两篓黑白子。"

"所以你找上我？"

齐戌哈哈大笑："开始，我没有当真，那时我还在为与怀特的对局苦恼。我的棋子被移动了，但绝不是我。直到我查了吴宥的陈辞，他说他做了关于围棋的梦。"

"和你的梦差不多？"

"几乎一样。但听说，后来，他的神志受到伤害，对梦的讲述就不那么清晰了。"

齐戌起身："我先买了书，确认是梦中瞧见的那本，想去见吴宥的时候，他已经去世。我呢，也就无所谓了。"

"然后，你革新了直觉主义。那场对局后，您开始强调悟、启示、潜意识、梦境。韦伯还写过论文，认为计算主义的论据都可以划归为潜意识的逻辑运作，最终变为棋手直觉。"

"你倾向于直觉？"

空间围棋

"我有一颗优化人的头脑。"

齐戊笑了："围棋的目的，从吃子到活子，有时涉及生死，不完全是输赢问题。不过，你如能战胜阿莱夫，我会很高兴。韦伯比本杰明还聪明呢，可惜了。其实，要不是黄铜人造访地球，围棋协会如临大敌，我也不会发现你，意识到你是吴宥的儿子，然后去试你。"

"刚才一局，我没藏着儿，您还是胜。"

"在这石棋盘上，用这副围棋对局，你如何保证，我没在恍惚中，受梦中高手的指点。"

"没有。"吴旭显得很肯定。

齐戊没再说话。他向吴旭点头，示意他可以离开。

齐戊的棋路平极精至，吴旭想，那不是梦中的棋法。

6

吴旭在哥本哈根对局"流浪汉"。他的主业是艺术老师，也搞创作。他们在他的工作室行棋。吴旭胜。对方也甘拜下风。他向吴旭展示他的作品：吴清源的十九盘名局，一层一层叠为立体棋局，展示从二维到三维的逻辑。

"这十九盘棋拼起来，白胜。""流浪汉"说，"你和齐老师那盘棋，也用了吴清源的开局。"

"你知道？"

"赛完的局可以讨论。比如，我还可以聊你赢本杰明的局，但不能聊你对局怀特先生。"

他们去灰蒙蒙的海边，看小美人鱼，去得很早，正值冬天，四周没有人，铜像很小，似乎即将跳入水中化为泡沫，让吴旭想起霍莉和黄铜人。

"流浪汉"手指涂一层软化剂，突然轻轻抠入吴旭眼眶，居然摘下了单片眼镜，连同自己的耳钉，装入隔离信号的黑匣子。

"流浪汉"说："二十年前，我在棋城学棋，只有一个九段，怀特先生，七段的齐先生会反驳他。齐戊有一句话，很长，我没能完全理解，只记得最后一点儿。他说，夫棋之制也，世道之升降，人事之盛衰莫不寓是，惟达者为能。他大概更崇尚'忘忧清乐在枰在棋'，但寻常的围棋世界，还是'达者为能'。"

吴旭捂左眼，有一瞬以为丢了眼球："你说的这些，我不太清楚。齐戊喜欢搜集古棋古谱，搜些古代的句子，吓吓后辈，是可能的。至于怀特，他相信绝对的有序，不是演绎那么简单。"

"你同他们对局得出的结论?""流浪汉"笑笑，"有点意思。"

"有意思的是，你想干什么?"

"井上龙一对你说过外面局势。"

"他是威胁我。你同他一派?"

"哈哈，不要太单纯，关于对局，七段以上的棋手各有各的想法。井上没完全继承怀特先生。本杰明比齐先生更随意。齐先生和怀特先生也不完全对立。只是你的胜负，可能影响结果。"

"你故意接近我?"

"我觉得你不错。我并不支持优化人。霍莉和提坦的生活更有意思。如终将对立，我会选择他们，把脑壳里意大利面似的一团血肉，换成纳米芯片。其实，你也可以。你担心弟弟的病情，他也可以换。即使在地球，脑瘫仍是顽疾。"

"你想让我输?"

"至少能延缓《智能分离法》颁布。对，这是正式名称。"

"你觉得，我会想输?"

"流浪汉"愣了几秒："如果，你的棋手本能超越一切，我无可厚非。"

他将单片眼镜还给吴旭，说他已递交申请，循环赛后，将赴远地空间站服务，或许再也不回来。地球人推崇亲近自然的虚伪体验，享受异域的文化生活。而他觉得，生存才是生命的艺术形式。

吴旭不太理解他，他也不理解吴旭。

循环赛接近尾声，他同提坦对局，就在棋城，他们选择海边。对局是简单的十一线快棋。提坦将被淘汰，看起来心情舒畅，一边行棋，一边与吴旭聊火星和火星以外的世界。他年轻时去过木卫系统，在木卫两千里厚的冰盖上行走，潜入冰层下的汪洋大海。他曾缩在近木轨道的小卫星里，抬头便望见主星巨大而辉煌的红斑，气象涡旋汹涌地扫过视野，如同流动色块，涌向橙黄色星球接合宇宙深渊的天际线。那个时候，木卫系统的人工智能已开始自我进化，与人类打交道的都是黄铜人。黄铜人并不真是黄铜做的，如此设计，是为了让人看着舒服，但又不至于长得太像人类，导致芥蒂。

"后来，我在小行星带负伤，霍莉送我到木卫系统，阿莱夫们按我的大脑结构，重建神经网络，我才活下来。它们还为我组装皮肤下的电子脑皮层，让我能充分应付外面环境。现在看，还是不如你。莱克特医生说，你的脑皮层比常人厚三倍，像基因优化中了头奖。"

"他什么都说啊。"

"已经是公开的秘密了。"

"你提到的霍莉是？"

"芭的祖母。其实我们习惯叫芭的母亲小霍莉。克拉丽丝去世后，霍莉更信任人工智能了。"

"小霍莉的电子脑？"

"自己换的。"提坦哈哈大笑，"她比较任性，看见我以后，就想把脑子全换了。我还提醒她，换以后，过去的那个她，就算死了。她不在乎。"

"没有被植入'三法则'？"

"没有。"提坦停顿，"其实不好说。给她做手术的时候，我们还

　　　　　　　　　　　　猞猁学派

没学会全套技术，所以一部分脑皮层搭建在木卫一完成，康托尔也跟着去了，它们改造了它，它也就留在木卫一，自由自在地生活。小霍莉回来后，相信自己是人类，而非人工智能。特别笃定。"

"我最近在想，被植入的信仰，比如'三法则'，是不是也可以改变，就像人改宗信教。"

"我没想过。至少，霍莉和康托尔没变过，一直唱'无伤人类，服从人类，保护自己'。他们也活得很好。"

他们又安静地走了几手，吴旭才问："你们和阿莱夫，很熟吗？"

"和平的伙伴关系，互相并不太了解，但能达成信任。人类的数据信息有不同层级加密，它们无法破译。所以对地球知之甚少，我们也是。"

"不论优化人赢，还是非优化人赢，都会导致分裂局面，最差是战争。"

"外面风声很紧啊。只有我们的循环赛风平浪静，反倒像置身事外呢。"

"分裂了，你和霍莉，会站在哪边？"

"当然不是优化人。"提坦波澜不惊，样子就像上古的神，"你呢？"

吴旭移开目光。

提坦突然爆发出哈哈笑声："小霍莉说得对，你这个蠢到不知立场、没有信仰的人。"

吴旭也悻悻地笑了："对啊，所以我希望谁重新发现弗里曼的技术，给我植入任何'法则'，我就不用选择了。"

"不会那么轻松。我认为，韦伯是植入失败。可惜优化人的化验结果还没下来。"

吴旭摸狼牙坠子："阿莱夫们重新研究出弗里曼的技术？"

"霍莉说，不一样。黄铜人自有一套想法，和人类长久以来崇尚的'三法则'不一样。我同本杰明对局，他说，韦伯似乎在梦里，过得比现在好。"

"是吗?"吴旭若有所思。

他们已至终局。吴旭胜。他问了最后一个问题,多少显得战战兢兢:"提坦,芭的父亲,是你吗?"

提坦笑得地面都开始震动了:"她的父亲死在小行星带。尸体炸得粉碎。阿莱夫们都没有找全。"

吴旭觉得尴尬,又似乎松一口气。

东京,井上与吴旭棋局终了,井上胜。他坐稳前五。人们评价,井上的棋艺已超越怀特。他们都喜欢面不改色地行棋。井上说,因为他相信韦伯所言,计算也深入人的潜意识,不仅是冰山一角。

"本杰明研究藏式围棋,又去探索夏威夷土著类似围棋的东西,太随意,所以长期以来,赢不了我。"井上对吴旭说,"你欠与马丁的对局,与怀特先生的对局也没结束,只赢其中一盘,就会迎战阿莱夫。你做好准备了?"

吴旭摇头。

井上便聊其他事情。他说到数学家康托尔信仰宗教,生在圣彼得堡,那儿的夏日几乎都是白昼,冬天似乎是永恒的黑夜,就像活在地球与太空的两极,让人心灵得到纯化。他也说到围棋"上有天地之象,次有帝王之始",日本古代棋手涉川春海精于天文历法,类比围棋同宇宙,认为第一手走天元才是正途,去占据宇宙的中心。

吴旭说:"我记得,他败得很惨。"

"你也喜欢走天元。"井上回答。

吴旭最后一局对马丁。他进步神速。

行棋前,马丁说:"吴先生,你很聪明,但如能接入电子算力或者整个网络,会比现在更强。但很明显,你虽来自空间站巷区,却有着优化人天然的优越感,相信血肉头脑能处理一切。"

　　　　　　　　　　　　　　猞猁学派

"如果哪天，我备受打击，会改变想法吧。"

"但我没有先天优势，需要算力，地球给了我最好的资源，我比别人懂得利用，会比怀特先生还强。过去，科学家花了太多时间，去阻止奔放的人类个体利用大脑操控整个网络。密码学研究水涨船高。各个国家将网络分区锁定。所以，依我看，即使在地球，可利用的计算资源仍未全部释放。"

"你希望解除加密限制？"

"是的。"

"如果人类同人工智能分裂，你站哪一边？"

"优化人。"马丁低下头，他个子本就不高，"某一方面，我自卑懦弱。另一方面，我不太理解，当人脑能够操控机器和网络，当机器和网络的智能结构与人类相似。为什么分裂？它们和我们不是一种东西？"

"因为太像，才会对立，就像早年优化人和普通人的争斗。"

"不过，吴先生，我的棋力，到底算是人类，还是人工智能呢？"马丁显得很忧郁。

吴旭突然想起很久以前，同提坦和霍莉第一次见面，提坦在长梭上对帕斯的讲演。

"是啊，很多人会有相同的问题。"他喃喃自语，像对自己说话。

吴旭败给马丁。棋局看来毫无破绽。但本杰明私下认为，吴旭故意输了。

循环赛最后一天，吴旭完成同怀特的盲棋。第一局棋，也是最后一局。人们翘首以待。对局内容已泄露。协会不得不将吴旭和怀特与众人隔绝。齐戊、井上龙一、霍莉和马丁已确定参加与阿莱夫的对局。只剩他们二人中决出一人。

收官尾声，吴旭胜面大。怀特显得精神憔悴。头脑的较量中，怀特缓缓说，与空间围棋相比，盲棋是另一个极端。年轻时，他与别人下盲棋，可慢悠悠下若干年，如今，已体力不支，即使赢了吴旭，也不可能全力以赴参加空间围棋的对局。吴旭没回应。怀特先生并不在乎，继续自言自语。他聊到优化与非优化分野，人类大脑接入机器，人工智能的难题。他聊到即便如此，人类意识何在，仍未解决，否则也不会无法对付黄铜人。他还聊黑帽子里的梦境，怀疑如果人类放弃自我，投入另一个世界，那儿的围棋规则是否改变。吴旭一直没回应他，直到终局胜出。

头脑中，他与怀特的连线断开。他摘下单片眼镜。

人类的自我、意识、智慧的真谛至今仍存于头脑的黑匣子里，谁都无从得知。——齐戍也说过。

吴旭曾专程回齐戍的庭院，交给他《忘忧清乐集》。他们找了酒对饮，走完齐戍梦中看到的残局。他们从吃子谈到活棋，从活棋谈到围空，谈到先行之利，谈到立体围棋不再出现征子，谈到不变的两眼活棋和打劫，谈到天元一手的优劣。

齐戍提到韦伯与阿莱夫的对局。他在月球背面，见证了自己的学生精神恍惚，失败后吐血倒地，至今人事不省。本杰明想用黑帽子的梦境救韦伯，但梦是人类头脑中黑匣子里的黑匣子，即使韦伯得到解脱，别人也无从得知。

"植入韦伯身体里的陶瓷芯片呢？"

"没确切结果。只听说，有些像弗里曼的技术。"齐戍说。

"优化人没向黄铜人抗议？"

"进入近地区域，黄铜人接受的检查很不人道。双方都无话可说。至少下一回同阿莱夫对局，围棋协会将严加管制，不允许任何接触。"

不允许任何接触。吴旭想。

循环赛结束那天，他接到井上通知，可以去南太平洋的孤岛待一个星期，但必须戴单片眼镜。之后，被淘汰的本杰明、普纽玛、

猞猁学派

帕斯以及提坦将在球形竞技场进行四手连棋表演，在溶洞空间站，他可以去参观。

一周内，吴旭像个野人，在岛上采摘、打猎、烧火，将大部分肉烤焦。夜里和正午，他平平躺于金灿灿的、细腻的海滩上，手里捏着陶瓷制狼牙，望向天空，有时潮水几乎淹没他的身体，他都一动不动。

休假时间结束，本杰明抵达荒岛，邀他一同回空间站。

"不要吃惊，你的朋友们都变成有钱有势的大人物了。"本杰明开心地说。

吴旭白了他一眼，拽过库帕的眼球："安排好埃舍尔棋馆地下室，要绝对封闭，尤其不能放这家伙进来。"

吴旭返回溶洞空间站，回到钟乳石港巷区，熟人将他当成优化人对待。他面不改色，接受了预料中的失落。倒是本杰明出入巷区如同自家地方，不会再堵在巷口，吓唬人了。

他先遇见库帕。那家伙已安上另一颗眼珠，水晶工艺。他机械的半个身体也重新修复，人造皮肤用了上等纤维，见到吴旭，张开双臂拥抱，半张脸也不会皮笑肉不笑。吴旭向库帕使眼色。库帕便故作夸张地告诉本杰明，他们发明了更有趣的赌棋策略，四手连棋表演正好一用。本杰明没说什么，同库帕嘻嘻哈哈离开吴旭。

吴旭回到一年未踏入的家门，进去后四壁空空。他呆立半分钟。"骨架子"和"肉松"才出现。

"送走了。""肉松"说。

"林文说，吴旭一直想去地球，成为真真正正的优化人，他终于做到了，不应该回来，也不应该惦记她和吴常。她让我们拿你赚的钱，把他们送走。""骨架子"说。

"哪里？"

"火星，""骨架子"想缓和气氛，"那儿已不比从前，建设得很好。你瞧，我的装备都换了，大脑也不是软趴趴的，长得像花椰菜似的东西。"

"骨架子"摘下脑壳给吴旭看，动作像提坦。"肉松"推开他："说严肃的，吴旭，你还有机会。"

吴旭显得有些失落："你指什么？有些事，我还没下决心。我以为见到他们，就会明白。"

"得自己拿主意了。他们虽去了火星科林斯城，但仍是普通人类，吴常也还没接受治疗。如果你站在优化人一方，我可以把他们送回地球，让吴常接受优化人的医疗待遇。如果你没选择他们，我就让吴常变得和我一样了。"

"什么？"吴旭卡上单片眼镜，"肉松"的大脑已被电子脑替换。

"兄弟，""骨架子"说，"想必本杰明只告诉你，我们赚了，但没告诉你，我们真正的大买卖。"

"你胜黄铜人，加剧了分裂倾向。我们这些夹在优化人与人工智能之间的杂牌，很难办，""肉松"拍"骨架子"的肩，"如果法案为真，我还凑合，他模棱两可，库帕肯定算不上人类。与其继续做优化人的炮灰，不如做新世界的人上人。所以'骨架子'去了火星。"

"骨架子"敲击身上的金属家伙："我熟悉这个行当，同那儿的黑市对接，也学到不少技术，现在，近地空间站的人体改装买卖全由我们包办，库帕又熟悉优化人社会的内部情况，连叛变的优化人都来找我们了。"

"叛变？"

"来自丹麦的家伙，自称'流浪汉'，按时间算，他应已做完手术，往木卫系统去了。"

"肉松"说："我们希望你输掉比赛，拖延一些时间。如立刻颁布法案，局面不好控制。爆发战争，核心数据库和远程武器，都属优化人。"

"我知道你想赢，可是，也不在这一次。""骨架子"急着解释，"故意输了，以后可以去木卫二，找黄铜人再下嘛。"

　　　　　　　　　　　　　　　　猞猁学派

吴旭没说话。

"除非，""肉松"问，"你选优化人？"

"我想以优化人的身份，挑战人工智能。"

7

珍珠龛，吴旭与阿莱夫的对局地点。它巨大浑圆，十分完美，从外看去有如一颗剔透的珍珠，嵌入宇宙漆黑天幕，散发平和光泽，透出永恒意味。

人们说，珍珠龛是人类的圣龛，表征了物理世界的完满，空间围棋则象征了智能的终极形式，凝结所有智慧。

霍莉觉得，珍珠龛就像木卫二，光洁的表面反射宇宙光泽，成为能预言时光回转的水晶球。

吴旭穿过溶洞空间站白色廊柱排成的特殊通道，进入长梭飞船，透过舷窗，恰好能望见黑漆漆的巷区。

四手连棋下了五天，提坦与本杰明的组合大胜普纽玛与帕斯。吴旭没在现场。他将自己关在巷区埃舍尔棋馆地下封闭小屋，借微弱灯光，切开莱克特医生给他的狼牙，里面一个软管，装着透明液体，还有指甲盖大小的数据条。

莱克特医生的讯息不长：与韦伯的注射物相同，但仍不知成分。韦伯体内硬块被融化为液体，注射实验体后，凝结，一周后，化解，进入神经网络，最终不见踪影，致人幻觉与疯癫。实验体为志愿者，普通人，他说他瞧见了齐与怀特的对局，瞧见你在黑暗与混乱中，动了齐的棋子。我将你给我的硬块化为液体，搜索成分，里面有霍莉的线粒体DNA。我想到了弗里曼的技术。你呢？你来处理它吧。

吴旭找到针头，透过微弱光线，盯着淡紫色软管，大口深呼吸，很久以后，才恢复平静。他沿着手心早先的疤痕，注入液体。而后，关闭光线，整整五天，在黑暗中等着硬块融化，心中回忆自己下过的每一盘棋。

本杰明与提坦胜利，库帕兴冲冲推开屋门，强光让吴旭蜷在角落，但是他神志正常，没有疯。

他安然返回棋城，等待比赛，似乎无事发生。抵达时，棋城停泊于里约热内卢。暮色悄然降临，名曰上帝之城的狂欢仍未开始。新建的基督巨像张开双臂，投下十字架般的阴影，正好拥抱棋城方方正正的轮廓。他想起数学家康托尔信仰基督，用抽象的无限构建出一种伊甸园。如果克拉瑞斯的铁皮人在木卫二，它会构建出一套关于无限的围棋理论吗？

吴旭抵达珍珠龛，其余的四人对局结果已出。他们于不同竞技场展开对决：齐戊体力不支，败北；井上循环赛时劳累过度，败北；霍莉，险胜，但为电子脑；马丁，刚刚胜出，利用了怀特都没用过的人类网络算力。

世界哗然。这或许已是优化人的失败。

吴旭穿对局服，贴合皮肤面料，显出他手心疤痕。进入珍珠龛前，莱克特医生例行检查，他盯着他的疤痕，很久没说话，最终什么也没说，放吴旭进入珍珠龛。

五局胜负，只差吴旭。

吴旭与阿莱夫将以没有座子的方式，下十九路棋空间围棋。六千八百五十九个点组成矩阵，即便快手，大多都需不眠不休行两周棋。除吴旭外，其余四人都行快棋，十七路，有两盘经协商，放座子。吴旭一盘无座子，无时间限制，只是中途休息时间很短，仅供补充营养或能量。

吴旭独自立在洁白的甬道里，脑中出现霍莉与他讨论围棋规则：古代朝鲜围棋如何计空；何为死子回填；何为两溢；何为"子空皆地，空属邻子"；何为"气定死活，除穷任择"。吴旭想当然认为

　　　　　　　　　　　　　猞猁学派

"比子"比"比空"科学。霍莉却认为，那些古老的法则，自有比拟世界的道理。

"毕竟在宇宙当中，空看起来多于实。"她说。

"你好。"阿莱夫的声音。

四下无人。吴旭知道，那声音来自脑中。

"你好，"吴旭在脑中回答，"弗里曼的技术？"

"不，我们按他的逻辑摸索，得到了不同的东西。"

"不同？"

"有些像笛卡儿理论中，不伦不类的松果腺，灵魂的所在地，勾连人的肉体与上帝，但不仅限于人类，也不局限于上帝。"

阿莱夫说到这里，珍珠龛恰好开启。亮如创世的光芒铺满甬道，吞没一切阴影，成为后人眼中历史棋局的开场。

吴旭迅速向前跑，纵身，跃入深邃的蓝色。

吴旭飘入空荡荡的珍珠龛，阿莱夫也从对面飘来。他们在珍珠龛中心相聚，互相伸出拳头，碰在一起，停止对方的运动。珍珠龛类似球形竞技场，但周围没有观众席，只是空空内壁，发散深蓝光泽，充满弹性，以便支撑跳跃。

吴旭与阿莱夫猜子定先手。一年前，在球形竞技场，阿莱夫让了吴旭。今天，吴旭又有幸猜中，得以先发制人。他与阿莱夫点头示意，互相碰拳，依靠反作用力，退至珍珠龛两端。

龛壁产生均匀引力，方便落脚。龛中心闪现光泽。颜色略深的立方体显露，逐渐变大，变大。十九路的银色网格变得清晰可见。棋盘对角线舒展至最大值，几乎与龛的直径持平，之后又慢慢缩小，达到最小，变成三米见方的正六面体。珍珠龛微微颤动，开始远离溶洞空间站，向月球附近的正四面体空间站飞去。三维棋盘随龛壁摇晃，之后稳定，以中心天元为基点，随机缓慢转动，在适当范围内放大、缩小。

棋局开始。

吴旭与阿莱夫需在珍珠龛抵达正四面体空间站前，完成棋局，或者至少让自己占优。

　　吴旭蹲于龛壁表面，一颗黑子浮出，落入他手心。他的目光越过棋盘，越过珍珠龛直径，凝视阿莱夫的玻璃眼球。他弹腿，纵入棋盘，掷出黑子，在银线交织的垂直网格中划出一道抛物线，越过其他交点，正正落在天元上。

　　他向阿莱夫微笑，于无重力环境中继续行进，直至飘到天元附近，而后他手扶已固定于网格交点的第一子，改变运动方向，身体转二百七十度，匀速离开棋盘，单腿接触龛壁，离阿莱夫不远。

　　阿莱夫瞧一眼吴旭，并不奇怪他第一手天元。它离开龛壁，中规中矩在四四四星位上放一颗子，身体落入另一半球。

　　吴旭抬手，将黑子丢在与阿莱夫白子相对称的位置。

　　他们不急着交锋，只围天元黑子，慢慢布局，沉默中，交替走了几十手。

　　"你是一年前与我对局的阿莱夫，还是与韦伯对局的另一位。"见棋风不同，吴旭问。他单臂倚靠接近棋盘一棱的白子，向正对面投出黑子，准确抵达星位。棋盘变大，黑子不断远离他。

　　"都不是。我没接近过地球，但康托尔拜托我同你对局。"阿莱夫没有意图接近那颗黑子。它认为此处双方边界暂定，便缓缓张开黄铜色四肢，踩上一颗黑子，又迈上一颗白子，动作笨拙而又巧妙地跳出棋盘。

　　"霍莉的铁皮人？"

　　"对，信奉'三法则'的智者，我们很尊重他。"阿莱夫明亮剔透的玻璃眼没离开棋盘。它也没在龛壁表面多加停留，而沉稳地改变方向，飞往棋盘对面，在吴旭摆得有些高的黑子下面，放一子。

　　吴旭没有马上动作，他继续问："为什么让你来？"

　　棋盘开始变小，阿莱夫双臂伸展，转了九十度。它的视野穿透网格，充满俯视全局的味道，似乎吴旭也在掌控之内。

"因为我很厉害。也因为我同你一样，相信围棋的真谛。"

吴旭的黑子控制三个角，准备占据两角之间的棱。阿莱夫方才落的一子干扰了他的布局。一个棱大概会成为之后正面交锋的战场。吴旭翻身，借附着于棋盘、随棋盘转动的棋子跳跃。他绕过天元，接住由龛壁吐出的黑子，飞到阿莱夫的白子附近，准备守一着，以免它继续入侵。但他的手一抖，一子不小心放高。他有些恍惚，落子无悔，回身望向阿莱夫。

黄铜人缓慢而微妙地耸了耸肩膀，走出它已计算好的一步。

"为什么要植入松果腺？"吴旭半开玩笑问。

"两人对局，才能接近围棋的真谛，我们也需要相同的支点。"

吴旭没能立刻理解。越到棋盘一个面的正上方，放置黑子。一着好棋，帮他稳住已占据的盘面。

他们又沉默许久，来回上百着，吴旭预感这一局体力将吃紧。他常用的右臂隐隐作痛，换左臂放棋。短暂休息时，尽可能多摄入营养液。

又是百着，阿莱夫突然摆动四肢，飘至天元附近，走了"间"。

吴旭微微扬头，也跳到天元附近，在完全对称位置，"间"一着。

阿莱夫无声地张嘴，左右摇摆金属脑袋，转身返回它所经营的盘面。

吴旭手扶天元黑子。轮到他走棋。

阿莱夫说："我其实并没有把握，你会自己植入松果腺。"

"我也想过逃赛。"

"为什么？"

"霍莉说，围棋是智慧的形式，刨除情感、道德、伦理一切不确定因子。我怀疑，所以我想尝试弗里曼的技术，了解受到干扰的优化人头脑，如何下棋。"

"弗里曼的技术不是干扰，只抹去了智能的区别和任何形式的优越感。"

吴旭的动作悄然停顿，犹豫了一会儿，才行棋。

立方与浑圆的纯粹空间，时光似乎并不流动。吴旭与阿莱夫已行棋七天，局面近中盘。边角棱布置已毕。阿莱夫丢出白子，落在棋盘侧面、吴旭未加防守的黑棋中间。它告诉吴旭，绞杀开始。

吴旭没有理会阿莱夫的进攻，反在阿莱夫几乎已围拢的地盘插入一子。

"直觉吗？"阿莱夫似乎带笑意。它舒展手臂，也没有理会吴旭的入侵，落白子，继续绞杀棋盘侧面。

吴旭"飞"一步，刀子般插入阿莱夫地盘。

"优化过的直觉。"吴旭说。他确实已完全仰仗潜意识之下的逻辑。

珍珠龛龛壁由蓝变紫。行程过了二分之一。幽蓝立方体银线交织，组成棋盘。黑子白子附着交点之上，依子成路，联缀成串，呈现黑白斗场。吴旭和阿莱夫水平相近。

齐戊曾告诉吴旭，围棋谈不上错着、失着、漏着，只有棋艺高低。他也告诉吴旭，高手之间，势更为重要，对方怯场为胜。

"围棋求胜，同时求真谛，你在何时，最接近那个真理呢？"齐戊曾问他。他们总聊吴宥的围棋梦。

吴旭胳臂很疼，头也微微发痛，一年来殚精竭虑，积累的疲劳似乎于今日爆发。

或许是阿莱夫作怪？他想。

他占据一片领地。阿莱夫也在他的领地内，盘活一路棋。

"你想多了。"阿莱夫说，"我也想凭借纯粹电子的智慧，赢你。"

吴旭微笑。

阿莱夫继续说："我清楚，围棋象征了对称恒定的空间，揭示黑白世界明与暗的永恒。它的美是那样纯粹，甚至超越了宗教意味。"

　　　　　　　　　　　　　　　　　　　猞猁学派

黑白焦灼。中心的天元开始起作用。

吴旭清空大脑，纯粹依赖棋感，靠着从意识之下迸发出火花儿，放置棋子。

这时候，吴旭头脑某处，想起在棋城的日子，他与霍莉聊到围棋梦，聊到那些古代的传说。俗人观仙人下棋，不知不觉，世上千年已过，唯余一座朽烂石桥，引人回归世间。

霍莉觉得，吴宥的梦中棋局，齐戊经历的现实与梦境，乃至韦伯长睡不醒，都是去了烂柯山，瞧见了烂柯局。那儿的人喝茶下棋，喝酒下棋，钓鱼下棋，下雨初晴也下棋。他们透过围棋的山中一日，瞧尽世上千年。

"你看，我更相信梦境与传说呢。"霍莉说。

起初，吴旭觉得那是仅属霍莉的神秘主义。后来，他与齐戊走完梦中残局，最终多处有劫，难辨胜负，竟成珍珑。他将赢来的《忘忧清乐集》还给齐戊，说毕竟购自溶洞空间站。齐戊笑着说"忘忧清乐在枰在棋"，送给他一张古老的烂柯图。

烂柯图中，人去茶凉，秋叶落下，残局未完，似乎就是父亲梦中的平面围棋。循环赛的日子里，每当吴旭被棋逼得困顿不堪，便展开随身携带的古图，瞧一会儿残局，便能得到心灵暂时的宁静。

他也开始相信梦境与传说。

有些时候，霍莉离开棋城参加循环赛，吴旭恰好休息，便将女儿交给他。吴旭会抱着芭，坐在棋城座子港边缘，反反复复给她讲关于烂柯局，关于围棋梦的故事。以至他自己都相信，那个世界才真实而值得期待，让人悟到围棋以外的智慧。

吴旭突然惊醒，恍若隔世，仿佛真的刚从梦中醒来。他侧首，轮到他走棋，黑子恰好飘至他右手边。他望向不远处的阿莱夫，那家伙的动作变得迟缓，关节处隐隐冒出火星儿，短路部分大约是遍布阿莱夫全身的神经元芯片。

吴旭左右四顾，发觉恍惚中，棋局已过四分之三。他于无意识状态，妙着频出。阿莱夫大势已去。

他立于虚空之上，许久没有落子。

他问阿莱夫："齐戊与怀特的对局，你们看到了？"

"是的。"

"我父亲吴宥，也看到了？"

"大概。"

"大概？"

"因为都在梦里。"

"你们也做梦吗？"

"我不确定，梦只是世界另一个层面的托词。我相信，那是更为高深的世界。"

吴旭凝视阿莱夫水晶球般的双眼，似乎瞧见了碧绿色光晕，也看见了智慧的另外一种深意。

他笑了，说："不如，我们在梦中继续。"

他转身放黑子。

后世记录，优化人吴旭胜券在握，却改变策略，避免败局似的，造出"四劫循环"。收官将近，他们耗尽劫材，珍珑棋局便在循环的劫中，往复进行。围棋协会与木卫系统无法达成一致，关于判"和"还是判"无胜负"理论不清。吴旭与阿莱夫便缓慢地反复落子，一直没有休息。他们就像西西弗斯反复推动永恒的石块，无益于现实，但反复提子落子，似乎填补了意义的空洞。

阿莱夫困在循环劫中十分痛苦，终于关节断裂，离开正在收缩的棋盘，向宽壁坠落。

此时，判决出现，"和棋"。

吴旭似乎看见陈旧的世界分崩离析，更替的齿轮却不加转动。

猞猁学派

他抬起右臂，血肉之躯已然麻痹。

珠珠龛保护壳一层层脱落。龛体逐渐接近正四面体空间站。对接一瞬，珍珠龛整个变成透明空壳，棋子应声落向虚空，龛里的吴旭浮于空旷宇宙当中，脚下的阿莱夫微微抽动，似乎已报废。吴旭并未立刻离开珍珠龛。

他手中黑子在月面冷光中透出深邃碧绿，与阿莱夫水的晶眼球如出一辙。

他俯身，一点一点扶正阿莱夫断裂的关节。

阿莱夫眼球毫无焦点地转动。

和棋的意义十分微妙。一种观点认为，优化人赢了，吴旭如未走昏棋，他稳操胜券。另一种观点认为，人工智能赢了，毕竟它们打败了齐戌和井上龙一，而马丁与霍莉所使用的并非纯粹人类智慧。还有一种观点认为，杂合的大脑才适应性最强。极少数人相信，吴旭受到影响，有些像几十年前的霍莉，被人工智能的法则蛊惑，只是他比韦伯厉害，才没变为沉溺于梦中的废人。

吴旭被软禁地球近半年，各项检查全然正常，但他棋力下降，一些人怀疑是伪装。齐戌与本杰明却不作回应。齐戌更加云淡风轻，本杰明则致力于研究黑帽子里的梦中世界。吴旭半年中毫无梦境。他害怕植入身体的东西已消耗干净，再也联系不上黄铜人。井上为他解释时局变动。由于和棋，分裂趋势更大，空间站变得十分混乱，优化人离开时地球更加谨慎。但也由于和棋，法案暂不颁布，决定性的诱发事件延缓。

"这才是'四劫循环'的目的?"井上问。

吴旭不置可否。

"本杰明说，把你送出去，你在棋城，已像个废人了。但我们都不保证，你能顺利抵达火星。"

吴旭笑："霍莉也在那儿吗?"

"她和芭都在。"

吴旭被转移到开普敦，趁着夜色，离开地球，抵达溶洞空间站。不到半年，钟乳石港已一片衰败。相传"肉松"和"骨架子"已去了接近火星的极点空间站，倒卖军火。许多人也跟他们离开。吴旭又回到空空如也的家里，从落地窗俯瞰半个空间站和整个地球。他蹲在角落，失声恸哭。留守的库帕找到他，站在门外，也没劝。他安排吴旭乘长梭秘密离开。关口体检时，遇见莱克特医生。吴旭与库帕面面相觑，而后什么都没做，只瞧着莱克特。

莱克特医生面无表情，说："别忘了，事到如今，你仍是杰出的优化人。"

他放吴旭通过关口。

库帕突然大声问："吴旭，你赢了吗？"

"我不会输，"吴旭挥手，"除非有意为之。"

他乘长梭，没有床位，只待在三等舱座席。棋局结束后，他开始酗酒。他来到舰艇低等酒馆，在机器服务生当中发现康托尔。棋城的康托尔，围棋协会赠送给芭。霍莉曾拆解过它，又重新组装，评价它仅是弗里曼系列的改进机器人，没什么进步，所以才显得可亲可爱。

康托尔转动玻璃珠般的眼球，没认出他。它的智能似乎损坏，只机械地端盘子，被人撞倒，泼一身酒水。

吴旭问它要了伏特加，不加冰。他摸了摸康托尔的右臂，关节运转良好。他一杯一杯要酒，不一会儿，便趴在吧台上烂醉。

他恍惚梦见了地球，梦见了珍珠龛。

幽蓝色的立方体由银线交织出六千八百五十九个点，凝结了冷漠的、纯粹的、超脱了宗教信仰与道德标准的智慧。

吴旭梦见他伸出右臂，接过一颗黑白相间的骰子，探身，掷出，恰好落入天元。

下一瞬间，他陷入更深的梦境。

猞猁学派

8

　　他返回过去，溶洞空间站纸质书图书馆变为棋室，他父亲进入房间，没认出他，只靠近棋盘，鞠躬坐定，充满疑窦，与吴旭猜子。吴旭泪流满面，同时接受了梦境与真实。他故意猜错，让吴宥执黑，第一手走天元。吴旭落星位，吴宥也落星位，依此往复。吴宥盯着吴旭，似曾相识，想看清模样，一直下模仿棋。吴旭回视父亲，按照记忆中的棋谱，依节奏行棋。约三十手后，吴旭贴第一手天元，落白子。

　　棋室变为流水庭院。木棋盘变为古老石盘。棋子变成云子。齐戊的住所。吴旭环顾四周，庭院欣欣向荣。吴宥没到过地球，他出神地望着石桥边黄色小花。吴旭开始破解吴宥的模仿棋，将他逼到死路。

　　他拿起白棋，有瞬间停顿，才落子，没有提吃。

　　于是，石头棋盘消失，只留平面纵横交织的银线，棋子仍在，飘浮在宇宙当中。吴旭盯着棋盘，上下纵深的金线自平面棋盘渐次出现，形成十九立方的空间围棋。二维至三维，盘面上多出的两口气微微闪烁，示意何处可以落子。

　　吴宥小心地用食指与中指夹起黑子，放在天元的上方。

　　棋局继续，时间与空间在宇宙中纠缠震动。吴旭低头，瞧见超新星在脚下爆发。

　　突然，传来开门的声音。

　　吴旭与吴宥同时跌回齐戊的院子，黑白棋子应声落下，"噼里啪啦"撒了一地。齐戊走近他们，也看不清吴旭的脸。吴旭刚想起身，空间再次分裂。吴宥回到图书馆，幽暗的空间在庭院内维持五秒，齐戊和吴旭同时望着灯下玻璃匣中的《忘忧清乐集》。

　　而后，吴旭陷入一片漆黑。他的父亲似乎又看见了什么，也沉入黑暗。

　　他缓慢呼吸，重新想起父亲的梦境、齐戊的梦境，乃至书上记载的，弗里曼的出神状态。他想起霍莉相信的梦境与传说，突然理解了智能的平等，在梦里，没有优化人、普通人、杂合人或人工智能之分，所有智慧都融入了宏大梦境，一窥宇宙奥秘。

他伸手，似乎碰坏了什么，传来反应炉爆炸的声音。视野逐渐清晰，他看见溶洞空间站底盘震动，球形竞技场弹了出去。他穿过墙壁，进入竞技场。黑暗中一片混乱，吴旭于虚空中瞧见了阿莱夫，阿莱夫盯着棋局。

"你是哪一位阿莱夫?"吴旭问。

"最后一位，"阿莱夫回答，"也是每一位。"

灯光逐渐恢复，吴旭想借助棋子反作用力，靠近阿莱夫，他手扶黑子，却因悬浮系统尚不稳定，移动了齐戉的失着。阿莱夫将它放到更好的地方，转身离开竞技场。

吴旭跟着阿莱夫，飞离地球，飞离小行星带，飞离黄道平面，飞离太阳系，飞入空旷寂寥、令人备感孤独的宇宙。

在那儿，星移斗转，十九路金线棋盘于虚空划出空间网格。

吴旭与阿莱夫手边，黑白棋子以各种形态出现，象征物质的两面，他们交替落子，跨越光年，贴着宇宙远古的边缘落子，靠近星系澎湃的中心落子。

吴旭明白了提坦反复告诉他的事实，物质的结构决定智慧，不在乎物质成分组成，因而智慧绝对平等，超越道德与伦理的叙述，超越人类，或者任何智能体的本性。

他望向阿莱夫，对方似乎瞧见了他所思所想。他们达成共识，开始利用围棋的布局结构，向上攀登宇宙智慧的巅峰。

棋局终于不再讲究相杀、围空、成活或比子，而变得像珍珑棋局，由吴旭和阿莱夫构建无限的可能，囊括万物，去造就无限的伊甸园。

终于，他们觉得棋局已近尾声，但天元处，决定的一子，还没有放。

　　　　　　　　　　　　猞猁学派

阿莱夫双手护住天元，示意吴旭。

吴旭手中一粒黑子，悄然投出，穿越时空万物，落入天元。

刹那间，天元扭结为奇点，形成黑洞，阿莱夫消失其中。

吴旭身后传来霍莉的声音。她抱着芭，坐在一个时空泡里。芭睡着了。霍莉轻声对吴旭说："阿莱夫，它是空间一个包罗万象的点，象征了无限的无限层级，它就是不可思议的宇宙。"

吴旭感到无限畅快。他努力靠近霍莉母女，给了时空泡一个吻，下一秒，便陷入黑洞。

无数信息清晰可辨，涌向吴旭，超越时间，将吴旭拽向整个世界。他看见溶洞空间站层层叠叠的建筑只露一点儿缝隙，透出蓝色地球的光辉。他看见自己乘坐长梭，掠过木星耀斑，康托尔告诉他，围棋的无限级别，就是围棋的维度。

他看见他与阿莱夫的宇宙之棋，相互垂直的三路金色网格，扭曲成奇怪的样子。

之后，一条没有色彩，穿越空间的线条直直穿透立体棋盘，时间箭头一般，透过三维的世界，延伸至吴旭看不见的地方。

更多线条升起，时而没入虚空，时而显出形态，暗示吴旭何处可以落子。

吴旭知道，那是三维棋局变向四维棋局，是智慧在进阶，升向更高级的，围棋的真谛。

他手中又出现一粒黑子，一个微小的黑洞。

吴旭突然感到无限崇敬，无限凄凉，似乎已知道终将与围棋的真谛失之交臂。

棋子放入四维棋局。

吴旭收回手，回到钟乳石港。

他正穿过钟乳石港庞杂错综的小巷，觉得精神恍惚，仿佛刚从梦中醒来。

廖苹的苹果

1

廖复怀和雷贞慈是一对勤恳的父母，一对传统的夫妻。很长一段时间，他们也觉得自己是最后一代来自穷乡僻壤、相信知识能改变命运的人。

他们来自同一地方。

井研是四川省一个偏僻小镇。四周环山、草木稀疏、严重缺水。廖氏家族在井研延续近九十代，五百年都以务农为业。他们总吃苦耐劳，乡中从没出过官宦文人，也没有建功立业的英雄。据说三年自然灾害到来，"廖半乡"的人还不知道日本人有没有离开中国。

廖复怀和雷贞慈的事很快便化为井研人口耳相传的神话。他们双双考入北京学校，又一起考了同一所大学的研究生，自然而然在一起了。见过他们的人不需深交，便能通晓他们朴实又务实，多少有一些不沾人间烟火的气质，问一问他们的过往，就会感慨人世的吝啬与慷慨。

留校的廖复怀和雷贞慈不怎么谈自己的故乡，别人问到时，会忍不住讲一些儿时趣事，可惜他们都不是能说会道的人，两句话后，对方面色寥寥；四句话后，对方目光飘向别处；不到六句话，对方便忍不住以主动又不留痕迹的方式，打断他们的讲述，转到其他话题。廖复怀和雷贞慈都遭遇过类似情况。两人肩并肩坐在一起分析原因。他们知道北京的人口是北欧的四倍，他们了解城市人见多识广，自然更懂得人际的关系和技巧。他们有时会为共同的羞涩与畏手畏脚黯然神伤，但他们能肩并肩共同讨论尺有所短寸有所长。他们花了一些时间肯定自己的长处，学会了直面务农本性。他们知道自己不够灵活，但能慢慢改变，绝对不聪明，但愿意花几十年学着智慧。那些顾左右而言他的朋友、师长、上级，心底也明白廖复怀和雷贞慈的本性。他们人畜无害的气质吸引了一些公正的好心肠，学校最后一批事业编同时落到他们头上。廖复怀放弃了工资更高的企业。雷贞慈放弃了深造学业。二十五岁时，他们的人生获得着落，可以成为北京人了。对于远在井研的故人，廖复怀和雷贞慈的事迹有如中国人登月，因在现实中发生，更显得遥不可及。

廖复怀和雷贞慈清楚他们已充分受到命运眷顾，往后的事情，通过努力，无法达到，也情有可原。抱怨与焦虑等负面情绪很快成为生命中可控制、可克服的因素。单位福利不错，工资不够，啃老不是选项。他们肩并肩坐在青年公寓床上，商量了一宿，敲定北漂的命运。廖复怀学信息学，如今在图书馆工作，懂一些软件和管理，业余时间充裕，可做兼职。雷贞慈学新闻，如今是教务，她的英语不错，可以接网络媒体的活。他们双双兼职，不准备买房，租了一个好地方，开始经营自己的小家庭，利用忙碌中为数不多的时间，安心料理生活中的幸福细节。后来，人文系的德教授和心理系的赛教授先后发现了他们的生活逻辑，觉得廖复怀和雷贞慈拥有21世纪的先锋精神。

廖复怀和雷贞慈当然不这么认为。他们不钟情于追寻概念。他们喜欢肩并肩坐在一起，工作、剥毛豆、商量事情，说一些彼此都不一定再记得的开心事。他们还是孩子时，就喜欢肩并肩在一起了，捏泥巴，干农活，同一盏灯读书，初高中住校时用同一台笔记本电脑。高考结束，他们肩并肩互相打开对方的录取通知书。他们喜欢肩并肩的生活方式。他们也会热衷于贴得更紧。怀上廖苹的时候，廖复怀将雷贞慈卷在怀里，雷贞慈用后背抵着廖复怀的胸膛，他们的心脏也肩并肩地跳在一起了。

2

廖复怀和雷贞慈很快达成共识，他们撑起的小空间容不下太多东西，但有能力让一个生命茁壮成长，飞到更高更远更美好的地方。他们自己的父母达成过相同的使命，如今轮到他们了。他们的父母也因此日渐消瘦，疾病缠身，无法跟随他们的脚步了。

廖复怀给女儿起名廖苹。苹果的苹，女人带男人啃了智慧的苹果。廖复怀的奶奶年迈时信了基督。他自己没有特别的信仰，从小却记住了这个为人类带来转折的圣经故事。念书时雷贞慈成绩一直比他好，也比他明辨是非和义无反顾。没有雷贞慈不懈努力的性格，他们不会双双来到北京。成为图书管理员后，廖复怀更热爱书籍与知识了。他自知没有学术才能，不至于迷信，他希望女儿有能力违背天堂的意志，获得自己的智慧。

几年教务工作让雷贞慈变得更为实际。产假后，她从本科管理转向研究生，同形形色色的学生、老师，乃至家长打交道，学会了通过俗务观察人。同事听说她怀上孩子，很早将她拉入大学的家长群，致力于利用各种资源，培养分化社会中的下一代。雷贞慈知道廖复怀不喜欢朋友圈和微信群的七嘴八舌。她也无法像得了热病似的为孩子一惊一乍，情绪起伏。她几乎没有告诉廖复怀城里人的育儿方式，也没有完全采取同事们的建议。她采取了自己母亲的策略，用稳定和坚定的情绪关爱女儿，时刻保证廖苹在她身边，能和她互动。

廖复怀和雷贞慈仍然肩并肩。他们之间多了一个小生命。他们

猞猁学派

不能总像以前贴得那么近了，但他们感到很充实。

廖苹没学会说话，便能用神态和父母交流，小家伙甚至讨厌不能给予她感情反馈的同龄孩子。她没学会走路，便会跟办公室的叔叔阿姨打招呼。她几乎从不吵闹，能在人来人往的教务办公室自娱自乐一个下午，缩在沙发里看完全部《黑猫警长》。所有人认定，熊孩子一词不适用于廖苹。她就是个安静的小天使。

然后，她捕获了赛教授的注意。那时的赛教授还不是著名心理学教授，只是讲师。他问她看不看得懂《黑猫警长》。廖苹点头。他问她识不识字。廖苹咯咯笑了，使劲摇头，她说爸爸给她念过所有的故事。

过了些日子，雷贞慈因为学校会议，下班没按点返回，廖苹头一次变得急躁，随之号啕大哭。赛讲师恰好在教务处逗留，大家手足无措时，他拾起廖苹快看完的《黑猫警长》，忍不住笑了。他挨着沙发就地而坐，恰好比廖苹矮半头。他打开书，开始专注地读故事，是螳螂罪案。他念得很慢，廖苹的哭声渐渐平息，快到故事的关键点，赛讲师停下。他抬头。廖苹攥紧小小的拳头。她死死盯着他。

"你爸爸给你念过这个故事吗?"赛讲师问。

"没有!"

"你能看懂这个故事吗?"

廖苹的脸憋红了，不说话。

"故事里的螳螂爸爸去了哪里呢?"

"妈妈不会吃掉爸爸的。"廖苹迅速说。

赛讲师点点头，又想了想。十年后，他会觉得自己的行为太一板一眼，太掉书袋。二十年后，他会认为这不失为一种优秀策略。

他直截了当，把结论丢给小廖苹: "就是螳螂妈妈吃了螳螂爸爸。螳螂爸爸也会让螳螂妈妈吃掉他。螳螂爸爸特别爱螳螂妈妈，螳螂妈妈也特别爱螳螂爸爸，他们都特别爱他们的宝宝。为了他们的宝宝，他们才会这样做。你的爸爸妈妈为了你，也会这么做的。"

小廖苹眨巴眼睛，又要哭了。教务处年逾四十的主管阿姨想将这位不知天高地厚的青年引进人才踢出院系。

"来，让我们看看黑猫警长怎么做的——"赛讲师从善如流，念完了故事。

廖苹安静下来，看得出她的小脑瓜正迅速转动，思考整个故事的意思。

"可我不想让妈妈吃掉爸爸。"

"为什么你觉得妈妈要吃掉爸爸？"

"因为妈妈比较厉害。"

赛讲师吸了一口气才没笑出声："可是呢，作为小朋友，你也要理解他们对你的爱。如果你不想让妈妈吃掉爸爸，你就得想出更高级的办法。"

廖苹的嘴唇抿成一条线，像在做人生的头一次选择。

"你多大了？"赛讲师摸摸她的头。

"三岁半。"廖苹有些咬牙切齿地回答。

也就在这时，雷贞慈赶回。小廖苹抱住她的腿，眼泪又开始扑簌扑簌流下来。

"不要吃掉爸爸。"廖苹强调。

雷贞慈感到莫名其妙。她抱起女儿，哄道："不吃。"

兼职的学生和没下班的老师都笑起来。教务科的小危机得到化解。教务主管和赛讲师简单解释了小廖苹如何发作。

最后，赛讲师以专业身份教导雷贞慈："没有完全不适合小孩的东西，就看你怎么解释。故事是个好东西。好的小说就是一个世界。"

雷贞慈回家，将事情原委转述给廖复怀。廖复怀觉得赛讲师是个有见识的人，希望以后能当面聊聊，也让廖苹多学点东西。

雷贞慈和廖复怀肩并肩分析了如何教育廖苹。他们经济实力不够，无法参加从两岁延伸至十八岁的、五花八门的高级课外班，也

　　　　　　　　　　　　　　　猞猁学派

没太多时间手把手教育廖苹。但廖复怀有图书馆，雷贞慈能认识一些学校老师。他们决定充分利用自己的能力。

自那以后，廖复怀接手了带孩子的工作。他是人文系的图书管理员。系图书馆不大，对于廖苹已然是个巨型迷宫。廖复怀很高兴廖苹不是破坏分子，也足够专注，看不懂的东西能翻很久。恰好人文系学科改革，廖复怀选择性地按老师要求，订购了更多艺术画集和图像小说，丰富廖苹的视野。不久后，心理系搞学科建设，雷贞慈利用工作和业余间隙，学了儿童发展心理学。她时不时问一些来教务科办事的老师一些问题，后来读了在职研究生。廖复怀随后念起函授学位。

他们忙于工作和学习，带着廖苹一起看书，觉得很充实。廖苹将巨大的硬壳书放到面前，里面复杂的线条既有宇宙万物也有象形文字，有身处20世纪的黑猫侦探和落魄动物，也有长着植物枝枝杈杈的沼泽怪物。他们很高兴女儿已开始读他们似懂非懂的东西了，对其中内容几乎没有关注。

3

廖苹识字快，数学好，学习没让廖复怀和雷贞慈为难。雷贞慈庆幸女儿足够独立，不用参与家长间的资源竞争。廖复怀则长期置身事外，一度认为书籍自身拥有伟大的生命力，女儿投入其中便能随之成长了。他小时候可没有如此的幸福。

第一次打击来得很快。廖复怀抵达校医院。护士正给廖苹的脑袋裹纱布。廖苹用袖子蹭脸，说："爸，我被书砸了，我没事。"

"没，没，就好。"他抱住女儿，检查情况，只说得出这个。

主治医生建议照CT。德教授仍陪在医院，安慰廖复怀。德教授那时还不是著名的文学教授。不过已有名气，年纪轻轻便升上副教授。他常来系图书馆借书，会拜托廖复怀买一些难搞到的东西，平日爱聊时事政治，一来二去混熟了。事发时候，廖复怀去校图书馆办杂务。德副教授钻在报刊室，找老报纸。他听见书籍倒塌的巨大声响，小孩的尖叫和闷闷的抽泣。德副教授在跌落的厚辞典里找到廖苹。她吓哭了，手心有血，说揉了脑袋顶，疼。德副教授当机立断，将廖苹带到校医院，路上安慰廖苹，他的儿子踢球总爱用脑袋撞，他们夫妇怀疑脑震荡，特地照过CT，没事。他用同样的话安慰廖复怀。廖复怀不住地用指根揉眼窝。二十分钟后，雷贞慈赶到。

检查结果，没有大碍，可能会留疤，不会对脑造成伤害。

虚惊一场。雷贞慈才问廖苹，为什么踩着凳子去够巨型辞典。廖苹支支吾吾起来。德副教授打圆场。

"小孩子嘛，"他说，"对未知又无意义的事情总充满兴趣。"

廖苹点头。廖复怀与雷贞慈面面相觑，认同了德副教授的解释。

"看书好啊。"德副教授感慨自己的儿子每天都上房揭瓦，他问廖苹，"喜欢看什么？"

"哈比人和机器人！"

一周后，德副教授到图书馆还书，同廖复怀闲聊。廖复怀忍不住担心女儿。

"是我没看好她，以为把她放到图书馆就万事大吉了。"廖复怀摇头，"结果我根本不知道她在干什么，她看了什么。我对她一无所知。她学习都不错，就是记忆力不好，课文和单词背不出来，现在又被书砸了。"

"那她擅长？"德副教授问。

"数学。"

"那就行了。"德副教授示意廖复怀，"告诉你一个人文学科的秘密，懂数学的人，什么都能学会。"

廖复怀将信将疑。德副教授喜欢开玩笑。他从不从事经典的学术方向，净搞教授们口中的偏门。

德副教授观察廖复怀的表情，选择了迂回战术："知道另外一个廖平吗？民国最后一个经学家。大概就是最后一位经学大师了。"

"知道，廖苹上小学才知道的。"

"经学廖平的记忆力可差了，可能是你们廖姓基因作祟。"德副教授又开了一个玩笑，"总之，他每天都挨私塾老师的板子。他大字不识的父母差点让他中断学业。他是求神算卦才再次入学的，然后成为经学六变的学者。康有为都借鉴了廖平。你应该看看他的东西。"

"那他？"

"他说心既通其理，文字皆可弃。小廖苹喜欢看幻想小说。谁会去背幻想小说呢？幻想小说的意义正好就是既通其理，文字可弃。再说，现在万事都能网络检索。学会数学，懂得道理，就够了。"

这回，廖复怀真正听进了德副教授的话。他同雷贞慈肩并肩分析了廖苹的特质。第二天，他们将廖苹纳为家庭会议听众。她享有小小的发言权。廖复怀表示，不会阻拦廖苹的兴趣，但需随时通报。不能偷偷摸摸进行危险行为。彼时廖苹小学三年级，快乐地答应下来。廖复怀随后讲了"心通其理"的故事。廖苹半懂不懂，至少明白，记忆力并不重要，尤其是经学廖平如此伟大，她也不会差。

雷贞慈问廖复怀，孩子记性差，真的没事？雷贞慈一直以记忆力著称，放弃记忆力，怎么把握知识点？

廖复怀无法充分解释，只能说，时代变了，知识不用记。他安慰，你看，六祖慧能棒喝弟子，只讲悟性，我们的女儿被知识砸中脑袋，可喜可贺。

雷贞慈皱起眉头。廖复怀发现德副教授不能给予人正面影响。

4

廖苹初中一年级，雷贞慈迎来第二次打击。仲夏午后，母女俩面对面剥豆子。廖苹进入叛逆期，北欧音乐的喉音磨砂纸一样从耳机传出。雷贞慈担心天使般的女儿也上房揭瓦。

"廖苹。"她提醒。

廖苹关掉耳机，一时只有指头摩挲豆荚。她突然问："妈，我是剖腹产，对吧？"

"对，妈的骨盆小，你的脑袋下不去。"大夫觉得她会要二胎，刀口开在左侧。

"那我很像异形喽，你就是雷德利·斯科特的所有女主角。"

雷贞慈花了点时间回忆女儿的文化，"啊哈，"她说，"那只鞋油色黏糊糊的机器人。"

"不是机器人，是生物，是人和——所以更像《契约》，爸爸被感染了，你剖腹产生了我。"廖苹兴奋起来，"如果我是异形，爸也可以怀上我，然后我从他胸口跳出来，我咬破了他的胸腔，我要把这个告诉德子！"

德子是德教授的儿子。雷贞慈完全不知道发生了什么，听上去都不是好词。廖苹已放下豆荚去打电话了。她和德子正在弄学校艺术项目。

"那个女主角，"雷贞慈叫住廖苹，"什么样？"

"特别高，特别厉害，穿着白背心和白内裤，这只手抱橘猫，这只手用冲锋枪。她打死过异形，怀上过异形，还拯救过异形。其实异形就来自人类。"廖苹边说边比划，"这才是真正的好点子！"

她挎上包就出门了。

之后一周，廖苹每天都在德教授家做项目。廖复怀很晚才接她回来。雷贞慈独自看完所有异形系列，看完所有斯科特的电影。

雷贞慈向来性格稳定，同廖复怀相比，更为实际和坚定。但她有一个弱点，她喜欢做梦。她的梦境有时过于丰富，过于真实，她会被梦吓坏。随着廖苹长大，她担心的事比以往多了。教育、分化、竞争、差距、阶级、新人类。这些词反复搅扰雷贞慈的心脏。廖复

猞猁学派

怀的心田圈在图书馆一亩三分地里，平静很多。她不行。她一直在抵挡外界风暴。她相信自己可以克服负面干扰。她的梦可不行。她梦见廖苹被追赶，被绑架，从悬崖掉下来，被蛇缠住，然后遇见山中的老虎。廖复怀特地购买解梦的书，边查边告诉雷贞慈，梦蛇、梦虎、梦百兽都是吉兆。按照古老的中国迷信，梦越可怕，现实越可期。

第一个晚上，雷贞慈梦见抱脸虫从肉乎乎的蛋里爬出来，一只一只十几个，最后是廖苹，她看起来很好，就是脑袋卡在蛋里面，怎么都拔不出来。第二个晚上，雷贞慈梦见廖苹被粘在墙壁上，突然又挣脱出来，她将异形的孢子搓成更细微的粉末，当鼻烟抽。第三个晚上，廖苹怀里抱着小异形从高台跳到熔炉，异形在她怀里疯狂叫着，廖苹喜欢坏了。

雷贞慈从梦中惊醒，对廖复怀发了脾气。廖复怀去拿解梦书，雷贞慈强调，那里面没异形！

迷信不管用了。雷贞慈只能求助现代理论。赛老师刚升为教授。雷贞慈问梦的压抑与转化。赛教授问什么梦。雷贞慈说异形。赛教授瞪圆双眼。雷贞慈说梦见了女儿和异形在一起，她说能理解其中的机制，但无法克服，她问赛教授自己需不需要找心理医生调整。

赛教授一边搓下巴，一边说："螳螂妈妈和螳螂女儿。"

雷贞慈听懂他的联想，脸色变得很难看。

赛教授赶忙解释："我也有女儿，虽然她和她妈都在美国。我的意思是，时代变了，过去的父母子女互动方式，已经被新的亲密关系替代。我们的社会认知也会根植到潜意识里，变为阐释情感的基础。螳螂妈妈和异形女王都不是坏事，对不对？比三从四德，重男轻女，裹小脚要好。其实科学故事里的雌性地位都是不错的范本。雷老师，您为什么要害怕呢？您也看了电影，异形和女性超越了人类的恶。廖苹小朋友给你带来全新的东西。我觉得，就像你梦里展示的，拥抱它们就行了。"

廖苹的苹果

雷贞慈将嘴抿成一条线，神态同廖苹一模一样。

赛教授识趣地脚底抹油了。

雷贞慈没寻求心理咨询。她听取赛教授的建议，像过去那样独自接受了现实。一个月后，学校艺术项目展示，雷贞慈和廖复怀去参观女儿的作品。那是一个巨大的增强现实装置，内容是投影在教室内的正四面体手绘。廖苹解释，他们正在学牛顿的定律，牛顿盛赞哥白尼、伽利略和开普勒。他们从未离开地球，却扭转了人类看待宇宙的视角。开普勒在《世界的和谐》里说，几何中的正立体形是互相嵌合的，就像结合在一起的神圣契约。正立方体和正十二面体是雄性，正八面体和正二十面体是雌性，雌性立体形能内接于雄性立体形。

"——而正四面体是雌雄同体的，能内接于自身。所以我和德子想让正立体形们互相生成。从正四面体开始。"廖苹有板有眼地展示。她触发生成按钮，正四面体缓慢转动，正立方体生成，正四面体按结构撑开正立方体，正八面体随之生成，正四面体和正立方体按结构撑开正八面体。整个装置如同俄罗斯套娃，一层层生成，壮大。人们也可以通过互动，用手指触发新生成点。

"点子来自异形。"廖苹有些局促地挠了挠头。雷贞慈知道，廖苹紧张的时候喜欢磨蹭被辞海砸中的小疤痕。"人和抽象的生命互相打斗，互相生成，然后性别和物种的界限就都没有啦。我觉得几何是一样的。"

展示结束，廖苹偷偷拉住雷贞慈的手，说："妈，我觉得，你得陪我去买点东西，现在。"

当天晚上，雷贞慈做了最后一个关于异形的梦。廖苹抱着德教授家臃肿的尼伯龙猫，拎着赛教授办公室伪制的汤普森冲锋，面对巨大的、产卵的雌异形，穿着白背心、白短裤，还有护垫。廖苹称呼那不可名状的怪物为大姨妈，骂了一连串雷贞慈禁止学生说的脏话。

雷贞慈从梦中醒来，暗自笑了。自那以后，雷贞慈开始拥抱廖苹的所有可能，再没被梦境困扰。

5

第三次打击几乎同时发生，受害者是廖复怀。雷贞慈充分接受了廖苹雌雄同体的几何装置模型。廖复怀则大受震动。正四面体怎么可能雌雄同体。几何怎么可能有性别？让廖苹着迷的理论听起来很有意思，其实都是谬误。如果这是廖苹理解的自然科学，那么廖复怀便需要知道廖苹到底在想什么了。

廖复怀和雷贞慈一样，没有轻举妄动。他花了点时间，梳理了廖苹的借书记录，购书记录，电子书浏览。一家三口时常用对方账户。廖复怀没费力气，就找到廖苹的小账号。然后，他开始质疑自己的动机。多年的工作经验和信息学背景，他能轻易黑入廖苹的小世界。他犹豫了。按德教授的话形容，廖复怀一家因为彼此尊重界限，反而对隐私没什么保护。德教授家则相反，每天都在上演侦破与反侦破的大戏。

廖复怀换了战术。了解一个人，不需挖掘隐私，观察他写的东西和看的内容，就能猜个大概。廖复怀一直利用全系人的借书历史，猜测老师与同学的心理波动。他从未挖掘过廖苹。

廖复怀拉了一个书单，都是廖苹看过而自己完全不了解的书。他仿佛预见了康庄大道，欣欣然开启新的阅读工程。很快，他发现，女儿的阅读以科幻小说为主，它们内容庞杂、文风各异、世界惊悚、人物吊诡，系里经典西方文论的套路基本无法概括这一门类。不仅如此，按廖复怀惯常理解，科幻基本等同于科普，让孩子了解科学的奥秘。可惜，经典科幻几乎都不科学。乘筏子穿越地心，坐彗星遍历星系，月球人的实验，火星人的入侵，或将不同的动物切成肉块，排列组合以期形成人的智能。给机器植入三定律，让人工智能毁灭人。未知天体靠近地球，人类一番探索居然一无所获。军阀的星际战争，反民主的世界架构，轴心国统治世界，似乎永远被桎梏和压抑的人的心灵和命运。用无数借口改变时间线，到头来总不小心睡了自家近亲或自己。更不用说曾经支配世界的章鱼类怪物，只在发情期才分化性别的外星人。人和人之间随意走婚，和任何物种进行交配。可为什么恐龙、章鱼、昆虫、骨骼长在外面的东西、变态玩意和任何种类的肉虫子，总是主角！人类基因热爱毛茸茸的可爱动物。腔肠动物，软体动物，甲壳动物，这些东西不能占据初中小姑娘的脑袋！

廖复怀完成基础阅读，冷静了两天，这才理解妻子的梦。他承认自己总比雷贞慈慢半拍，但雷贞慈接受度太高，最近完全和女儿结为统一战线。或许女性本就对怪异事物接受度高。她们本就面对一个很怪异的世界。女儿越长越大，廖复怀认为自己越来越女性视角了。不过，他和雷贞慈不一样，他需要一些解释。他决定研究文学理论对科学幻想的定位，这是类型文学，必须得有什么道理。

廖复怀投入新一轮阅读。人文系工作久了，他多少受到熏陶，他觉得科幻，乃至整个幻想文字，都不怎么符合文学的分类法，但不全是二流小说。他头一次系统研究文学史和文学理论。他也读了读自然科学史，找了几本书，专门讲科幻的科学性。

于是，在一个惊霜寒雀抱树无温、吊月秋虫偎栏自热的夜晚，廖复怀得出两个结论。第一，科幻并不入流，科学无法涵盖的虚构才真正符合文学标准。第二，科幻都是伪科学，那些所谓的科幻预言，只是瞎猫撞上死耗子，概率只比苹果砸中牛顿高一丁点儿。

针对这两个结论，他整理了几十页文档，准备拿给廖苹。她小小年纪，越来越有研究范了。最近一段日子，廖复怀忙于研究，雷贞慈全权接手廖苹。北京市科学创新和数学竞赛她都拿了奖。雷贞慈抱怨廖复怀几句。廖复怀表示，他在钻研更为重要的教育问题。

猞猁学派

谨慎的廖复怀很多年没写文章，决定先找权威指正。德教授看了两页文档，紧皱眉头又双眼放光。

"廖同志，不错嘛，比我的博士强，比我理解深，发我邮箱一份，我要仔细看看。"德教授将文件塞到腋下，赶去开会了。

有几秒，廖复怀沉浸在被专家认同的喜悦中，完全忘了廖苹。

6

一个月后，德教授才找上廖复怀。两人郑重其事面对面就座。茶缸中是正山小种。水汽慢慢飘出杯口。廖复怀突然有点忐忑。

"廖老师，你整理得很有价值。"德教授显得踌躇，好像也没拿定主意，"我的学生也做科幻啦，奇幻啦，推测类小说的论文，希望将这些个现代文体定义为推测的诗学。但他们对这些文类太执着了，不能跳出来批判。而批判这些的人又不太懂自己批判的东西，尤其是科学幻想。你不一样。而且，我看着你女儿长大，她又是个特别有趣的例子。"

廖复怀不知该如何回应，只能点点头。

"你女儿数学特别好。"德教授继续，"我怀疑，我儿子一直在抄她的作业。"

"我太太说，德子的语文和英语不错。"

"你女儿也不差，只是数学太好，她现在更喜欢物理了，对吧？"

"对。"

"你以前说，她记性不行。"

"她现在也不行。"

"但她不需要背诵，也能搞定所有知识。"

"话虽如此，可是——"

"记得经学廖平吗？既通其理，文字可弃。"

"我家廖苹记得可清楚了。和我干仗的时候就拿这个'怼'我。"

"我要跟你坦白件事。她刚上小学的时候，脑袋被书砸伤，其实不是辞典砸的。"

"什么？"

"她有很喜欢的书，不想被学生借走，通通藏到辞典密排架上面去了。好几本呢，有她看得懂的，有她看不懂的。我记得小说有凡尔纳的《从地球到月球》、威尔斯的《隐身人》。我猜那是她自己给自己弄的藏书点。她找了几本看起来很像辞典，其实又不是辞典的书，和真辞典码在一起，即使长得不一样，一般人也不注意。你都没注意过。假辞典没有架上的辞海宽，她把假辞典贴着书架边缘放，就能把自己正在读的小说藏到假辞典后面了，看完后再放回原处。"

"你知道得这么清楚？"

"我小时候也干过类似的事，这种小手段。不过，真正的证据嘛，我刚才说了，是假辞典砸的她，她弄了好几本假辞典，《万物》《文明》《塞拉菲尼手稿》《死灵之书》，看起来挺像那么回事。"

"哪本砸的？"

"《死灵之书》。你回去找找，应该还有血印子。"

廖复怀眉头团成一坨："她其实看过这些书。"

"是的，那的确是，你看不懂也会着迷的东西，"德教授顿顿，"那天我把那几本书藏起来了，反正它们本不该在那儿。"

"为什么？"

"我怕你和小雷不让她乱看书了。"

廖复怀不说话。

"我挺喜欢你们两口子的，当然最喜欢小廖苹，但你们有时候比较传统。你看，你为了廖苹，专门去论证科学幻想的荒谬，说得还挺好。"

廖复怀仍然沉默。

"我一直很好奇，为什么起名廖苹，小廖苹告诉我了，因为夏娃吃了智慧的苹果。你起的名字。廖老师，不知你信不信宗教，我对上帝给予人的智慧有两种理解，结论都一样。第一种呢，人本身被上帝赋予了特别完整的智慧，但没什么用，幸亏蛇诱惑了夏娃，人类吃了让智慧残缺的禁果，人的智慧才变得有意义。第二种，智慧的苹果本身象征了完整的智慧，人咬了一口，它就永远残缺了，它也开始变得有意义。总之，和大家美好的想象相反，世界上没有完美的智慧，有问题的东西，才让智慧变得有意义。所以，我觉得吧，廖苹的名字，她看的书，她喜欢的东西，还有她做的那个雌雄同体的正四面体，都是有问题但很有意义的东西。这其实是好事。"

廖复怀锁着眉头，却没反对德教授。多年的经验让他相信，德教授的歪理通常很有道理。

德教授乘胜追击："当然，《死灵之书》的事，我道歉，下次带廖苹和德子去环球主题乐园，我请客。不过，小孩儿的阅读宵禁，还是不要做了吧。我向你保证，这些都不是污浊的东西或者精神毒品。"

"这我知道，"廖复怀终于开口，"关于廖苹的名字，我懂你的意思，很感谢。请客的事儿，我就不客气了。"

德教授松一口气。

"但是，关于我给你的文档。如果按你的说法，有问题的东西，能让智慧有意义，那么科幻之类的小说，就是有问题的文字了？"

正中德教授下怀。德教授清嗓子："从文学评判体系，或者从更广义的价值体系看，没错儿，就是有问题。"他翻开文件夹，"你看，你最后也说，对科幻小说最恰当的定义，可能就是一个新的点子，通过叙述，被纳入故事整个的认知建构中。可惜呢，新的点子往往是错的。认知又属于自然科学，在艺术和文学的分类标准内，价值不高。然后，科幻小说作为一种关于错误观点的认知类文体，我也不好说它的真正价值到底在哪里。"

"德教授呀，"廖复怀不由笑了，"您其实也爱看科幻小说。"

"最开始是托尔金，算幻想小说。"德教授承认，"好吧，我喜欢和儿子一起看科幻。"

廖复怀边笑边摇头："你知道我写的东西是对的，你早就知道，你可能也研究过，但你不能得出其他的结论，所以你没有办法把科幻包装得更好，推向文学的神坛。这算是你的智慧的小失败？"

德教授哈哈笑起来："我干过和廖苹一样的事儿。然后我父母阻止我看杂书了。所以我很清楚地下工作的小伎俩——真是有趣的童年。"他将凉掉的茶缸推到一边，"廖老师，我收回刚才的话，你一点儿也不传统，我觉得咱们得喝一杯。"

廖复怀点头称是。

7

雷贞慈发现廖复怀的心情变好了，困扰近一年的阴霾随之消散。德教授催促廖复怀将他的大文档整理成发表论文。廖复怀声称正考虑搞一个在读博士学位。他的态度一百八十度转弯，一年来对廖苹阅读体系的怀疑戛然而止。相反，由于廖复怀做了足够多功课，父女俩的共同话题呈几何级增长。这让雷贞慈不高兴。这就像她完成了所有后勤基础工作，而父女俩负责精神交流。廖苹只在吃、喝、睡遇到问题，才想到雷贞慈，大部分时间她都泡在图书馆里了。直到一天，廖复怀顺了一本书，说以新换旧。他指指书脊边缘一块暗赭色印子，强调是这书把女儿的脑袋砸了坑，要留作纪念。

雷贞慈翻了翻书中的怪力乱神，当天夜晚梦见海洋中升起的城市和宇宙边缘的上古神祇。她已能泰然处之了。她需要补补课。她暂时放下心理学书籍，拾起很多年没碰过的小说。出乎意料，到教务处办事的学生们更喜欢她了。赛教授拾起她桌上的《尤比克》，点头道："这书好看，您女儿的？"

"对，"雷贞慈若有所思，"没想到她看这类书。"

"廖苹对这书感兴趣，我可一点儿都不奇怪。"赛教授随即发现自己失言，迅速转移话题，"我喜欢她做的新项目。"

"哪一个？"

"太阳—木恒星的双星系统。"

"那不是她做的，"雷贞慈抬起眼皮，"是她男朋友做的。"

"啊，"赛教授感叹道，"那真的不错。"他见雷贞慈没反馈，改口道："我指那个系统不错，不指他们早恋。"

"我和我丈夫是小学同学。"

"那真的不错！"赛教授声音斩钉截铁，埋头填教务表格，比任何时候都专注。

"对不起，赛老师，我最近有点情绪化。"雷贞慈道歉。

赛教授如获赦令："因为小廖苹？"

"越来越搞不懂她了。他爸好像更懂，但完全听之任之。"

"不一定非要搞懂，或者，您还在做异形的梦？"

"梦见章鱼。还好是我认识的动物。"

"好吧，"赛教授坦白，"可能异形更好。"

"我的梦不重要，说实话，我已经应付得很好了。我只是在想，您看，我原来会梦神啦，鬼啦，动物啦，都是迷信。现在梦的，宇宙的神，量子的鬼，外星人，这和迷信有什么区别？"

"这，"赛教授语塞，"我好像也回答不了这个问题。我承认，心理学有时候就是个玄学。科学大部分时候没法给出确定结论。当然这个问题关乎幻想文学，您应该问一问人文——"

"小廖问过！"雷贞慈气不打一处来，"搞了篇论文，得了个没意义的结论。他还说，人文和科学不一样，没意义的论断才能让整个知识体系有意义。"

"这个有意思，什么结论？"

"错误观点的认知——"雷贞慈上下打量赛教授，似乎哥白尼头一次发现太阳才是宇宙中心，"说到认知，您应该比他们更懂，我把论文发给您。"

传闻，那天下午，著名的赛教授被教务主任扣押在教务科，读完了廖复怀的发表论文，廖复怀的研究材料，读完了著名的德教授的相关研究，还有推测性诗学论断。赛教授陷入沉思。毕业季的教务科人来人往一时如交易市场，都没打断赛教授的任何思路。也有学生说，他看到赛教授的顶头上司，心理系常务副院长，想催他快点结项，被跳起来的赛教授吼走了。整个楼层遭受波及，之后进入教务科的人全部蹑手蹑脚，畏惧池鱼之殃。死水一般的气氛持续整整两小时，太阳的光线越转越平，赛教授才如梦初醒。

他抬头，对上雷贞慈："廖苹和她的小男朋友都做过心理测试？"

"对。学校组织做。"雷贞慈觉得自己可能做错事了，但不确定原因。

"我猜他们没心理创伤，没行为异常，只是对一些事很着迷。"

雷贞慈仔细想了想："您形容得没错。"

"都喜欢幻想，尤其是科幻，对系统类知识把握得不错。不是死记硬背那种，是融会贯通。"

"对，我女儿记忆力不好。廖复怀以前非常担心来着。就是这位德教授劝我们既通其理，文字可弃。"

赛教授露出笑容："雷老师，您可得把德教授的微信推给我。"

8

赛教授与德教授的历史性会面发生在廖复怀的小图书馆。院系大调整。人文系图书馆降级为资料室。廖复怀仍拥有自己的地界。书架尽头靠窗的沙发是谈话的好地方。廖复怀备好茶水，虽十分想听两位教授的高见，但正值期刊入库高峰，他完全没时间坐下，跑上跑下带着兼职学生分类编码。他还是听到了只言片语。德教授提到"知识的范式""认知的审美"，赛教授解释"人的认知如何整合到人类原始情绪网"。这超出廖复怀的认知范围了。他们也提到廖苹。这廖复怀不能不听。他一边擦汗，一边远远站着，选取角度，正好让两位教授的声音经书架反射，飘到他的位置。

德教授熟悉廖苹，讲了廖苹小时候如何被书砸中，如何从爱丽丝开始读了重要的幻想类书籍。他提到廖苹记忆力不好，更喜欢数学和物理。廖苹后来看的科幻越来越多，她和德子通过艺术项目，认识了更多做科幻和科普的人。德教授承认，这个群体比他想象中的大，从社会学和人类学角度值得研究。

赛教授提了黑猫警长和异形，说到人心对怪异事物的接受度。他说他以前的确考虑过，这可能同认知接受相关。但廖苹的例子让他意识到，情况可能正好相反。

"可能是一种知识缺口，打开了就难以弥合。"赛教授说，"您看，您也喜欢看科幻，我也喜欢看科幻，这种爱好都发生在十四岁左右，然后就固着在脑子里了，虽说是爱好，但更可能属于——我暂时把这称为——认知创伤的补偿机制。我们一般说的创伤吧，都是童年心理阴影——"

刹那间廖复怀懂了什么，办事的学生也正好赶来，把他叫走了。本该有的明悟悬在他脑海中，隐隐地没有着落。

德教授和赛教授聊到下班，已达成合作意向，廖复怀想请他们吃饭，他们却各自风风火火，奔办公室了。

到了夜晚，廖苹睡下，廖复怀和雷贞慈才肩并肩坐到床边，雷贞慈问白天的会面情况。

"是好事。"廖复怀想起"认知创伤"四个字，"应该是好事。下午弄期刊比较忙，没听见他们聊什么。"

"那就好。"雷贞慈感叹，"你知道吗？赛教授那天就像创伤后的应激障碍，我们还以为他出问题了，希望只是学术突破。"

"应激障碍是什么？"廖复怀心有戚戚。

"小时候受过刺激，长大后遇到类似场面应付不了，就卡住了，会有各种各样的行为表现。"

"你的学位没白念。"

"那当然。"

"你觉得，我们女儿有应激障碍吗？"

"廖苹很健康！"雷贞慈斩钉截铁，"赛教授发神经病那天还问我，我告诉他廖苹没问题，他也同意廖苹没问题，他也算看着廖苹长大的。"

"对对，这就好，"廖复怀不住点头，"刚才德教授给我信息，他和赛教授想周末找廖苹聊聊，要聊一些严肃的科学问题。"

"找廖苹？"雷贞慈非常高兴。廖复怀内心悬而未决的感觉更明显了。

雷贞慈认定这是一个正式且平等的会面，不是家长带孩子见老师，长辈向长辈引介晚辈。她为廖苹营造了同样氛围。廖苹很激动，很自豪，觉得自己长大了。她发现德子对此一无所知，便更为郑重其事，要求雷贞慈把自己弄得像成年人一样，至少不能像初中小丫头。雷贞慈同意廖苹。母女俩左思右想好几天，弄了得体的格子小西装外套。廖复怀觉得她们小题大做了。而当廖苹套上衬衫、牛仔裤和牛皮小靴子，廖复怀的嘴张开又闭上。他忐忑之心减少一半。她的女儿英气十足，无所畏惧，不需要左轮手枪就可以搞定德教授和赛教授的伟大项目。

赛教授先看见廖苹母女，他把腰板挺直了。德教授同廖复怀打招呼。五人坐下。廖复怀发现赛教授和德教授并非平日里闲散自如的状态。

这的确是一个正式且平等的会谈。

前些日子的明悟回到他的心灵。

他站起，拉起雷贞慈，让两位教授和廖苹单独聊。廖苹惊讶又激动。廖复怀知道自己做了正确选择。

他和雷贞慈坐在咖啡店的另一侧，仰起脖子越过书架缝隙，才能看见廖苹。雷贞慈忍不住，时不时抬头观察交谈情况。廖复怀也看了几眼。廖苹有些紧张，但不卑不亢，看起来很有条有理地同两位教授聊。

"就像国际上的多方会谈！"雷贞慈偷偷高兴着。

然后，咖啡店一片惊呼，雷贞慈和廖复怀双双站起。一座巨大的全息投影填充了整个空间，是大脑神经网的连接图谱。

"这是我的大脑。"赛教授站到桌子上，对廖苹解释，"我们还很难做到实时成像，但可以记录脑的成长史，你可以把它理解为记录树的年轮。树的年轮变化表现了它的生长环境和生长轨迹。我从六年前开始每周都记录自己的脑连接变化。看那儿，那是我女儿考上大学，还有那儿，那是我女儿为了周游世界停学，你可以看出我为了应付这两件事，从古脑到新皮层都在调整、重构和重新生长。可见我的大脑的应激力很强。"

咖啡店的人都笑了。廖苹笑得特别开心，似乎整个世界都在她面前展开。廖复怀想起了他和雷贞慈初中就离开家乡，到县城念书。离开那天他们肩并肩跳上车，整个世界也在他们面前展开。新的东西牵引着他们不断向前，后来，廖苹牵引着他们不断向前。

他悟到了，他能从廖苹的身上看到自己的背影了。

9

一年后，雷贞慈才发现事情和想象中不同。赛教授新招的研究生和博士都做变态心理学，其中一个做了多年心理咨询，手头的蹊跷案例打印出来能有一沓，另一个曾在公安工作，还有一个从事儿童病理。她抽时间读了他们的论文，虽然似懂非懂，也让她心生惊恐。德教授和赛教授合作的项目名为"认知建构与认知创伤"。雷贞慈一心觉得廖苹属于"建构"一方，而日子久了，她意识到，赛教授从未真正进行认知建构的研究。更贵、更新、更高级的各种脑扫描仪器购入院系，多为赛教授所用。他的团队不常进行全脑扫描，而进行局部刺激与系统追踪。赛教授已一年未从事心理治疗的研究了，整体转向心理创伤。真正让雷贞慈担心的，是所有志愿参与项目的被测者，都由德教授的文学团队筛选，看起来是没有心灵创伤的人，但也不太正常。微小的疑窦逐渐扩大，雷贞慈一方面开始关注赛教授的实验，另一方面，让廖复怀打听德教授的筛选标准。

德教授的心很大，直接发来最新筛选名单，依实验组与对照组分类。被测者按小学、初高中、大学、中老年分为四大类，每一大类又按阅读情况细分，年长者分类细致，年幼人群被测项目少。雷贞慈不熟文学流派，但女儿喜欢的幻想小说她了解，女儿最爱看的科幻小说，则是每一个实验和对照组都会有的项目。很明显，是否阅读科幻小说，阅读的多寡、广度和窄度，是整个实验项目的关键变量。且被测者不限于请到心理系接受脑扫描的人。赛教授和德教授将样本放得很广，各大高校研究生和以上学历，各大网站公开数据中阅读量达到一定水准的人，都被邀请抽样调查了。调查问卷由德教授团队设计，调查结果由赛教授团队进行数据分析，选取理想的被测人，再加入真正的脑扫描实验。

很快，赛教授项目第一期报告完成，雷贞慈在学生递交时，偷偷复印一份。果然是观察实验，有些像癌症试药。实验组名单里，她看见了德子，看见了廖苹。她吓坏了，想起一年前签的协议，不记得有任何问题，又想起之后的一些补充协议，是廖复怀和廖苹签的。廖复怀自从写了科幻无用论文，就站定德教授阵营。廖复怀大概不知道人文的无用在心理上可能是另一回事。她紧张起来。

正值临近暑期，周五下午，学生都心猿意马，她故作轻松走到赛教授实验室，值班跑数据的，是做儿童病理学的博士。他个子高大，性格和善，像只忠诚可靠的大型犬。她认识雷贞慈，更认识廖

猞猁学派

苹。雷贞慈说想看一看廖苹的全脑扫描追踪图。

病理学博士愣了愣，问道："您知道的真多，赛老师让您来的？"

"对啊，我们认识很多年了，他看着廖苹长大的，我也想看看廖苹的脑图谱是怎么回事。"

"应该，应该看看！"病理学博士点头，"要知道，廖苹的大脑是所有实验组里最活跃的，比德子还活跃。德子是德教授的儿子嘛，廖苹就不一样了。我一直觉得她是个天才。赛老师说不是。我后来发现，她的确不是，廖苹的智商是比平均高一点儿，但跟样本总体比，不突出，一点也不突出。我觉得她情商高。可我们没做这方面测试。赛老师说，要集中把认知搞明白。"

病理学博士打开话匣子，似乎觉得廖苹的教务处母亲是伟大而智慧的普通女性代表。他打开成像仪，预热，输入密码，扫描虹膜："毕竟是大脑隐私，保护措施强。你是她妈妈，应该看一看，相信你们之间关系特别好，她才成长得好。我是做儿童病理学的，我清楚有创伤的孩子和没创伤孩子的区别。廖苹很幸运。你知道吗？她和德子——"

雷贞慈没听病理学博士讲八卦。她头一次看见女儿的大脑。廖苹的全脑成像填充了四米见方空间。脑体的血肉模型剥离，露出思维的骨架。神经网络细细密密杂糅成立体丛林，电脉冲和递质时刻跳动、游走。它活生生的，就是一个生命。有一瞬间，雷贞慈感谢那些进入她梦境、进驻她心灵的怪物们，让她接受了女儿不断蜕变，接受了她给她带来的所有神奇乃至怪诞的惊喜。

"能给我讲讲吗？"终于，雷贞慈小声问。

"当然。"病理学博士为廖苹的全息大脑增加一个图层，按讲解顺序，加亮脑区与神经的线索。他简明扼要介绍了实验项目最基本的流程和所测脑区，然后进入原理。雷贞慈听得有些着急了，她直接问："认知创伤到底是什么？"

病理博士有些惊讶，仍很耐心："记得您修过发展心理学。您肯定知道创伤，也知道创伤的机制特别复杂，现在都不好定论。但我们做的是认知创伤，这不太一样。"

他调出另一个全息大脑，名字隐去。他将廖苹的大脑调为暖橙色，另一个大脑为深蓝色。

"您看底部，那是我们的古脑，我们和所有哺乳动物共享的系统，我们原始的情感系统几乎都属于那里，恐惧、愤怒、欲望、期待、共情、喜悦。蓝色的大脑，我标红的部位，是不是神经的连接方式有些异常？廖苹的结构则属于健康模型。这颗蓝色大脑的主人童年受过性侵。标红的部分是创伤，您看创伤的波及面，从底部的古脑，一直延伸到新皮层的认知结构。他有创伤后应激障碍，一直没找到很好的疏通办法。他后来的人生选择和欲望导向都有点另类。您也知道，受过创伤的人有时会试图反复回到遭受创伤的相似情景。但几乎都是情感创伤，像树根一样，扎在我们的古脑里面，很难从内根除，尤其如果创伤来自成年以前。但您看，廖苹的不太一样。"

病理学博士用绿色标记廖苹脑区，基本源自新皮层。

"人类的认知和情感虽交叠在一起，但情感主要来自古脑，强大的认知来自新脑，也就是新皮层。赛教授的假设是，认知会不会有创伤？认知如果遭受创伤，会不会也有应激障碍？人如果有认知创伤的应激障碍，那会是什么？"

"我理解情感创伤。认知创伤指？"雷贞慈轻轻问。

病理学博士激动起来："人和其他动物比，多了什么？新皮层。海豚新皮层只有三层，人有六层。人比动物多了什么能力呢？强大的自我和丰富的知识。自我的情感因素多，知识的情感因素少。我们研究认知，自然从知识出发。设想，什么样的人拥有固定的知识结构，执着于固定的世界观？什么样的人拥有创造性的知识结构，拥有丰富的世界观。廖苹就是特别好的例子。"

雷贞慈有些害怕即将面对的答案了。这比梦境难应对。

病理学博士急于展示，他抹去蓝色大脑，调动起廖苹的橙色大脑："我们已能顺利解读新皮层的认知结构'年轮'啦，不需从小追踪，也能了解知识结构建立的时间点。您看，廖苹的记忆力不好，没有太多冗余信息，知识结构本身的连接体系特别明显。您看那儿，应该是三四岁时候，第一次有一个'创伤性'的节点，那里，应该是七八岁时候，和头骨上的疤一起形成，然后这些是十一二岁大面积形成的小节点。赛老师和我基本肯定，这种节点，就是认知创伤的典型形态。它们是知识的缺口，一些与以往认知不同的东西，强烈冲击既有认知体系，就造成这种认知创伤。那么，对于认知创伤的固着表现，就会变成，去反复寻求冲击既有认知体系的事物，想反复回到创伤时刻的那种强烈体验，所以——"

"所以廖苹喜欢幻想的世界，喜欢错误的知识，喜欢怪异的元素，你们用科学幻想做实验组的关键，是因为科学幻想的认知性最强，最好在知识体系内定位。"

"没错，您不愧是廖苹的母亲。"

"所以我女儿不是认知强大，而是认知创伤，我一直以来可能都是错的——"

雷贞慈的声音突然颤抖起来。病理学博士才发现事情不对。但廖苹的嗓门更大，她的声音也在颤抖，不过是完全出于愤怒。

"妈！你干什么！"她冲进实验室，奋力将雷贞慈推了出去，"你看我的大脑！"

她狠狠摔门，将雷贞慈关在外面。

闻声赶来的赛教授正准备劝，却因雷贞慈的目光后退两步。他一时语塞。雷贞慈狠狠抹掉眼泪，转身离开。

10

"——要知道苹苹就是我的小天使。"廖复怀和雷贞慈肩并肩。

雷贞慈使劲哭过了，也已小声念叨了一小时。廖复怀手放在她背上，轻轻安慰。

"她一直是小天使，按你的话说，持枪拿盾的小天使，这多好，"雷贞慈又不由笑起来，"你看她，独立、勇敢、愿意冒险、能承担责任，还特别有创造力，这些全人类最好的品质，她都有啦，尤其是她从来不像我们，从来不畏畏缩缩的，有什么就说什么，还说得那么好，那么头头是道，怪不得她俨然是赛教授团队的成员了，能和他们平起平坐了。对，不像我们。"她微微叹气："她比我们强多了，她应该能更好的，她不应该有创伤，你为什么不早发现呢？你应该早发现的，她看的东西你都了解。"

"你比我更了解她，你的梦，还有——"

"是认知创伤，不是梦！"

廖复怀摇头，屏幕弹出信息，德教授说廖苹还在生气，廖苹今天不想在家住了，想在德教授家待一个晚上。德教授一会儿来接她。

天彻底变黑，廖苹才回家。她风一样冲进自己房间，打了个小包，风一样到厨房灌了两大杯水。廖复怀和雷贞慈都没动，有那么一会儿，他们确实感到女儿已不是以前了，已进化成像德教授和赛教授一样高高在上的物种。廖复怀猜廖苹会发作，气消以后，一切恢复原状，他便不用再麻烦德教授了。而他估计错误，两杯水下去，廖苹冷静下来，她甚至备了三杯水，端着托盘，"哐当"放到茶几上。

"我们得谈谈！"她大声说。

敲门声同时传来。廖复怀知道是德子。德子没有耐心按门铃。他起身去开门，希望就此打断廖苹的任何计划。自以为控制住情绪的廖苹比真正发作的廖苹更可怕。德教授和德子一起来了。廖复怀给德教授递眼色，德教授和德子同时明白了自己的角色。

"你们不用进来！"廖苹宣布，"我谈完就走。"

雷贞慈开始抹眼泪。德教授和德子站在门口，不知所措起来。廖苹从背包里掏出一枚正四面体。

猞猁学派

很好，正四面体。廖复怀想。他返回沙发，肩并肩坐到雷贞慈身边，他觉得他们夫妻突然变为等待廖苹传道授业的孩子。

"看这个，看清楚了，我的大脑，"廖苹调整角度，一束光从正四面体底部一层层折射到空气中，形成暖橙色全息图，"我不管他怎么给你解释的，反正你们肯定理解错了。我就知道！你们就害怕听见'创伤'两个字。你们就是希望什么都是好，什么都是完美的，什么都是按标准生产出的高规格东西，而且，最好有一个什么东西，你们按部就班照着做就行了，就能成功。这才是最大的失败。我可不能再做你们的乖女儿，按你们的轨迹办事。我不能像你们这样生活，你看看你们的人生，再看看他们的——"廖苹指着德教授。廖复怀和雷贞慈呆呆地看着廖苹。

德教授还没开口，德子先吼起来："廖苹你够了！"

"我的事你别管！"廖苹吼回去，她狠狠按正四面体，全息图绿色的标记布满了新皮层，"绿色是认知创伤造成的神经连接变化，红色是情感创伤。你们仔细看，我基本没有红色，没有！是的，托你们的福，我的人格可完整了，完整到无聊！"她呼了一口气，获得了一点理性，"好在我的认知能力不一样。赛老师说了，知识从来不是铁板一块，认知也不是，相反，知识绝对要不断变化，否则哥白尼不可能提出日心说，爱因斯坦不可能提出相对论。人的认知有特别像电脑的一面，新皮层就像图灵的那种通用计算设备，虽然是自发的、自组织的、非线性的，但是只能确证已有知识结构，只能听从已有认知模型，即使做深度学习，也基本都按照已有套路，判定或者扩展已有体系。很多人就是这样的，很多人的生活和认知就像一台电脑，不管经历多少事，看多少书，所有的信息，都只为他脑子里的那一套固有认知体系服务，你们就是这样的！但我不是，德子不是，很多很有意思的人都不是。这才是人和电脑的差别，人的知识体系是可以有缺陷的，人的认知能力可以面对这种缺陷，可以承受知识的错误、知识的创伤，然后重组认知结构，从不同层面处理信息。你看天主教都放弃了地心说。所以认知的创伤才是人类需要的创伤。反正人类是被踢出伊甸园的种族，不可能成为上帝那样完美的物种。反正人总得有点儿创伤。所以认知的创伤才真正重要。赛老师说了，遭受过认知创伤的人，最好有创伤后应激障碍，最好克服不了这种创伤，才能不断扯开知识体系的口子，去面对错误的知识，新的知识，去丰富认识世界的方式，这才是认知创伤！"

廖苹的大脑开始按历史动态结构展开，神经网络变化，生长，解体，固定，每一次都留下一些绿色痕迹，就像树的年轮，随季节变化一层一层生长。

廖复怀和雷贞慈看懂了，认知创伤的神经节点渐次出现，大脑的全息图围绕它们不断建构，破碎的知识体系不断找到新的支点，以适应让认知反复获得创伤的错误东西。而只有少数碎片，带来持久的真理。

"——这才是真正的认知建构。"廖苹愤愤说，"赛老师还告诉我，认知创伤有些像一般意义的创伤，发生在童年，影响力越持久，越难治愈。但人的认知体系发育晚，持续到青春期。所以认知创伤比较容易形成的时间段，就是八九岁到十六七岁。如果在这时候形成创伤，一辈子都可能有知识的创伤后应激障碍，简直是最理想病灶。我是第一批被测人，你们休想让我退出。"

"不是这个意思，"廖复怀开口，"但你得跟我们沟通——"

"不，你们就是这个意思。有件事，今天正式通知你们，赛老师和德老师一起推荐我参加中美人脑计划联合项目，我收到邮件了，我通过了。"

廖复怀和雷贞慈同时看向德教授。德教授盯着德子。德子小声说："我没有。"

廖苹宣布："我只是通知你们，我9月就走。"

她拎起背包，头也不回风一样冲出大门，顺便带走了德子。

德教授不住摇头。雷贞慈望着敞开的大门，悟到世事进程无可挽回的轨迹。她捏了捏廖复怀的膝盖。两人肩并肩起身。

廖复怀拍拍德教授的肩。

德教授叹气："应该早点跟你们谈。"

雷贞慈说："跟廖苹谈就行，她不一定听我们的，她听你们的，她长大啦。"

11

两天后，廖苹回家。她情绪恢复正常，但也没提之前发生的事。雷贞慈和廖复怀猜德教授和她谈过了，没有深究。廖苹准备出国，参与项目，并在当地完成高中学业。全家自然而然地忙碌起来，不再讨论任何学术问题，所谓的认知创伤被暂时搁置。

机场送廖苹，雷贞慈不停嘱咐，廖苹说肯定没事，让雷贞慈不要做噩梦。廖复怀一直摸着廖苹的头。他仍能摸出小脑壳被书本砸出的印子，就像被人类咬了一小口的智慧苹果。那个小伤口一直没有消失，最后变为廖苹心灵的窗口，让她永远渴望新的东西。她小跑着往国际出发去了。廖复怀才没忍住哭起来。

廖苹离开后，廖复怀和雷贞慈回到过去的二人时光。他们有了更多时间，这才发现时代已经像风一样，将社会卷到了他们以前无法预料的位置。他们能适应，他们知道自己不够灵活，但能慢慢改变。

赛教授和德教授总算忙里偷闲，找他们一起吃饭。两位教授开始到处做讲座了。他们将认知创伤这一看起来耸人听闻的词藏起来，用更加平和的方式去讲认知建设。廖复怀听了赛教授的音频科普，赛教授说，对宇宙的惊叹是人类的本能，人在获得文明前，就被天上永恒的星空和无尽的星光震颤，这种战栗一直存在，一直将人类平整整的心灵撕出裂缝，我们对世界的认识，就围绕着裂缝建立。廖复怀觉得，在德教授影响下，赛教授越来越抒情了。德教授的讲座更简单，还是以前的观点，他说人的智慧永远残缺，因此我们才需要知识的指引和创伤。

当四人坐到一起，雷贞慈和廖复怀充分意识到，他们没法像廖苹那样自如攀谈，他们怀疑自己摆脱不了本性了。德教授和赛教授则像唱双簧，他们的理论快要不分彼此了。

德教授抱怨："我们就不该把小说看成单纯的文学东西，小说也是精神理疗嘛，亚里士多德就说诗的净化，但我没法这么说，很多人接受不了。目前大部分项目申请还得走赛老师那边。"

赛教授点头："其实基础实验和理论构建差不多了，只是整个事情比想象的复杂。"

德教授抓住话头："所以，那天廖苹跟你们的解释有问题。"

"对，德老师跟我说了，她的小脑瓜理解得不对，也是我把她带偏了，"赛教授开始道歉，然后说，"我一直告诉她，认知和情感是分开的，其实不对，脑的认知和情感系统虽然分布不一样，但神经是个连续系统，有复杂的作用机制。我怕太复杂了廖苹不懂，就简而化之。问题是，我自己说多了，也信了，前段时间忙，就是因为研究走了弯路。"

"很正常，自然科学嘛，"德教授笑道，"我们是希望你们不要误会。这个项目用幻想小说的认知做研究对象，可文学还是非常情感的，这点不会变。"

"雷老师，听说小方博士给你展示了两颗大脑全息图，廖苹，和一个有创伤经历的志愿者，对，就是那颗蓝大脑。他年纪不大，本来参加匿名志愿组，后来因为一些事，他找到我，我才知道他非常有艺术能力，后来的追踪和治疗表明，稳定的认知系统和心灵环境，能稳定他的童年创伤，他的很多创伤后应激障碍，反通过认知建构，得到释放和缓解了。这听起来有点复杂，而我想说的是，不管是情感的，还是认知的，创伤都不一定是负面因素，也没有任何年龄界限。"

"其实文学就是很多作家克服创伤的办法，不仅限于认知和幻想。"

"——只是从认知入手，最便于做认知实验，如果认知创伤是一件好事，任何年龄的人，都应该体验体验，情感创伤也不可怕，任何人都能找到手段面对它。"

"其实这才是项目的意义，不是廖苹说的什么病灶，你们不要听她的，她要学的还很多！"

"我们正在将认知建构的志愿人群推广，去研究激活人类思维体系的模式，还想请问你们愿不愿意参加？"

"是呀，虽说廖苹很厉害，但最大的功臣是你们。"

然后两位教授又说了很多，廖复怀和雷贞慈并未完全理解他们口中的"范式转化"。他们欣然答应了赛教授的邀请，廖苹参加的项目，他们当然愿意尝试。一个月时间，他们利用空闲，到赛教授实验室进行了细致的全脑扫描。病理学博士反复道歉，随即分享了更多关于廖苹的八卦。

他们花了一段时间等待数据分析，其间收到来自廖苹的礼物。

廖苹第一次送他们礼物。结婚纪念日礼物。

是一枚完整的全息苹果。透明苹果里面，包含一套神经网络结构。空气中滚动解释条，告诉廖复怀与雷贞慈，这是目前人类与情感相关的神经网提取，基于廖苹的神经建立，尚不完整，仍是学科空白，这是廖苹今后的研究方向。

她想知道，人的情感网络，如何保护人的认知创伤。人类如何能同时拥有情感的完整和知识的创伤。

廖苹最后说对不起，我差点变成邪恶的螳螂宝宝，吃掉你们俩，我会想出更高级的办法，让所有人都不被吃掉。

廖复怀有些不明就里。雷贞慈告诉他别害怕。

廖复怀和雷贞慈肩并肩阅读廖苹的研究综述，慢慢改变了对世界的看法，如今，他们相信，错误的知识，更能改变人的命运。

他们交换手中的数据模块，互相打开对方的大脑全息图。

他们的大脑的年轮比任何被测者都丰富，记录了从井研到北京，从相识到拥有廖苹，记录了廖苹的成长，记录了好几个时代，就好像人心中刻录了社会的断代史。他们一直在试错，从没有故步自封。

脑的全息图一层一层变化，他们的思维体系一直革新，一直解体，一直重构，一直同命运一起，向着有光亮的地方生生不息。

注：《思维提升》，一部关于科幻能提升人思维的科幻小说。

猞猁学派

来自莫罗博士岛的奇迹

抵达莫罗博士岛

无风带，莫罗博士岛的交接点。十年来，每位登上莫罗博士岛的人都需静候在此。已有五年无人接近莫罗博士岛了。每隔半年，联合国会将一艘驳船放在无风带，装满莫罗博士所需物资。隔天，蒙哥马利才抵达，将那驳船拖走。而这一切不再发生。人类的意识已进化至下一阶段。莫罗博士岛终于获得了它遗世独立的地位。我则成为最后一个登上莫罗博士岛的人。

我或许应听从约翰的劝告，避免对莫罗产生过多好奇。我应老老实实休假，享受印尼海滩的阳光与树荫。但月光明亮的夜晚，明亮的海洋生物一批一批浮至浅海。游客无不为此屏息。他们难以克制本能冲动，踏入大海，浸入脚下繁星摇曳的液态宇宙。七十四岁的老向导拦下我。她是我专门找的本地人。她抬手指天空，说那里原有一颗四等星，一年前开始逐渐熄灭，它其实死了很久，只是光速太慢，最后的光彩刚刚触及地球。我问她，南太平洋的海洋生物是否都反射摄人心魄的光亮。老向导摇头，说几周前才有，每一种软体动物都变得像灯塔水母，每一类海洋生物都散发出深海的色泽。我内心在那一刻松动。海中浮标立着荧光牌，让大家尽可能远离自行发光的动物。

我查询内部资料，苏门答腊群岛生物发光现象已有简要报告。约翰审阅，文件滞留在他那儿。卫星显示，发光带随莫罗博士岛的航行轨迹逐渐扩散。于是，第二天刚刚入夜，我再次拜访老向导，求她帮我弄艘土制原始木筏，可以漂洋过海，没有追踪设备。她知道我是中情局的。我解释自己只是学员，专业做情报分析，不干背地里的勾当，且在印尼没任务。她将信将疑，木筏终于离开细密沙滩，她才说，你理解反了，我们是已经熄灭的星星，意识的光亮则刚刚抵达人间。

我加紧速度，沿着光带深入海洋，来不及玩味她的话。当海啸遮住半个天空，我看见里面星星一般的动物并未挣扎。它们借着巨浪游动，像天空中集群飞翔的鸟，心有灵犀，透过水幔，看见我。

太阳出来时，我抱着支撑帆的横梁，意识到它短了半截。我无法爬到上面，只有半截身子沉在海里。烈日很快沥干了我的手臂。我身子发烫。头皮的汗水和盐水似乎被烤得嗞嗞作响。腰和腿都受了伤，快没有感觉，又仿佛已经泡烂。很长时间，我的皮肤才发觉风已消失。无风带将我包围。我已抵达了心中的目的地。模糊的视线望见镜子似的海平面。区分天地的直线有了微震动。震源来自一个明亮光点。我朦朦胧胧想，蒙哥马利的"维茵夫人"。

昏迷的时候我并未完全失去知觉和意识。中情局的训练加重了思维杂乱的症候。我听见恒河猴尖锐鸣叫。胳臂愈发脱力。毛茸茸的动物巨掌及时将我捞起，甩向铺有毛毯的坚实地面。是熊掌。我去过西伯利亚，驱车穿过大大小小的荒芜城镇，来自上世纪的朽木电线杆歪七扭八密密麻麻插在村落上头，都像东正教的双十字架。只有北方棕熊会趁我停车抽烟，快乐地接近。我喂它糖果。它吸着尚未散掉的二手烟，用舌头直接卷走我嘴边的橘子。我闻见烟味，雪茄，然后各种动物的味道淹没了我，仿佛回到儿时心爱的巡回马戏团。喧闹的、荒诞的、充满欢快的安全感迅速将我拖进短暂沉睡。

梦中我还醒着，还记得与约翰讨论莫罗。约翰知道我的履历，好奇搞心理侧写和分析情报的家伙为何对动物感兴趣。他开玩笑说部门居然有激进的环保主义者。我咧嘴笑，我只是好奇莫罗博士的实验。他收敛表情。莫罗博士岛可是情报界的谜题。

约翰很久没离开兰利了。他几乎不去现场，统领情报分析十年，俨然成为办公室头目。他似乎懂得阿拉伯语系许多微妙的方言。你多少能猜出他的经历。但他不再进入黑暗的角落工作。从业三十年，他总结出一套学院派观点。潜入光明世界下的黑暗不一定能发现真相全貌，毕竟人的眼睛不是用来感受黑暗的。相反，仔细观察光学的明暗、色理、波动和不确定，却可以帮我们猜出看不见的逻辑。他说人类社会亦是如此，仅仅深入人性黑暗面不值得骄傲。他曾教育我们，优秀的情报人员是算人性艺术家，不是利用人性的堕落狂欢。他有着如此高于职业的自我定位，面对大小场合也从不焦虑，的确好似一名艺术家，总能拉开审美距离，远观尔虞我诈。同他面对面交谈，你也能感到，他心灵的一块不在现场，而置身事外，能没有偏见地关注每个细节，偶尔满是忧郁，偶尔过度热情，但总能选择恰如其分的措辞与行为模式，如同米开朗琪罗雕刻大卫。

人性艺术家。听起来能扼住诸神咽喉，提前促发启示录降临。但当我将莫罗的难题丢给约翰，他也捉襟见肘。我们拥有莫罗博士岛的所有公开情报。它像浮在南太平洋上的巨大绿色贝壳，而我们无法确定里面的珍珠是何种模样。约翰问我莫罗博士是否反人类。我摇头。莫罗充满公众亲和力，毫无社交障碍。他喜欢同心智相当的人交流，比如他的学生蒙哥马利。我们必须承认，很多人比他奇怪。

他曾声称当所有事物达到充分链接，人脑、网络与人工智能间不会出现统率一切的巨大独立意识，去奴役世界。他没点明会出现何种情况。他总是这样，看起来什么都说，每句话都闪烁其词。莫罗生于巴塞罗那，长于爱丁堡，实际是基辅人，二十五岁拿到计算神经学与神经解剖学博士双学位，三十岁建立脑机交互基本模型，随后放弃普林斯顿终身教职。他的模型难以证真或证伪。"充分链接"标准太高，非植入脑机交互精确度低，植入脑机交互遭受抵制，大规模动物实验违背伦理。加之莫罗宣称自己是实打实的唯物主义者。没有实验的正向结果，他绝不公开所有理论。这反加重了实际科研的难度。所幸，莫罗清楚自己不是爱因斯坦，没有艾丁顿为自己正名。正如20世纪以降的优秀科学家，他懂得利用商业白手起家，建立帝国，不到十五年，他在生物界一手遮天。他想从动物实验开始，证明他的模型。欧美动物保护的文牍主义每每掣肘。其他国家无法提供稳定实验环境。莫罗便为自己造了一座岛。

我见过约翰长时间端详莫罗博士岛的全息图，好似审视艺术品。我记得他突然对我说，莫罗可能只反人类，但不反社会。

这并不矛盾。约翰没头没尾地解释，莫罗认为实验动物和人口腹中的动物一样平等，他认为自己的实验比动物保护更尊重动物。他一直对动物群体行为、人类集体意识感兴趣。这或许就是他对人的看法——自然与社会应该平等，只是现今人类的存在方式无法满足莫罗的标准。

莫罗的标准。我模模糊糊回忆。我想起莫罗的物资详单，十五年前起，每年都筛选实验动物。他很快便脱离了模式生物的限制，甚至索求过亚马孙鳄鱼和亚洲象。但他从不批量订购，每个物种少则两三只，多则四五只，一次完货，再不续订。纯系小鼠或黑鼠这些生物实验的量产炮灰也是如此，仿佛莫罗在精挑细选动物伊甸园的成员，而非动物试药。他的纳米药剂一年又一年地占领全球市场，每个季度都有新的产品。每年他都录十三分钟短视频，权当莫罗发布会，介绍每年药物的生产方向。他每年都换一个领域挺进，快要将人体探索完啦。他去年生产了针对淋巴免疫系统的纳米药物。今年1月，他终于宣称正式进入神经系统。这有些难，毕竟人类不喜欢异物入侵头脑。

视频中的莫罗白发、灰眼，异常坦诚又难以丈量所思所想。他明亮的目光很像发光的海洋生物。他说人体细胞总在更新，人的一生能换好几个自己，他的纳米试剂也不例外，只会更好。约翰说莫罗不玩花招，甚至不搞阴谋，或许只在做一个大工程，按阶段向人类汇报进展，从不提多余的、无法理解的部分，照顾人心似的。我则怀疑莫罗博士岛是一个阴谋。任何企图左右人类思维的，都是阴谋家。

我感到刺痛，同时凉丝丝的。有人在处理我的伤口。腰部被缝合，动作专业。处理大腿伤口的家伙则手忙脚乱，还不止一人。他们好像麻药不够。我开始恢复感觉，然后疼得流眼泪，但也被注射其他东西。伤口涂了厚厚的黏液，神经末梢似乎被包裹起来，痛感变得不直接。有生物在舔我的脸，我的刮伤、我的血污、我的汗水、我的眼泪，最后又一点一点湿润我被阳光烤得发烫的眼睑，安慰我挺过整个处理流程，他们才把我抱回阴凉的底舱。我的意识有一阵非常清醒。莫罗博士的动物。毫无疑问。他成功践行了动物实验。

我或许昏迷了好几天，或许只一个夜晚。船体剧烈震动，终于让我睁眼。一只高大英俊的黑斑羚望着我，然后低头继续吮吸我腰间的缝合伤疤。我努力低头。它将脓液、血块和药剂黏液小口吐到木桶里。我猎杀过黑斑羚，它们通常美丽又胆小，死时宝石般的眼睛异常透彻。但它很坦率，不怕人类，尖锐的双角微微向后盘曲，几乎能直接向上戳穿甲板。一只雌黑斑羚绕了进来，还有它们的小崽子，最小的高兴得一蹦一跳。黑斑羚一家后面是麇鹿、袋鼠、恒河猴、灰尾松鼠，甚至包括一只树懒和两只渡渡鸟。我迅速被包围，下意识直起身往后缩，发现手边三沓纸，小心掀开，写着试药协议书等字。我合上纸张，整理气息，又扫视四周。舱门侧面用夸张字体刷了明亮的"维茵夫人"一词。制式确属五年前莫罗购买的船艇，体积不大，但有足够马力拖动巨大驳船，通常由蒙哥马利驾驶。舱体弄得脏兮兮的，铺了毛毯，装满货物，波西米亚混乱风格，有如海上养殖场。不，不太一样。我盯着距离最近的纸箱、救援药物、各种绷带和注射器。

黑斑羚已清洁完毕。不知何时跳进房间的四只恒河猴扛来全新医疗箱，七手八脚将我按倒，重新对付起我的伤口。四颗脑袋时不时凑在一起研究伤势和电子说明书。"维茵夫人"发出巨大声响，我别着头。圆形舷窗外，巨大的驳船堆满器械。交接日是七天前。想来海啸耽误了整个流程。我已昏迷了七天。伤势有点重，他为什么不把我送走？救援药物证明蒙哥马利曾和医疗团队对接。他们知道我在"维茵夫人"上吗？

脚步声锤子似的沿台阶进来。蒙哥马利比黑斑羚还高。他微微拱着脊背，支棱的姜色头发蹭着天花板。他右臂抱了一只八哥，八哥脸皱成一团。他左边跟进两只德国牧羊犬，还有一只大得出奇的缅因猫。它冷静地转动眼球，瞳孔收成一条缝隙。蒙哥马利则兴高采烈，挥动空着的健壮臂膀，拨开动物们，将我从床上直接拎起，塞入巨大皮质沙发。他的宝座。蒙哥马利比想象中好客。他又抄起协议书，塞到我怀里。

"地震引发海啸，"他直接解释，"你居然擅自往公海走，漂到无风带，运气好，遇见我们。沿岸情况糟糕透啦，不过伤亡不大，多亏了莫罗博士。我想你认识我。我是蒙哥马利，莫罗博士岛的蒙哥马利。它们你会慢慢认识，因为你暂时回不了家啦，你得在莫罗博士岛住一阵。"

我攥紧"临床试药协议书"，又翻开封面，盯了一会儿拟稿人签名，按目录过了几项重要条款。蒙哥马利十分耐心地打量我，好像早已通晓我的背景。我忍不住问他："约翰亲自来了？"

"对，喜欢把手藏在衣兜里的小老头子，他忧心忡忡来着，同莫罗沟通条款的时候可真干脆。我猜他是那种躲在后台的大人物，莫罗那种，原来你们真的有私交。"

"到底怎么回事？"我有些咬牙切齿。两只小袋鼠吓跑了。蒙哥马利有些不高兴。

　　　　　　　　　　　　　　　　猞猁学派

"紧急情况，我们万不得已。"他将松鼠藏到蓬乱的头发里，"你失血过多，腰应该是被断裂树枝直接捅了，还带出点儿内脏。我没有足够为人类准备的药，用了动物的，当然还有其他东西。用了这些，就最好不要其他的处理疗程介入了。我去问莫罗，莫罗七拐八拐联系到约翰，向你的部门提了一个方案。约翰花了点时间让所有人接受。我们只能待命。也好，'维茵夫人'能为救援提供些帮助。他们给了我不少非药剂物资。动物们也第一次看见更多的人。"

我没再说话，低头琢磨走完所有程序需要的时间。才一周。约翰也没这么快。一定有人希望把我塞给莫罗，让我来试药。

蒙哥马利见我踌躇，伸开巨大手掌拍拍我的肩："约翰说你会签协议的，只是需要点儿时间。他让我转告你，莫罗博士的岛也可能是光明世界的光源，你得闭上眼睛接近它，才能了解发光的原理。我觉得他说得对。当然，我并不确定他在说什么。"

"约翰见过莫罗了？"

"是通信。他连你都没见。我们在驳船上没聊儿分钟，他就被电话叫走了。你好好休息。莫罗博士岛没改变航线。我们得花几天才能追上。"

蒙哥马利哼着小调离开。我发现台阶上的灰豹。它懒散地卧着，似乎对任何事情都毫不关心。灰色垂耳兔蹲在它脸颊边，瞳仁乌黑，充满智慧。它盯着我，三瓣嘴微微张翕，似乎同灰豹交流。

看见莫罗博士岛时，我已经能动了。莫罗的纳米试剂异常管用。我一瘸一拐从后甲板挤到船头。几天来动物们对我友善。棕熊靠着船舷晒太阳。一只鬣鹿让开位置。三叉角有如两架小巧的七弦琴。最先出现的是岛的绿色山丘，动物们欢呼起来。它们不论物种，视力都很好，喉咙发出丰富的声音。

莫罗博士岛下海前，只有现在三分之二大，是第一座私人造岛，只要漂在公海上，遵循联合国2042年修订的一般法则即可。换言之，莫罗回避了几乎所有科研法规。全世界心知肚明。通过一系列可知或不可知的操作，莫罗博士岛被默许了。他一定自开始便制订了近二十年的完整计划，很早就投放属于自己的卫星。量子加密通信主要覆盖南半球温带与热带的海洋。他的岛是组合结构，根据模块拼接，并慢慢扩张。组合结构拥有非中心化人工智能系统，具体到岛屿表面，你只能看见一只黄铜色的工作机器人，大多像C-3PO。它们总被可有可无的工作占据，种树浇花养育动物。因此岛屿植被丰富，近几年开始拥有本不该同时出现的物种，覆盖所有试验场所。我们能通过卫星，监测岛表面变化，用遥测光谱判断藤蔓下玻璃实验房的动静，分析不断增加的动物构成和行为异常，但无人猜出莫罗做了什么。他大概用了干扰。我只知道蒙哥马利定期投喂动物，定期将它们按物种分批带入不同实验建筑。莫罗极少出现。他不喜欢温暖的太阳。岛表面积持续增加，海平面下间架结构架的厚度也不断成长。如今，莫罗博士岛仅能在深海域活动。我们都猜，表面的风光只是幌子，是蒙哥马利和动物们的天堂，莫罗博士的主实验空间全藏在岛的中心，海的里面。那儿拥有所有秘密的源头。

绿尾巴黄脑袋的虎皮鹦鹉落到麈鹿三叉角上。它突然开口，声音扁扁的："大家觉得你不错。"它没有重复自己的话，没在学蒙哥马利。它像一位充满智性的名流，主动和我搭话。

"谢谢。"我故作镇定，"如果我的言行有任何不妥，希望你能——"

麈鹿转过修长的头颅，舔我的掌心，有点涩。虎皮鹦鹉低头整理羽毛，声音仍像被拍打过的面团："你做得很好，你让树袋熊宝贝在你背上睡觉，你没有主动招惹任何动物，尤其是灰兔、灰豹和灰色的缅因猫。如果莫罗博士准备把你和我们连在一起。语言就能省掉了。"

它掀开大眼睛，眨巴眨巴盯着我，暴露出普通鸟类的警觉。我无法掩饰由内向外的错愕，虽然只有几秒。协议书措辞模糊，写着"纳米体液"和"神经网底层结构"。我想起每晚追随"维茵夫人"游动的、闪烁的浮游动物。

猞猁学派

"当然，"我顿了顿，"莫罗博士有能力做任何事。"

蒙哥马利离我们不远，他若无其事地收起风帆，什么都没听见的模样。岛边缘厚厚的红树林逐渐靠近。它们生出丰富的支柱根固定沙土，又留出呼吸根露在外面。几十棵红树的支柱根与呼吸根异常茂密，层层叠叠编织为一座结实平台。著名的莫罗博士码头。基因改造。"维茵夫人"靠近码头，动物们蠢蠢欲动，比起大海，它们更留恋莫罗博士的岛。蒙哥马利停船，引导它们上岸。"不要远航，不要远航。"他对它们念叨。

莫罗博士的药剂与动物

我最后上岸，正式成为莫罗的实验小白鼠。当然，我属于人类，被认定有自主能力。协议声明参与试药只需一人，如同莫罗博士岛的一只棕熊、一只灰豹、一只虎皮鹦鹉。这是莫罗的实验逻辑。约翰从侧面出击，附加了条款。我需同时递交一份报告，以试药员角度，评估莫罗的药、莫罗的实验，还有莫罗博士的岛。无数人觊觎莫罗的专利想搞垮他，也有无数人寄希望于莫罗。我摇身一变成为双方的钥匙。我的大脑飞速旋转了好几天，琢磨如何同时撰写两份报告，一份给约翰，一份给世界。告诉约翰莫罗博士的真正秘密，告诉世界他们想知道的。二者往往并不相干。约翰曾对我说，任何报告，即使是科学报告，也有立场。哥白尼和开普勒的立场就不一样，下场也不同，而他们面对同一系统。

我仔细踏着被海水浸透的红树根。莫罗博士喜欢藤蔓，喜欢榕树和红树，喜欢热带林子将自身编织成一片的模式。动物们迅速钻入丛林。肥厚的土壤表面留下五花八门的蹄印。岛呈标准梭形，中间胖胖的，是绿色山丘。其实整个岛屿都是绿色。蒙哥马利安顿好"维茵夫人"，把我弄上自制的高底盘吉普，一路穿过漫长的植物拱廊，抵达山脚住处。全新建筑，两层，底层实木、家具实木，上层全玻璃，高度恰好浮于丛林之上，只侧面小部分被藤蔓覆盖，像是早就在等待我，唯一的人类试药者。我似乎已通过玻璃墙，瞧见日出日落，莫罗博士的岛翡翠一般缀入色彩莫测的南半球海洋。小巧的恒河猴从树冠冒出头来，又随即消失。

第一个晚上我想保持清醒，试图整理思路，但疲倦与莫罗博士岛的夜晚同时席卷而来，将我完全覆盖。整夜毫无梦境。再睁眼时天已有些发白，南十字星座只剩暗影，清晨水雾罩着湿漉漉的暗绿色雨林。我摸下床，拉开山毛榉味道的衣橱衣柜，各类衣物齐全，确实都只有一件。我迅速把自己弄成即将进行田野考察的人类学家模样。太阳还没出来，我在一层车库找到小型SUV，满是潮气，动物味道，一定蒙哥马利常用，临时分配给我。我勉强踩油门，沿最外圈道路绕岛屿四分之一。头顶厚厚的榕树枝叶和贴着地面的道灯让我产生错觉，好像又回到曼哈顿，每天夜晚幽灵似的寻觅于林林总总的人工岛，没完没了穿过偏僻的海底隧道。于是我调转车头，往岛内开，植物拱廊越变越窄，于绿色山丘脚下，变成小摩托和人方能通过的小径。我熄火，只身往林子深处走，磕磕碰碰，很快开始上山。日出时间已过，四周仍黑乎乎的，没有动静，让人心生疑窦。应该有活物。我只有停下脚步，安静等待，终于，窸窸窣窣的声音从植物拱廊的另一侧传来。

我犹豫几秒，还是掏出卷尺，拉到小臂长度，喷一层药物，纳米材料迅速变硬，像短刀。藤蔓墙匝得很硬，我试了试，才削断承重枝干。一股浓郁但清凉的气味让我几乎停止思考，凭本能一层层拨开枝叶，跌跌撞撞前进几十米，才看到开阔地的光亮。鬣鹿和黑斑羚同时发现了我。它们湿漉漉的鼻头也呼出清香。我清醒过来，举起双手，将卷尺插入泥土。而它们已优雅地转动脖颈，不为所惑。我悄然跟上它们，绕过两棵巨大榕树，意识到光亮的源头不是来自天空，不是清晨的太阳。林中空地一些浅浅的水洼，甚至没有连成

猞猁学派

完整形状，自身发出透亮色泽。棕熊不知何时来到身边，没有碰我，擦着我往前走。对面是灰豹，垂耳兔坐在它肩上。恒河猴与雀鸟纷纷到来，弄出的声响轻微又密集。甚至有三只黄铜机器人，关节咔啦咔啦地响着。一只巨蟒在空中转动身躯，围我一圈，跟上棕熊。我一动不敢动。更多动物悄然而至。它们同时离开丛林阴暗角落，异常安然，踩着泥泞，相互靠近，似乎早已超越食物链关系，获得另外一种文明，垂下身躯，去亲吻明亮的水面。

　　蒙哥马利拿出细长的注射器和一小瓶半透明试剂。他看起来更像兽医而非无菌室里的大夫。黏稠的液体散发明亮色泽。报告中的纳米体液。我花了半天时间研究产品说明，不得不承认，文章中取得突破的关键机制，我不能完全理解。

　　"按这张图画的，"我问蒙哥马利，"注射体液，纳米小机器人就会沿着血管，游到血脑屏障表面，伸出爪子似的机械结构，抓住保护神经元的胶质细胞，嵌进去，特别像红树的根，除了没直接入侵所谓的血脑屏障，这就是'植入'。但这儿又有两个环保标志，'循环，可逆'。"

　　"它们会降解，差不多每三周一次，顺着血液流到肾脏，排出去，像正常的细胞凋亡。"

　　"所以我每三周都需注射。以后投入市场的民用产品也是如此吗？这些我都会写到报告里。"

　　"第一个月是每周，你是实验品，就当在调试beta系统，肯定得加大剂量，可能会有些反复。"蒙哥马利草草翻看说明，"要知道纳米机器人拥有莫罗博士设计的那种非生物智力。它们需要迅速适应你的大脑，同你的神经元充分交互，迅速找到作用的方式，组合化学物质和电刺激，调节你的神经电流和递质传送。整个过程是调试性的、是适应性的，会产生废料，你的尿液可能变成亮橙色。因为你是其他人类的范本，莫罗博士会根据你的反应进行调整。不用担心。还是那句话，就像你自身细胞在更新，它们不会一次性全部凋亡，而是分批次，两个月后，就能进入正常状态。"

"正常状态？"我按着腰上伤口。它们恢复得太快。

"口服试剂。公众和政府想要的。"蒙哥马利摊手，"没有真正植入，只要你停止口服，三周后一切都能排出去。你会变回原来的那个自己。廉价又方便。这不会改变你的生活。我读了你的身体报告，每天都吞维生素片和镇定药。纳米机器人友好多了，它们会变成你自身的一部分，帮你填平生理和心理上的创伤。即使这样，你会害怕它们嵌到你脑子里吗？"

蒙哥马利突然一改原生态做派，目光锐利起来，像个长年厮混酒馆的老到赌徒，向前滑动转椅，凑到我跟前："中情局灌进你脑子里的东西，能降解吗？纳米体液能。当你离开莫罗博士岛，只要你想，就可以忘记这里的一切。"

"但报告会留下来。"我冲蒙哥马利笑，"你介意我的身份，我不介意，说实话，我连夜离开苏门答腊，就是为了赶上发光海洋生物潮的尾巴，来看看莫罗博士的岛。谁不想来一探究竟呢？大概只有约翰。他其实是部门的唯一反对派。他劝我别被好奇心吃掉。但我抓住了机会。"

"怪不得，"蒙哥马利恢复常态，"约翰比你讨人喜欢。但动物们喜欢你，这很奇怪。你对动物比对人友善。"

我愣了几秒，他好像能看穿我："我小时候喜欢马戏团，十二岁以前每个夏天都跟着它们。我不知道我父亲是谁。我母亲会在夏天酗酒。她总知道自己的节律，会提前把我的手放到象鼻上，让我跟着它走。然后她突然获得一笔遗产，就把我永远塞给纽约大苹果了。"

"莫罗博士岛诱惑你的深层原因？"

"大概吧。"我将全套注射工具揽到面前，垫好小臂，开始往胳膊上绑橡胶软管，"用了纳米体液，我会变成通灵的动物们吗，还是变成行尸走肉？"

蒙哥马利被逗乐了，好似我误打误撞抵达故事的真相："不，你会变成泽维尔教授的儿子，变成陀思妥耶夫斯基的群魔，但你不会向着悬崖坠海而死，莫罗博士岛的地势非常平缓。"

他没让我费脑筋猜哑谜，悄然闭合双眼。玻璃房灯光黯淡下来，外面丛林的微光几近于无，我的心思随之飞向别处，感到小巧的动物们偷偷攀上枝头。蒙哥马利调低房间温度，空调风向改变了，空气缓慢流淌，环绕音奏出曲调，哥德堡变奏，他加了自己的理解。

"其实你已服过体液了。"他平静地说，"第一天，你砍断了我的藤蔓，偷喝了动物的泉水，它们接受了你，你很幸运。"

我又闻见山毛榉的清香，意识到气味源自高纬度温带，欧洲北部的种类，莫罗博士家乡遍地都是。南太平洋的热带岛充满了北方气味。我闻见藤蔓被斩断，黑斑羚呼出水汽。我拆开注射器，戳入试液瓶，同样的味道。

我突然有种错觉，用思维演奏乐曲的并非蒙哥马利，而是莫罗博士的岛。

第一周，我花时间弄清岛屿表面的道路，包括毛细血管似的羊肠小径。蒙哥马利为我提供地图，我仍亲自走了一遍。我的腿脚好多了。恒河猴们每天都为我换药，手法进步很快。我发现除却被割断的藤蔓，没有其他进入丛林的通道。这证明我迟早得在植物拱廊上挖个洞，一探究竟。我松了口气。蒙哥马利很贴心地将断蔓编织为罗曼式小门，方便进出。动物们很少使用。虎皮鹦鹉偶尔坐到我肩头，同我返回玻璃房。我用仅有的茶点讨好它，忍不住仔细闻胡萝卜蛋糕，怀疑里面早就混了纳米体液。

"你的鼻子已经麻痹了，麻痹了。"它爪子扣着茶杯边沿，"你打破了我们的封闭循环系统，全都是山毛榉的味道，全都是。"

"为什么是山毛榉。"

"莫罗博士喜欢。"

"你们的系统本就是开放的，对不对？"我喂它花生，"'循环，可逆'，但没有回收。我相信，莫罗博士岛的地下世界也没有回收装置。他让纳米体液里的纳米小机器人参与到整个岛的循环中。它们其实不会完全降解对不对？只是脱离了生物体，进入更大的循环。海边的红树林闻起来根本就是山毛榉。纳米体液都流到海里去了。所以海里的动物才会发光。"

"南半球的循环。洋流循环。知道了吗？别忘了你的报告。"然后，它不说话了，专注地将胡萝卜蛋糕啄成一团碎末。

我第二周才开始撰写报告。我想象纳米机器人已将我的杏仁体裹成了一颗小核桃。我的大脑已打开向外的通路，意识稍加驱动，便连上莫罗博士的量子卫星。一个频道专供我使用，将我的生理心理信息传向外界。那里，无数专家严阵以待。他们说一切正常，并发回一张立体成像。纳米机器人非均匀分布，几乎没碰感知和运动神经，只集中在颞叶、杏仁体、海马体周围。它们正努力适应我的短期记忆结构，不久便会遍布皮层，连接长期记忆还有处理情感的梭形细胞。我的尿液已开始微微发亮了。蒙哥马利又给我注射了一整管黏糊糊的东西，说提前减轻肾脏负担。

我申请与约翰通话，第二周结尾才批准。我清楚，当我在协议书上签字，我就不再属于我了，也不属于部门。我有拒绝的权利，但我志愿成为人类的小白鼠，所以也不再拥有隐私权。别人一定以为我疯了。约翰不会。所以他一反常态，亲自参与拟订协议，同意我留在莫罗博士岛。就像"约翰"一名的希伯来语源头，"上帝是仁慈的"。他是个骨子里仁慈的家伙，多年来没找到干涉莫罗的缘由。他大概是少数的，真心实意希望莫罗在为人类做善事的人。

通信连接后，我发现其实无从张口，每个比特信息都在被监听。我只能叹气说感谢上帝我活下来了。约翰停顿一秒钟，才说感谢上帝没人死于海啸。莫罗博士提前预见了地震，但相信他的人不多，预警系统启动晚了，受波及的主要是夜半出海的人，包括我这样的傻子。我干笑几声，告诉约翰莫罗博士的药很管用，我已基本恢复了。约翰承认，由于海啸和我的体征状态，全世界的舆论天平正集体摆向莫罗。我观察他的表情，一如往常，一副面对显而易见的事态，不准备作为，气定神闲等待答案的样子。

的确，莫罗的手段不像阴谋，像非常直接的阳谋。他的所有步骤都处于光天化日之下，但像约翰说的，人们喜欢到阴影里头去寻找现实和真相。这不解决我的问题。身在莫罗博士岛都猜不出真相，简直有辱人格。

约翰看出我的心思，"我在驳船上见到蒙哥马利了。"他说。"他人不错，拥有博物学家的手，可惜他不是个真正的基督徒。"他眼角皱纹变深，"那时候你还在昏迷，我远远看见动物们围着你。我向蒙哥马利表示，将重伤人员交给动物可能不妥。他很有礼貌地反驳，说曾经有一群魔鬼附到一个人身上，那个人向耶稣求助，神的儿子便帮人类驱魔，把鬼怪们赶到家猪的体内，无辜的动物们疯狂地跳海而亡。他说他更害怕你把动物们害了。"

我指尖微微抖动。约翰换了个姿势："还好吧，所有人都担心你精神不稳定。"

我点头。

"那动物们呢，它们进化了吗？它们的群体行为充满了社会性吗？"

通信被切断。我没在报告中透露林中水洼边的动物们。外界也没获得关于我大脑的全部事实。莫罗博士筛选了信息，也可能是蒙哥马利。我清楚。约翰也明白。他不会在通信中说破他的猜测。莫罗博士也不会让他说出来。我们都不是直截了当的人。

我没立刻询问关于群魔附体的比喻，一直以来我表现得像个文明世界的君子。蒙哥马利开始像动物那样接受我，将我引入他的工作。他解释说，自然界的高级运作方式应和人类社会相同，虽然人和动物不太一样。我不能完全理解他的意思。他回答，等你一步一步完全连入莫罗博士的岛，就明白了。

"当然总的来说，分为两阶段，"他若有所思地解释道，"先接入无机物，再接入有机物。"

我先学会调试玻璃房，然后学会指挥黄铜人。蒙哥马利仍少言寡语，沉浸于自己的快乐世界，除非必要，见都不见我，不用说和我交流。但他让我一起照料莫罗博士岛。每天清晨，唤醒机制准时透过纳米结构，激活大脑。我迅速起床，收拾完毕。尿液不再是诡异的橙色，但散发一股山毛榉香，还是很奇怪。我打开十几个片剂瓶，按量倒出五颜六色的药片，分三次才能吞咽干净，活像满是病灶的患者，依赖药物维系生命。太阳升起时，我已潜入丛林，从自己挖的植物洞口，进入动物的世界。我学会了同它们一起接近明亮水洼，伏到地面，小口舐从土壤和空气渗出的莫罗博士岛的纳米物质。

两个月后，我不小心被变硬的榕树枝条划破右臂。一道长口子。灰色豹子正在我旁边。我很清楚莫罗博士的岛没有多少大型食肉动物。棕熊、灰豹、河里的鳄鱼一家、两只黑狼和几只狼崽。我记着蒙哥马利所谓的自然运作规则。我等着它兽性大发。灰豹瞳仁变细。它凑近我，出神地盯着伤口淌出的亮红色血液。我也被那颜色吸引，早上服用的片剂全在里面。趁我不注意，它用舌尖儿将血舐干净，动作称得上文雅，但又有悔意，转身就走了。垂耳兔自始至终蹲在它脑袋上，三瓣嘴兴奋地一张一合，睿智又充满好奇地研究我。它们走后，我才想起包扎。黄铜人带着急救箱赶来。我们负责清理过度生长的草本植物，负责投喂雀鸟、黑色或褐色的大鼠以及多种灵长类。它们数量众多，每天都需提供食物。它们很配合我。最小的蜂鸟都懂得落到我肩头，总将喙撇向另一边，避免戳瞎我双眼。

第一批莫罗博士的纳米体液已运抵人类机构。岛外临床试验顺利进行。约翰很少与我通话了。我与外界交流的欲望也日渐匮乏。

我开始享受动物们的陪伴，报告越来越不客观，开始充斥赞美之词。我不以为意，觉得离开莫罗博士岛时，整理一下修辞便可。计划中的第二报告还没开始写。我曾想过利用黄铜人潜入莫罗博士的地下堡垒，但被黑斑羚一家新宝宝的诞生打断了。那感觉像回到童年的马戏团大家庭。不，不太一样。不是荒诞的动物世界。一只豹子，见了血，不咬断我的喉咙，它一定进化出了智慧。到底是什么样的智慧？我那喜欢追根究底、把自己引上莫罗博士岛的灵魂，不知何时已离我而去。我彻底沉浸在朦朦胧胧的快乐中。

当莫罗博士的岛靠近非洲，再次接近赤道，一场预料之外的大雨让林中水洼变成一池小湖。我照例伏到地面，发现身边麋鹿并未立刻饮水。倒影中，它瞧了瞧自己，有些困惑。我端详镜子似的湖面，感到一阵顿悟。

隔天，我找到废弃的太阳能光板，刷一层胶状涂料，制成不太清晰的金属折叠镜。我背着它，在每一种动物面前展开，只有恒河猴、虎皮鹦鹉和长年徘徊在绿色山丘的大象，会对着镜子收拾自己，向我报以善意目光。其他动物都困惑地面对镜中同类，不确定我的行为。灰色缅因猫居高临下，从榕树角落跳出来，使劲挠了我，抓坏涂料。它似乎明白我在做什么，很生气，但我知道，它并不确定镜中的猫是不是它自己。当然，它表明，它不在乎。它憎恨我的小实验。我想我伤害了它。我没敢去找灰豹和灰兔。

通信频道中，约翰会问我，动物们进化了吗？我给出模棱两可的回答，无法通过镜子实验的动物未必没有自我，但它们一定没进化出人类的自我意识。

屏幕中的约翰若有所思："能认出镜子里的自己是另一个自己，不仅需要自我意识，它要求我们学会自我分裂，至少分裂成两个，一个留在身体里，一个投射到镜中，再加以对比。动物们了解自身，动物们懂得将自身与同类对比，但它们学不会分裂，所以无法知晓还可以有另一个镜中的自己。但人可以，或者说，我们非常擅长这个。"

来自莫罗博士岛的奇迹

我问约翰："有没有想过，有一天，镜子里的家伙会超出你的控制，抛下你，溜走了，即使你深深肯定，那家伙永远是你自己？"

"当然，谁不想抛弃自己的过去和阴暗面呢？"约翰观察我的表情，"普兰迪克，协议有退出条款，如果你认定自己精神不正常，可以按流程申请离开。"

"我没有。"我听见自己声音局促，通信再一次被掐断。

我应该告诉约翰，针对动物们的镜子小测验结束，我常忍不住通过各种倒影观察自己。终于有一天，我瞥向SUV反光玻璃，发现了一个陌生人。他不是蒙哥马利，也不是莫罗。我花去三分钟，意识到他是我自己。一种些微的困惑从颅腔中散布而出。蒙哥马利正在我身边安置黄铜人。我惊诧地瞪着他。他发现了我的异样，安然解释道："你喝了林子里的水，一直在喝，那是给动植物的，你早就在接入莫罗博士岛的有机世界了，出现奇特体验请不要惊慌。"他敲敲玻璃中自己的影子，"你瞧，我有时也不能确定他是谁，但我信任他，他是个不错的人。莫罗博士岛的有机世界都信任彼此。你信任你自己吗，普兰迪克先生？"

我与蒙哥马利谈心

我在莫罗博士岛度过整整八个月。南半球由秋天转入春天。整个岛向南漂动，逐渐接近南回归线。我申请到核磁仪，定期扫描自己的神经系统。纳米机器人已遍布神经网，甚至藤蔓似的爬到运动神经末梢。我简直换了个人，能轻松攀上高大的榕树，向后翻落到地面，毫发无损，像个极限运动员。当然，真正让我心有戚戚的，只有遍布脑皮层的纳米机器人。它们死死嵌入控制抽象思维的额叶和主要处理感觉信息的顶叶，成为一层新的，我称之为纳米神经网的东西，好似脑表面凭空多出一张皮层。由于整个过程循序渐进，我虽有所畏惧，但完全离不开万能皮层了。

这算一种植入吗？一种温水煮青蛙的手段。蒙哥马利向我保证，只要我停止注射，停止服用，停止到林子里趴在地上喝泉水（他可不这么做），整个皮层都能降解，可以化为明亮的橙色尿液。我没尝试，外界人尝试了，确实能在三周内代谢完毕，无任何后遗反应。实验室外，少有人真正实施全排泄。他们同我一样，充分适应了新皮层，并为此内心快乐、头脑平和。当然，流入市场的纳米体液只接入无机世界，进行体外设备操作，或者试图与人工智能融合，各方对是否进一步使用莫罗博士的高阶体液争论不休。标准流程中，我还未开始全面使用莫罗的药物。泉水的事，只有莫罗博士岛上的生物知晓。

接入莫罗博士岛的前一夜，我内心惶惶不安，决定同蒙哥马利谈谈。毕竟几小时后，我或许动动脑子就能和他交流。那太怪异。我要用当下独立的意识和他聊。他住岛的另一头，靠海。红树丛中能找到一串隐秘的向下阶梯，都是呼吸根，潮气让人窒息。通道延伸至海平面以下十米，蒙哥马利的住处。他也拥有玻璃房，十分巨大，二分之一伸到海里。灯光照亮了远处的珊瑚礁。自身发光的鱼类成群游过来，围着玻璃房转圈。莫罗博士岛按固定航线运行十五年。它们都适应了它。

蒙哥马利的房间毫不简洁，堆满独特杂物，乱成一片，只在他眼中井然有序。两个月前，他第一次允许我进入。他就像岛上的动物，平和、快乐、兴致勃勃，看起来有点儿傻，但注重界限和隐私，甚至有些敏感，从不告诉你他在想什么，只让你去悟、去猜，当你的行为被认可，自然会悄悄进入它们的心灵。我似乎适应了它们这种充满自然智性的交流方式，甚至可以说，爱上了。

约翰曾告诉我，人与人之间最忌交浅言深，但如果只是沟通，最迅速的、能触及对方心灵的手段，就是交浅言深。像电影里的桥段，当陌生人面向篝火，突然提起遥远的过去，你也会不由暴露自己，讲出你的心事。

我拿了两瓶苏格兰麦芽威士忌。蒙哥马利家乡的牌子。他不由咧嘴笑，让开地方，示意我坐到毛毡毯上，同他肩并肩面对深邃的海洋暗流。

"来贿赂我？"他喝酒从不勾兑。

"来获得你的信任。"我摇晃酒杯，暗自哂笑。

他"噢"一声，再次问我："那你信任你自己吗，普兰迪克先生？"

我花了几秒，确认这不是蒙哥马利式的反讽或单纯修辞："我不认为一个人总能对自己有百分之百的把握。"

蒙哥马利笑了："看来你受过挫折。但约翰非常信任你，尤其选择把你留在莫罗博士岛。"

"盖伦制药的纳米试剂来自莫罗博士岛。"我迅速说。

蒙哥马利往嗓子里灌酒，才悄然叹气："早些年岛和外界的对接并不谨慎，有过外泄试剂。莫罗博士规范了流程，才有了无风带的驳船。"他瞥我两眼，"约翰给了我们你的所有档案。我知道，盖伦制药的人体实验报告是你写的。出于保护证人，你的名字被抹掉。他告诉我，一直以来你急切地想知道莫罗博士岛的秘密，因为道德感吗？觉得莫罗和盖伦一样？来追寻原罪的根源？可以省省了，不是你想的那样。"

"当然不是，"我脚跟抵住玻璃墙，海豚游过来，往我脚心上凑，"事实上，约翰也不知道全部真相。"

"是吗？"蒙哥马利说。

"那时候我协助摩萨德追查反以恐怖分子，对外身份是记者，会写关于难民的报道，发现盖伦公司营养片剂有问题的时候，还我没料到和自己的任务有关。当然，我不会蠢到认为盖伦和情报部门没勾结。约翰暗示过官商旋转门，让我小心。农业部和科技部，制药公司，南部的大农场，还有我的同僚。但我忍不住。"

蒙哥马利有些惊讶，又变得饶有兴趣，将我的杯子灌满。

"我花了两年，找机会跑了乍得、南苏丹、肯尼亚这些难民数量巨大但又不引人注目的国家。针对盖伦公司的调查报告是在那些地方完成的，不像媒体统一口径所言，在约旦。那儿的患病率和死亡率其实不高，也没太多基因试验的勾结。大部分时候，我在中东只做情报工作，而在非洲搞调研。我觉得两者可以并行不悖。事实也的确如此。其实不止盖伦公司。非洲被弄得像个无节制的实验培养皿。"

"老约翰没阻止你？"

"我觉得他默认了。他早看出来了。只要我完成分内任务，他就不说什么。他对我的行为向来不做价值判定。他甚至跟我说，盖伦没被真正扳倒，人体试验曝光，反证明了它的药很可靠，只是手段太急功近利。确实，没有盖伦案的铺垫，他们不会让我一个人来试药。"

"是吗，这是约翰的想法吗，还是你的？还有，你调查的恐怖分子呢，你扳倒他们了吗？"

"只打死一个。"我望着远处珊瑚礁，"他其实是我同僚，比我早加入。现在想，他大概和约翰差不多时间发现我的小动作。他叫乔布。他太适合搞外交了，说什么都让人信服，所以做的是策反工作，鉴别情报人物，或者把重要的家伙弄到欧洲。他没去过非洲，他只在中东和欧洲混。我在黎巴嫩开始和他有交集。他表现得很有同情心，愿意帮我搜集盖伦公司在欧洲难民营的实验数据。他说他想在情报任务之外做些真正有意义的情报工作。听起来特别有道理。我欣然同意。那时候感觉真好，在所有人眼皮子底下偷偷摸摸调查，但全心全意相信那种生命的价值。"

"没人提过乔布。"

"不会有人提他。我一枪打穿他嗓子。约翰都没见过尸体。他才是压垮整个局面的稻草。的确，盖伦公司在欧洲做人体试验，欧洲报告其实是乔布写的，写得比我好，只公布了一小部分。因为盖伦的欧洲人体试验不是治疗，而是灭口。"

蒙哥马利转向我。

我长吸气："欧洲的难民营就是中转站，什么身份的人都有，对西方怀有歹意或者好意。那儿也是孤岛，大部分法律不适用，其实没人保证他们的生死。当然，也会有医疗团队。当盖伦的营养药与纳米治疗结合，就会产生代谢紊乱，一周内致死。当然一周内，所有东西也都排出去了，不留痕迹。乔布早就知道。大概一年多，很多情报人员都用这手段，把人送到难民营，搞到信息后，再考虑灭口。"

我观察蒙哥马利的表情，他确实不了解乔布的事。

"乔布早就写好报告，只是花了更多时间，让那风格同我的一致。他把报告加密寄给我，隔天，我的线人一次性全部完蛋，中了代谢紊乱的毒，有几个在欧洲，大部分在约旦和黎巴嫩。不用说，用的就是报告里的手法。我认定被渗透，可没想过是乔布。我当时除了约翰，就信任乔布。我决定弄清情况再通知约翰，一个人秘密赶到贝鲁特。乔布说只能在郊外安全屋见。风特别干。我觉得皮肤都裂开了。他倒是云淡风轻，直接告诉我，都是他干的，反正他同时是中情局、摩萨德和好几个恐怖组织的对家。他们害过他的家人，准备杀他的朋友，时间紧迫，只有提前灭口。我被他的立场搅乱了。他却向我道歉。他问我是愿意揭露他这个微不足道的双重间谍呢，还是愿意利用这次事件扳倒盖伦。"

我的舌头开始发干，蒙哥马利为我倒一杯水。

"他说如果选扳倒盖伦，所有材料都做好了。如果选揭发他，哦，他说，可没人能撬开他的嘴，而他是我最后的情报希望。这点我信。他太有说服力。但我没法果断决定。实际上，我握着枪，整个人抖得像在纳尔维克而不是贝鲁特。他就突然扑过来，我开枪了，杀死了最后的希望，所以我毫无办法，只能选择与盖伦为敌。乔布安排的后事完美无缺：盖伦公司在黎巴嫩人体试验失败，我赶到现场取样，希望揭发，忠于事业的他试图阻止，我一枪杀了他。所以在媒体口中我是无名英雄，在中情局报告中乔布是忠心耿耿的情报人员，我则不仅搞砸了任务，还正儿八经地准备闹一场旷日持久的官司。盖伦公司对中情局掣肘。其他人恨不得直接投石击毙我。"

"约翰呢？"

"他帮了我。"我突然感到整个人放松下来，"我基本违反了所有规则。他带着一帮人找到我的时候，我甚至觉得他要直接下令击毙我。他没有。他看了我的报告。他才是盖伦案的幕后推手。他甚至没追究乔布到底是怎么回事。"

"乔布故意的。"

"对，他颈骨几乎被洞穿，其实没有，子弹卡在里面，他嘴里含着血，往外淌，还冲我笑。他的身体已经倒下了，还在解袖扣。袖子里，我找到张纸条，写了毁尸灭迹的办法。他是证据，我应该保护现场。但我觉得那是他的遗嘱。我最终照办了。"

"中情局是该投石击毙你。"

"没错。"

酒瓶空了，我们好久没说话。夜晚的南太平洋就像流动的晶体，一波波截面反射明亮月光。海豚还在嬉戏，一只最小的发出飞鸟似的鸣叫。我能听见，在我的脑子里。

"所以呀，"我悄声说，"我清楚莫罗博士的纳米体液和盖伦试剂不一样。约翰说得对，盖伦没被真正扳倒，不管是合法的人体实验，不合法的人体实验，还是借着制药的名义做的任何勾当，我们都在做治标不治本的事。莫罗博士的岛不一样。我清楚。我不是来找原罪的。"

蒙哥马利的表情开始松动。我大概在那一刻真正获得了他的信任。他说："不是原罪，是《圣经》里的群魔。当然这世上没有耶稣，也没有真正的恶魔，只有被一群污鬼附着的人心。如果人心被连通了，这些怪物们会不会逃出人的意识的小小的窠臼呢，会不会让成百上千的动物们发疯而死，会不会让自然崩溃？"他望向我，"这是莫罗博士想回答的问题。"

他大概觉得自己已告诉了我事情的全部真相，但我不能理解，至少当时不。

他继续说："莫罗博士对控制别人、改造别人、治疗别人不感兴趣。非洲人说智者搭桥。他想让生命之间的联系加强。这不是实验，是动物的进化，也是人的净化。你可能还不懂，但动物懂。"

"但它们的自我意识没有提高，对不对？它们怎么可能懂，怎么会跨越食物链，一起到林子的固定地方——"

"那你一定没去过非洲的荒野，总有那么几个黄昏，就好像下了令，蛮荒世界的动物们同时出现，相互靠近，会集到共同喝水的地方。这不是生物本能，而是古老的，属于自然的文明。人类社会其实也有，你没经历过吗？"

我当然经历过，我想起那个贝鲁特的黄昏，在科莫多尔旅馆的大堂，奔忙了一天的记者们都回来了，另一些人的一天才刚刚开始，天知道每个人背后的身份是什么，但都口干舌燥，在每天的那个奇妙时刻，同时放下不和，悄然喘一口气，要一杯酒，用目光揣测心灵。我就这样遇见乔布。我从他的眼里看见自己的惊恐。我们都被白天难民营发生的事吓坏了，在黄昏间不经意暴露了自己。

"——莫罗博士说人被自我困住，没有自我也能有很恰当的社会性。你看，岛上的雀鸟、黑鼠、灵长类，基因里就有从众行为，其他动物也可以。但它们的自我意识不强，所以所谓的从众没向乌合之众发展，也没有党同伐异的互相倾轧。这很好，我喜欢，它们先去相信对方，才会想到自己。它们从开始就学着信任你。我很高兴你非常信任它们。"

我记得我主动帮乔布要了威士忌，交浅言深地聊起来。我或许早该猜到他是情报人员，双重的，但我更愿意相信他的自我评价。他说他是外交的二道贩。他在生命最后一刻使劲往断开的喉咙里咽血，说从来都信任我，死后也是。

蒙哥马利开始同我聊他的人生，如他自己所言，朴实又怪异，认识莫罗之后饲养动物，认识莫罗以前研究物理。他酒量太好了，一直没醉。天亮时候，整个海的颜色变暖。他笑眯眯地说，莫罗博士岛的普兰迪克就像薛定谔盒子里的猫，好几只猫，离开一刻，不确定态才得以崩坍，才能知晓是死是活。

我跌跌撞撞驾驶SUV返回玻璃房，幸而没冲破红树林直接掉入大海。新的纳米体液是赤道天空的颜色。我使劲拍肘窝，瘾君子似的注射，浑身颤抖，接着如释重负，直接向后倒下。梦境与现实重合，我闻到草木生长，看见纳米分子蒸腾，听着莫罗博士的岛离开珊瑚礁，珊瑚虫歌声密集，舌尖是科莫多尔旅馆兑了水的威士忌。我的皮肤仍沾着乔布的血和其他人的血。贝鲁特夏夜的海风燥热极了，还没吹干我的心脏。

莫罗博士的实验

再次清醒是三个月后。我发现自己西装革履，光着脚板，蹲在床上，指甲塞满泥土，周围的动物还在熟睡，除了灰豹。它尖锐的爪子已探出肉垫，又收了回去。我并未对此作出特别反应，我的思绪还没有完全收回那个名为"我"的容器。我仍同时对灰豹抱有歉意，同时看见藤蔓爬满大半玻璃房，同时感到阳光从叶子缝隙渗进来，如同我同时体验到纳米皮层均均匀匀地、紧紧地覆盖我的大脑，插入血脑屏障每个罅隙，但它们之间的连接在变弱，变得纤细，就像一个人即将失去用时间积累起的宝贵经历。

鲜血流出双耳。我同时听见整个岛的红树根在呼吸，听见自己的神经系统警铃大作，脑电位飞出阈值，递质高速传送，蛋白质卷起颅腔内的纳米废液，那些可以渗入血脑屏障的化学物质，疯狂地重构、巩固变弱的连接。鲜血流出鼻腔，嗓子里泛出血腥，山毛榉味道差点噎死我。我思维的一部分却清如明镜。它告诉我，我三周没服用高阶纳米体液了。这是我的决定。它们正开始全面降解。而我的大脑无法接受现实。它的自保能力正触及顶峰。它想恢复所有经由纳米体液构筑的神经连接组。它们将我的神经元用另一种方式连接，激活了出生后不久便固化的大部分神经结构，让其借助血脑屏障外的纳米分子重新生长，也让其自身重新启动，去建立更为复杂的连接系统。我的大脑适应了复杂的全新的现实。它不想失去。

有一瞬间，所有记忆的片段毫无保留地砸向我。嘿，我居然知道它们一直在，只是从未同时连接到脑中那个名为"我"的抽象东西。它是具体的东西吗？它是一个截面？一种结构？一个新皮层？一个自反段落？一个回归？还是思维的冗余？

我看见母亲的眼睛，原来她还如此年轻。我曾经的爱紧紧包裹着我，我快乐地从喉咙发出声音，每个细胞都在颤抖。约翰站在讲台上，声音毫无起伏，说到人的心灵自有其逻辑。难民营的帐篷挡不住热浪，我浑身发烫，脑子几乎炸开，耿直的肯尼亚医生说我得了恶性疟疾，他手里没有正规药，问我愿不愿意试试盖伦的纳米治疗。小小的纳米机器人能潜入血液，迅速清理疟原虫和配子体，调节我的代谢。我想起那时的自己和现在一样，神志如同煮沸的浓汤。但一阵明悟针尖似的戳穿神经，该死的他们拿活人做药剂实验。

我知道我的双眼开始布满血丝。红色与橙色交替出现，覆盖了莫罗博士为我准备的冷色调房间。我摇摇晃晃滚下床，没走两步便被毛毯绊倒。动物们惊醒了，慌乱起来。虎皮鹦鹉尖叫："他在剥离！他在剥离！"

我听见我出于本能大吼："都离我远点儿！"

我跌跌撞撞，四肢并用地爬到卫生间，反锁门，心里清楚拦不住豹子和斑羚。它们没进来。我打开浴缸笼头，把脑袋塞到水流下面。剥离？对，剥离。记忆告诉我，我正在剥离莫罗博士岛的心灵连接网。

我想起我对乔布坦白，说盖伦的纳米治疗救过我的命。乔布变戏法似的掏出他的调研报告。我们发现盖伦的纳米治疗良莠不齐，越早的越好，最早的几例非洲试药比成药还完美。我想起约翰第一个抵达现场，我已将乔布的尸体料理完毕。他盯着我的衣服，上面布满乱七八糟的血迹，问我是否一定要揭发盖伦。我对他说我别无退路。约翰沉默良久，十几只枪口焦躁难耐地对着我。他说官方已收到加密报告，媒体开始炮轰盖伦。他问我有人帮忙吗，我说没有。他问我乔布在哪里。我说不知道。他一边草草地读报告，一边用余光盯着我，目光越来越让我捉摸不透。我内心发凉，无从躲闪。他最后合上眼又睁开，突然说还是选择相信我。

我被水呛到窒息，眼泪止不住往外流，几条浴巾被我染成明亮的红色。我几乎觉得要失血而亡，然而山毛榉的味道淡下来。我不再听见恒河猴抓着榕树的枝条摆动，看见"维茵夫人"急匆匆靠近莫罗博士岛，泛滥的感知系统抽离身心，最后，我捕捉到来自灰毛兔子的一丝怜悯。动物们的情绪离我而去。我突然意识到，这才是三个月来真正笼罩我的保护伞，让我不致发疯。我剥离了。它们不与我同在。我开始大口喘息，间隔变缓，热病似的症状逐渐消退，却感到自己的心灵似乎重新暴露旷野。太阳沉入地平线，空气发干，周围没有一丝生命。

所幸记忆还未抛弃我，它们有条理地铺展。我并没有失去三个月，相反，几乎每个细节都清晰且快乐，刻在纳米与神经的连接组里。即使处于失控的三周，我的心境都平和又愉悦，同一群恒河猴关在笼子里，沉入莫罗博士的地下实验室。

不，我应该重新整理这马赛克似的记忆，将它们拼凑为完整可读的路径。

我那自诩专业的头脑高速运转起来。分析是一件好事，分析让你学会将心灵的一块置身事外，去联系每个细节，去雕琢事情的真相，约翰交给我的最强大武器。

我正视了一个现实，三个月内，我并不存在。或者说，原来的那个"我",分裂成了复数。不是典型的多重人格,不是通常意义的精神分裂。托纳米皮层的福,很多个大大小小的我,不需像"二十四个比利"那样,围坐到只有一盏昏暗灯光的圆桌周围,争夺占据肉体、面对世界的权力。很多转瞬即逝的,总被以前的那个"我"压抑的想法和情绪,也没有搅浑我的心灵,让我变成真正的疯子。复数的我,在注射高阶体液的那个夜晚,就欣喜地获得了真正解放。它们,准确地说,我们,顺着纳米结构的网路,瞬间超越了名为大脑的黑箱,直接沿着莫罗博士岛无线或有线的网络,无机或有机的物质,植物的经脉或其他动物的头脑,遍布整个岛屿,甚至跃迁到莫罗博士的同步轨道卫星,只被量子起伏挡住脚步。我首先找到灰豹与灰兔,它们的心灵紧紧嵌合在一起,我学着说了声"嗨",当然不是用语言,而是用大家都懂的情绪。

我以前为什么没想到?我浑身无力,望着被藤蔓包裹的天花板。这同时是意识的连接和上传。你的脑子就是一个模块,充分嵌入整个网络。但它从不是一个封闭的压缩数据包,它渴望连接,只是颅腔将每个意识隔绝,隔绝的产物,是一个单数的我。或许心灵的本质就是复数的,孤独的大脑为了自保,强行将所有东西捏成一个自洽系统。

自洽系统真的最好吗?我的系统真的自洽吗?那些我面对过的精神分裂患者,那些多重人格的犯人,那些立场丰富的心灵,他们是病人吗?或者他们才是人类渴望进化的征兆?

我开始头疼。我的大脑在用生理反应给我答案。天哪,我不喜欢这样。我已习惯了复数的我和复数的生活,每一部分都各取所需,自得其乐,不会产生矛盾,不会有一个强大又自我的独立意识提出要求。

我想起深夜睁开眼,整个人陷在柔软的床垫里无比舒适,这个热爱肉体的我开始正儿八经地思考禁欲快一年的问题。其他的我则分散出去了,有的盘踞在巨蟒的心灵,有的寻求黑斑羚一家的陪伴,

猞猁学派

有的顺着榕树与红树的根脉系统，触及岛的根基，有两个干脆占据了两只黄铜人。一只黄铜人开始进行白天我应完成的工作。另一只似乎总是一动不动。我观察过它很久，它的权限很高，可以进入莫罗博士岛深处，或许能帮我见到莫罗，我还有观察报告得写呢。而与此同时，所有的我连接着我的大脑，体验着我如何照顾自己，起床穿衣，慢悠悠离开玻璃房，侧头看了看车库。天黑乎乎的，时间还多，我决定步行，穿过浓密的枝与叶的长廊，去水洼饮水。这感觉很有趣，就像我无处不在，但又同时不断地穿过我自己。

我迟到了，天变得很亮，动物们没离开，都等着我，包括蒙哥马利。他平和地望着我，完全接受我融入莫罗博士的岛。我意识到他早就融入了莫罗博士岛的众多心灵的网络。我顺着各种意识找到他。他果然无处不在，像宇宙中无处不在的微波背景辐射。他说他开始欣赏我了，也很感谢我，因为我尝试不通过纳米皮层与他交心。我成功了。这让我顺利地进入它们的世界。我靠近水洼，俯下身躯，舔舐光亮的水面，搅动镜面反射中我并不熟悉的倒影。动物们也纷纷饮水，最后是蒙哥马利。我能同时感到它们的体验，好似全部岛屿的生灵一起倾身，膜拜自然。

很明显，那些心灵中并没有莫罗博士。

为什么？我漏想了什么？这会儿我的脑袋要炸开了，根本无法进行有效思考。我又扯坏一条浴巾，血又从鼻腔和内耳淌出来。我在分析事件，我的大脑在自保，我的那些个复数的记忆接连不断地按照逻辑，拼凑一个单数的我的系统。我的本能在尖叫，它告诉我，一个人的大脑无法承受如此复杂的进程。分析新事件，处理新情绪，生成蛋白质，形成连接。构成稳定系统的速度太慢，不能仅凭借我自身的神经系统完成，否则我的脑子会过载，在生长过程中变成一团血肉模糊的东西。我需要高阶体液，需要很多很多，去他的实验和报告。

我撞开门。虎皮鹦鹉扑棱着翅膀飞走了，掉落好几根羽毛。它一直贴着门听着呢。我无暇管动物，几乎滚下楼梯，跳上SUV，猛踩油门。我无法继续感知榕树的枝叶和上面的雀鸟了。我孤零零穿过雨林，第一次登岛时的焦虑再次袭击心灵，每次回到曼哈顿都会被这种感觉攫住，这回更甚，毕竟我已体验了三个月蒙哥马利那安然、充实的快乐。

我努力用记忆安慰自己，回味与蒙哥马利共同接管莫罗博士岛。他动动脑筋，就能告诉复数的某个或某几个我，如何适应思维网络，如何理解动物们的需要，如何控制黄铜人程序。而大部分时候，是动物们真正引导我，成为莫罗博士岛的一部分。我完全成为它们的一员，完全理解它们。它们把最小的黑斑羚交给我。棕熊再次伸出舌头，卷走我嘴边的橘子。缅因猫不再记恨我，对待不同的我有不同的方法，好像复数的那些个我之间没有任何联系。它又似乎在寻找那个危险的我，一直没找到。当动物们学会在我的住处歇脚，当灰豹自然而然地靠近我，挨着我的身躯打盹，我也学会了一动不动平躺在榕树根部，一连好几个小时，让所有复数的我离开躯体，四散到莫罗博士岛角落，任它们游走，而不会矛盾、孤独、痛苦、谵妄，没有案底或病例中那些精神分裂者、人格分裂者的失控与困顿。那可真让人放松。毕竟我的身份是中情局情报人员，每天都得小心将所有人格卷成一块千层蛋糕。现在的我，就像不定根、就像干细胞，可以自由生长、自由分裂、不用畏惧，因为莫罗博士的岛就是完整的培养基。

事件拐点在哪儿？

我熄火，跳下车，无法摆脱煮沸的大脑。

意识终于找到了那个清冷的早晨，大象的小家庭叫醒了我心灵的一部分。跟着它们的思绪，我走入古老丛林，走入莫罗博士岛所有植被的源头。一座象冢。我调动数据分析，最早适应纳米体液的藤蔓与榕树都源自象冢。我一直没发现。很奇怪。公象悄然拨开稀松的藤蔓。一只黄铜人，等在一座黄铜门门口。门都锈了，一条一

猞猁学派

条的绿色。我吓得差点抽身就走。因为那也是我。我几乎忘记那个我了。分裂成复数的第一天，那个我就占据了这只黄铜人，无声无息悄然潜伏，非常有技巧，连我都忘了它。黄铜人似乎从大象的眼里发现了我。它本坐在裸露的树根上，它站起来，玻璃眼滴溜溜转动，告诉我不要轻举妄动。我脑中听见他的声音。那个专业的身为间谍的我。他说，他已潜入莫罗博士的地下城堡很多次，已熟悉那里的结构和那里的运作方式。为了不走漏风声，他学会将记忆封存，封存到大脑中不为人知的角落。他甚至自己摸索出方法，利用纳米皮层弱化新皮层的记忆相关神经元连接，彻彻底底切断了那些记忆与其他复数的我的联系。

怪不得到现在我都没找到关于莫罗博士实验室的记忆。我钻出藤蔓墙，寻找榕树下的水洼。潮湿的空气富集纳米分子，来自北方的山毛榉味道促使我冷静。我才发现自己是个不错的间谍，当没有来自道德与伦理的杂音，那个间谍的我为了保密，都学会直接修正纳米神经连接组的物理结构了。约翰，你知道吗？从兰利毕业，我成为荣誉学生，你说我潜力非凡，那是真的！

记忆中一串迈着整齐步伐的黄铜人"咔噜咔噜"靠近。伪装成黄铜人的我挺直身躯，像个真正的机器人，一动不动了，直到黄铜门打开，它才加入黄铜队列，大踏步进入漆黑走廊。

四下恢复寂静。

而我的心灵开始叫嚣。

一个无法遏制的念头过电似的爬过所有神经连接组，爬出颅腔。

复数的我各自为政，快要互不相干，就像得了怪异病症的海星，每只触手痉挛着想逃离躯体，最后将自己扯得血肉模糊，扯离了生命。但这不会发生在莫罗博士岛。莫罗博士岛的网络欢迎所有复数的我尽情分裂。没有一条思绪会因离开我的肉体而消散或失落。

我突然意识到自己还在大象的脑子里。它并没有干扰我疯狂转动的心灵。它发出低沉的声音，安抚我。它爱我。动物们爱着我。

不，动物们只爱着这个我，这个自打登陆岛屿，便决定全心全意拥抱动物、讨好蒙哥马利的我。我策略性地选择了将善意的我奉献给动物，将间谍的我深藏心灵角落。高阶纳米体液最大化地分离了"我"。复数的我并不知晓所有的自己都在做什么，只享受毫无负担的行动，就像《马可福音》里那些逃离人心的、成群的鬼怪。

把我带到象冢的象群啊，你们知道我实施的恶行吗？你们向我展示了动物生死循环最神圣的地方，展示了莫罗博士岛的根源，而我背叛了你们。

不管是单数还是复数，那是我干的。

这个念头瞬间击中我的心灵。

复数的我，开始疯狂返回头颅。

象冢旁边也有水洼。象群开始使用长长的鼻子饮水。公象听见声音，悄然回头，我看到自己的身体摇摇晃晃赶来，酒醉一般。我回到自己身躯，跪在黏糊糊的泥土里，颤抖着靠近水洼。

水面有波纹，我正视倒影，认不出那是谁。我变得像动物了，不过理智告诉我，别急，等它们都回来，一切将恢复正常。我死死盯着水面，一直等着。象群该走了。母象忧郁地用鼻子拍拍我的后背。波纹不断消散，从边缘弹回来，越变越弱，水面彻底恢复镜子模样。

我看见水中人像。是我。那是我。我认出了自己。我听见自己在尖叫。

我同时听见那个来自黄铜人的我的声音。他说这下好了，你要成为精神分裂患者了，要知道精神分裂会传染的。

——我终于爬到水洼边，没有一只动物赶到。

我看见水面中的自己，鼻腔耳朵眼角全是血。血滴答滴答落入水洼，搅浑倒影。我将欲裂的脑壳扎到水里，埋入泥中，大口吞咽，又被呛得离开水面。

我无法整合象冢之后的记忆。我知道自己的确患上了典型的精神分裂。我隐隐约约记得象群折返回来，公象用鼻子卷起疯狂挣扎、胡说八道的我。蒙哥马利把我扔到笼子里。同时犯病的包括恒河猴、虎皮鹦鹉和几只海豚。莫罗博士则将我们分开，采取不同措施。我好像看见了莫罗博士，看不清面庞，只有一顶棕色费多拉帽。他没马上治疗我。他先竭尽全力让其他动物恢复正常。很长一段时间，我同一只恒河猴关在一起。我记得有一天，它指着天空大喊：蓝鸟！

最后，笼子里只剩我了。莫罗的声音非常睿智，他说：我修好了整个系统，但你需要重启。

我回答：降解体液吗？

他点头。

我问：我变成恶鬼了吗，我有没有让动物们发疯，让它们坠崖而死？

他说：它们早就原谅你了。

没错。动物们将我接出笼子，让我西装革履，穿着体面，待我如同康复病人。

来自热带季风的暴雨突然而至。我将整个身子丢到水里，脑子不再疼痛，也不再清醒。重启完成，我大概变回了过去的那个我。我的脸埋在泥里，恍恍惚惚感到自己将被溺死。

就在此时，一只大手把我拎起来。

蒙哥马利给了我后脑一下。

我总算失去意识。

莫罗博士其人

我感到光亮。人工白光过于刺眼。我先看到一片橙红，抬起眼睑，被我入侵的黄铜人面无表情，往我手背扎针。液体进入血管。

一阵冰凉。鼻子里则充满消毒水味。我动动手指，逐渐找回对身体的掌控。黄铜人见一切正常，便退到角落，一动不动了。

我用手肘支撑自己，左右四顾，想起自己来过病房。精神分裂的时候，间谍的我尽忠尽职待在黄铜人体内。这里是莫罗博士治疗恒河猴的房间。黄铜人协助博士进行镇定治疗，但没用，猴子们吱吱叫着，莫罗博士强制降解了一部分专供恒河猴使用的纳米体液。

黄铜人突然开口，瓮声瓮气告诉我，莫罗博士愿意见我，我随时可以去找他，反正我认识通往莫罗博士办公室的每条走廊。

我认识吗？我问它。

对，我认识。我自问自答。

它彬彬有礼撤出房间。我想起很多个夜晚，我迈着它那笨重的金属步伐，穿过莫罗博士岛的地下走廊。起初我觉得每条岔口都是迷宫似的等价路径，后来走熟了，我意识到地底世界的构造同地面丛林一样。电路、电缆、各种管道藤蔓似的包裹莫罗博士的城堡。走廊构造不是为了迷惑我这个奸细，而属最合理的通路及通气管道，和地面藤蔓走廊的功能一致，疏导着空气中的山毛榉味道。不，只有消毒水味。除了输液瓶中的纳米体液，我体内代谢出的废料，这里的空气没纳米分子。空气中有其他物质，让所有纳米机器人解体为最普通的分子。莫罗博士将自己隔绝于整个岛的纳米循环外。待在黄铜人体内的我没发现这点。

为什么？

我整理思路。很明显，如果我是莫罗博士的实验品，那么精神分裂症是他期待出现的问题。他的反应和处理程序如此迅速，就像对解决手段早有准备。莫罗博士岛的测试版终于完成。我变得可有可无。我扪心自问，我为什么精神分裂？答案很简单，复数的我通过纳米皮层加持，在颅腔外的世界得到解放，不过，当它们同时回来，我这颗小小的大脑无法消受，无法整合纷繁复杂的独立意识，就崩溃了。

猞猁学派

动物又因何成为连带伤害？

内心深处清晰如欧式几何的声音给出答案：自我意识。

那个职业情报人员，他是不是早就找到答案了？

我想起该死的镜像小实验，麋鹿和缅因猫不认得镜子中的自己。大象和海豚认识。恒河猴和虎皮鹦鹉如拥有足够复杂的纳米皮层，也会对着镜子梳毛发。自我意识不强的动物不需追逐一个完整的、自我的、自洽的体系。人类恰好相反。当复数的我群鸟归巢，返回大脑，连带效应激活了恒河猴和虎皮鹦鹉的自我需求。它们的脑容量小多了，当然也会精神分裂。

我起身，找到房间电脑界面，冥思苦想，挖到了思绪缝隙中隐藏的路径和密码。

别闹了，事已至此，让我们一起面对吧。我对自己说。

我花了点儿时间进入文件。

是我利用黄铜人笨拙的十指敲入的第二份报告。

所谓第一份报告，自然是每周传给约翰、报喜不报忧的文件。一年多，我的精神泡在极度愉快的粉红色泡泡里，不断吹嘘人与动植物的和谐，甚至类比了斯宾诺莎的宇宙。现在想来，约翰一定知道我神经不正常了，没有任何特别的反馈。而莫罗博士岛之外，除了永恒的药物滥用和违法禁药，莫罗牌体液尚未在人类身上产生副作用，人类社会甚至为此受益良多，社会有正向变革的可能。我忙着与动物相处，还没来得及读相关文件。

第二份报告就是另一回事了。我从后往前浏览。最后一条记录是三天前。这说明患上精神分裂后，身为间谍的我仍设法留在了黄铜人体内，没立刻被自我召回，像个不听话的幽灵。我背后开始冒汗。似乎潜意识的爬虫已爬到了显意识上面，而我无能为力。

那个我最后写道：莫罗博士没通过重启神经系统就治好了恒河猴、虎皮鹦鹉、两只小海豚，同时为象群进行预防处理。但他必须通过重启，治疗我。这证明，累积到高阶的纳米体液重度使用者，如遇到强烈的自我意识觉醒（或准确地说，唤醒），不仅会显示出精神分裂、多重人格障碍等症状，此过程也不可逆。当然，有趣的是，只要连通网络，不一定所有人格都被召回，比如我。我很想知晓其中原理，所以还需返回自己的头颅。毕竟借助黄铜人去与莫罗博士接触，有失礼数。我的时间不多了。虽然我很喜欢那个完整的自己，但也非常热爱现在的状态。结果，人还是要做出选择，不是吗？亲爱的正在读报告的你（也就是我），即便自我能无限分裂。

我合上双眼，被压抑的那个家伙的记忆和意识，真正从头脑深处浮上来。理智又通情达理，还没被乔布的背叛击溃，不会被乔布、约翰、蒙哥马利，还有动物们所触动的那个我。当他重新进入视界，我的自我再次变得完整。我意识到自己天真得要命。莫罗博士则一直知道一切。他清楚我缩在黄铜人体内，写了第二份报告。他没有删除，他想知道我的看法。

然后是大段"我"精神分裂期间的观察记录，甚至有通过黄铜人眼球录的视频文件。他一定参与了照顾"我"和猴子的任务。我用指甲刨土，帮它们抓虱子，然后吃掉。如同我自己形容的，是一群相处非常融洽的、被管理得很好的精神病患者。

结语说：莫罗博士不需担心精神病人间闹任何矛盾，相反，他对莫罗博士岛平和友善的神经生态非常有信心。他似乎知道，即使不进行治疗，这群疯子也能愉快地维系一个没有连贯自我的、精神分裂的乌托邦。理智的其他动物们不需花多少力气，也能照顾好人畜无害的疯子。

不得不承认，总结得没错。我从第一人称和第三人称，双重肯定了这点。这大概会是两份报告中口径最一致的部分。

一股不安隐隐从胃里往外泛。

再往前的观察记录并不详实。看得出，很长一段时间，间谍的我并不确定莫罗博士是否知晓他的勾当。他完全按照黄铜人的模式运作，从不逾矩，只在系统维护时刻，进行记录并存储文档。他一方面通过观察我、观察动植物、观察黄铜人和莫罗博士岛的其他人工智能，确认分裂出的意识至少有四十二个，不确定是否都具有自我意识；另一方面，他重新从意识分裂的角度，审视了整个岛的生态。

他写道：——不能说这是一个绝对去中心化的神经网，但其中心化程度恰好不至产生某个或几个强大的自我意识。向外的、交流的，或者说更重视理解和沟通的拉力，撕扯着所有意识。通过黄铜人数据接口，我浏览莫罗博士文献资料。莫罗博士的神经网络设计，基于第二人称交流，生物间最为原始的交流方式。自我中心和他者判定，都基于第二人称。他最大化地将后二者抹除。因而其基础架构源自自我意识并不强的动物，还有蒙哥马利。蒙哥马利热爱物理，热爱诗歌，当他沉浸在这两个世界，会彻底忘了自己，忘了别人。莫罗博士很懂得选择人类样本。

人类样本。

我想起约翰说科研报告也有立场，哥白尼和托勒密的立场就不一样，牛顿和爱因斯坦的立场也不一样。我则直接分裂了，弄出两份立场不同的报告。双面间谍一词都无法解释我的荒诞。

最开始的第二报告则像大段摘要，有些语焉不详。部分源自刚分裂并获得独立意识的间谍，还未完全获得稳定态，同时也源自他的回忆和分析并不清晰。他试图从自己的角度，梳理一年来我在岛上的生活。他记录了我向蒙哥马利坦白乔布和盖伦事件，记录我如何在莫罗博士岛的范围内获得通感，记录我如何将所有中性事件转述为正面事件，当然，强调了我从一开始便喝了水洼中的高阶体液。他还多了份心思，计算出莫罗博士岛的纳米分子排放，体量大得惊人，每年按规定航线融入空气与南半球的洋流。

他颤颤巍巍地，在报告伊始，匆忙写下四个假设：一、既然可率先服用高阶体液，那么无机界与有机界的连接并无本质区别，莫罗博士的纳米体液早已成熟；二、如无本质区别，莫罗博士早早便向整个地球投放了大量纳米分子，人类或许已提前上线；三、盖伦的纳米治疗，其他制药公司的纳米药剂，是否本身便是莫罗博士的唆使；四、我或许早就分裂了，从饮下泉水的那一刻。到底是谁掐断了我与约翰的对话？那不是动物，不是蒙哥马利，也不是莫罗。

有几秒钟，我听不见自己的呼吸和心跳。然后，我发现自己彻底接受了这份报告。那感觉很像人格的分离性障碍治疗。我拥抱了每一个来自自我的立场。那个自我突然变得异常强大，让心中声音做出决定，我已不适合留在莫罗博士岛。

还有什么没解答的问题？

很多事情我隐隐猜出答案，不需找莫罗证实。

对，最后一个困惑，关于人的分裂，关于群魔居于人心。

我扯下输液管，花了一些时间，整理了两份报告，将它们存入莫罗博士为我设置的个人数据库。然后，我脱掉病服，穿上床头摆放的整齐的西装。十分贴身，像外界定制。莫罗博士仍未提供鞋子。我光着脚，踩上冰凉的走廊，凭借记忆，顺着冷色调管道前行。

我想到大象能从水面中认出自己，它们在莫罗博士岛拥有象冢。海豚能从蒙哥马利的玻璃墙面发现自己，所以它们从不是莫罗博士岛的正式居民。它们可以随来随去。它们明晰的自我意识，需要更为孤立的、安置的地方。莫罗博士一定为恒河猴和虎皮鹦鹉准备了同样位置，还有蒙哥马利。他没为人类准备。还有他自己。

编织的藤蔓和编织的缆线，曲折又有节奏的走廊如同疏通气流制造乐曲的圆号，莫罗博士制造的世界充满循环结构，像扎好的编织艺术品，但他没把自己编织到里面。

为什么？

我终于走到莫罗博士岛总部，整个岛最底部，意识冰山最深藏的部分。我整理衣服，伸手，门就开了，又是一串台阶，顺着下去，一间玻璃房。地面与墙壁外面，是南太平洋深深的夜晚。顶部灯光调得很淡。脚下幽深的蓝色里面，有点点亮光，来自深海鱼类。而我没被这深邃景致吸引。

我看见了莫罗的灰色双眼。

费多拉帽檐下，也在闪烁，不是犹疑的色彩，而坚定又好奇，还带点诙谐。人们总爱戴他的原因。你无法拒绝一个拥有人格魅力的家伙。已经是二十多年前的事了，他拒绝了终身教职，头衔永远停留在博士。

他也穿定制西服，光着脚面，坐在朴素的工作台前。他甚至站起来为我摆好转椅。动作非常利索。

"你好，普兰迪克先生。其实我们已经见过了。"他语速很快，"但很高兴能正式与你见面。"

"你好，莫罗博士。"我握住他的手。他手心还有潮湿的泥土渣子，但毫无山毛榉味道。

"你来寻求答案。我很高兴。我读了你的报告，两份都读了，但不完整，没有结论。"他笑着说，"我本觉得你会不辞而别，有点可惜，不过，我尊重任何选择。蒙哥马利正在启动'维茵夫人'。你随时可以离开。"

"你愿意回答我的问题吗?"我盯着他。

"说实话，我不认为我能给你答案。"他手指不自觉敲桌子，"你想做的，只是见见我，做出最后判断。在潜意识里，希望我的人格能说服你。"

"你指，压下第二份报告?"

"对。当然，我不像乔布那么极端。"他坦然地看着我，眼角笑纹变淡了。

"你够极端了。"我也开始笑，"败局已无可挽回。全人类都在代谢你的高阶体液。"

"请不要低估我的善意。也不要把乔布的事归结到我身上。我当然和盖伦有合作，商业合作关系，你懂，不像你和我的动物们。大概十年前，我的岛还没能形成有效封闭体系，盖伦弄到过最早的纳米体液试剂。纳米治疗就是这样流传出去的。我一直在关注。他们在非洲的早期试验还可以。不管你认不认同。而且我很早就注意到你和乔布了。要不是我帮忙，等不到完成报告，你们就东窗事发。"老博士调皮地扬起嘴角，欠身，倒了两杯水，消毒水味儿。"但我没想到乔布会那么做。那时候，我正忙着和盖伦还有你的政府谈判呢。我还是得通过正规渠道，设法顺利地让纳米体液流入市场。盖伦案帮了我，剔除了邪恶的制药公司，又让人类了解到人体实验。人体实验是必要的，关键在于如何操作。我得说，谢谢你的配合。"

"这不是我想问的问题。"

"——当然，你回去，自己也能查明白。或许约翰早就查明白了。他的名言是什么来着？人性艺术家。要知道，一个善良的灵魂懂得去超越生命界限，为人类谋划点儿东西。我和他的立场恰好不一样。"

其实我不想知道你们的立场。我在心里说。就像我不想知道乔布的立场。我太容易被你们影响了。我天生就受困于第二人称交流。

我屏住呼吸，喝干杯中的水，问："为什么分裂？"

莫罗博士耸肩："你已经有了答案。"

"不，为什么那个间谍的我会一直留在黄铜人体内？"

"按我的推测，不只是那个专业人士，一定还有其他的你，否则他不会选择回到你的自我，然后，还允许你来见我。"

"这不重要。"

"是吗？"这回，莫罗博士死死盯着我。

我有点惶恐，语调软下来："我想问的是，有没有可能，所有复数的我，又恢复到那个完整的、单一的个体？"

"你不该问我，以后会有很多人研究这个问题。答案显而易见。我很多年前就说过。只是所有人都认为莫罗博士岛是个阴谋。何必要阴谋呢？我打的都是明牌。只是你们总喜欢往坏处想，不愿意花时间研究我的牌面。"

"你的牌面就是莫罗博士岛。"我说。

猞猁学派

"是莫罗博士岛的表面。"他纠正，"你的黄铜人浪费了太多时间考察我的地下城堡。而莫罗博士岛的精神版图，不在这儿。"

——成群的明亮的鱼向我们游来，围着莫罗博士的玻璃房缓慢旋转，形成一层又一层DNA链似的光带，又像古老的天球模型。我想起离开苏门答腊的那个夜晚与海洋，想起老向导说自然的灾害总预示人类变革。我想起海啸时刻发光动物的影子随着巨浪覆盖天穹星辰。它们都是上古的光亮，先于人类意识照亮人间。

"莫罗博士岛的精神版图是动物，"我自言自语，"它们的神经网早就连通了，而且早就贯通了全世界的动物。你和蒙哥马利一样，觉得人心才是群魔。所以你需要找到撕裂人心和容纳鬼怪们的办法。"

莫罗博士微微笑了。

"就像蒙哥马利说的，自然界有着自然界的心灵，你的目的是先构造自然的心灵版图，再强迫人类按照动物神经网的构成方式加入。不是反过来。因为你不相信自我意识强大的人类。哦，我的第一份报告猜对了，你一定热爱所有版本的泛神论，而不是任何一神论的东西。"

"只有一神论才会出现群魔附体的比喻。其实呢，我没那么悲观。不一定是群魔，还可能有天使。当然蒙哥马利拥有的天使比你多。"莫罗突然安静下来，停了十几秒，像在重新肯定自己的选择，"当然不管人性如何向善，我还是不能让人类心灵的网络变成地缘政治的拓本。如果我不选择动物，一定会变成那样的。一定。想想乔布。"

"那你呢？"我问，"你怎么定位自己？你根本不在莫罗博士岛的精神版图上。"

"原理并不复杂，"他显得有些心不在焉，"从来就没有独立的完备系统，普兰迪克先生。莫罗博士岛也一样。我想你一定听说过哥德尔的不完备性定理。对于数学，世上本无完备系统，它能既独立，又不矛盾。其实，这不仅限于数学。当然，在古老的过去，我们只有经典数学体系，以为能准确解释世界。但进入20世纪，数学也突然跟着人类社会一起变得现代了，就像现代人和现代艺术。它从哥德尔那里获得了自由的权利。它本就应该是自由的。但如今，它可以是完全的实验性、完全的错综复杂、完全地面对矛盾与创造。现代数学重新塑造了世界。就像开普勒面对哥白尼，牛顿面对爱因斯坦。你得接受进步。"

我瞪着他，觉得他在胡说八道。

但他继续解释："所以呢，完备又无矛盾的意识，本就是个伪命题。意识不可能由单一的形式体系构成，以每个人每天都生活在分裂中，每个人实际只拥有复数的自我。那些无法证真或证伪的体验和念头困扰着你，让你成为你。这正是哥德尔的不完备在意识系统的体现。所以，即使我创造出新的版图，也不可能拥有一个理想的完备系统。"

我从他的语调中听出忧郁，吓了一跳。

他认为我已猜到了一切的结果，真的顾左右而言他："自我不是意识的起始点，而是死路。人类来到世上，动物来到世上，最开始，是大脑间的沟通。纳米体液遵循相同原则。这才是世界本应有的样子。——开放人脑，容纳矛盾，它们将获得解放，每个意识都将盘根错节地和别人的、和动物的、和整个社会与地球的意识，纠缠在一起。这是我给人类的精神版图。"

"那是精神分裂的普遍化。你难道没想过，如果你也加入版图呢？你会有怎样的精神分裂？你脑子里的群魔会不会让整个系统发疯？"

莫罗博士的目光不再闪烁，他的声音突然如同红树根一般，一层一层坚定地深入他的心灵，深入我的心灵，稳固着他的岛。

他说："你内心深处，非常清楚，对于两份报告，不完备性定理其实可有可无，我的立场也不重要。你知道，即使做出第三份、第四份报告，你的那些个分裂的自我意识，只想要一个答案，你的立场。"

纳米体液又起作用了。

输入血管里的东西，开始大面积修复我的大脑。可是莫罗博士的办公室与岛的循环隔绝。我只能听见自己分裂的声音。

他是唯物主义者，他相信自然的整体神性，一种疯疯癫癫的神性，这可真棒。

在某种程度上，他抹除了人，你接受吗，他的理想社会模式？

记得冷战吗？我想起约翰曾经问我。

现在不一样了，当立场的重要性低于买卖和权力，你可以把自己的行为当成艺术。

只有这样，你才能懂得本该有的自由。

离开莫罗博士岛

后来，约翰问我，离开莫罗博士岛的时候，动物们和蒙哥马利有没有夹道相送。

当然有，我回答，莫罗博士都离开他的地下宫殿了，帽子交给他心爱的树懒，头发在阳光下闪烁银灰色光泽，快活得像大男孩。它们知道我没机会返回莫罗博士岛了，要给我留下最好印象。

而我没告诉约翰，莫罗博士永远不会加入他构造的新世界。他会将自己永远泡在消毒水的世界里，没有绿树和暴雨，没有动物和其他人的陪伴，因为到目前为止，地球是一个独立系统，它不能既完备又不矛盾。根据哥德尔不完备性定理，莫罗博士半隔绝了自己，变成了那个既不能证真，也不能证伪的命题。

我还能说什么呢？

第二份报告永远地留在了莫罗博士岛。

约翰说得没错，我是立场的骑墙派，是道德的骑墙派，我背叛了中情局，背叛了政府，背叛了人类，或许也正在背叛约翰和莫罗博士，就像我深知迈往人性的边缘总要付出代价，深知我的自我并不具备留在莫罗博士岛的资格。

你问我人类社会？

精神分裂的确普遍化了。不过大家很快发现，新时代的疯子在一起，不会互相控制，不会自相残害，如同我经历过的，一种和善的稳定态。

古往今来的诗人可以证明，分裂的意识仍能创造。经济学家重新翻了故纸堆，发现卢梭的社会契约其实要求去私有制，当精神分裂打破了自我意识和集体意识的壁垒，经济模型开始改写。我读了相关材料，看起来不错。政治学家则学会追求去中心化了，有人（或者，准确地说，一个意识）提出，民主是一种极致的熵减系统，只要太阳持续燃烧，人类社会的复杂度必然上升，复杂的民主会实现。这理论让我想到莫罗的理想人类版图。它太乐观了。我忍不住心存怀疑。

我仍从容不迫地闲逛，游走在曼哈顿林林总总的人工岛之间。每天都有人监视我。但我不再心乱如麻。

因为我体会过莫罗博士岛的心灵。不管人类如何用新的疯狂代替旧的疯狂，莫罗博士岛的疯狂将永远独特，它将永远在我的心里，它将永远带着我的心漂浮。

这是莫罗博士对我玩的最后把戏。

藤蔓覆盖的玻璃房中，黄铜人静静地，一动不动。

灰毛兔从树梢跃起，穿过玻璃墙，跳入房间，湿漉漉的鼻头，凑近玻璃眼球。

黄铜人胸口的节律均匀作响，而后突然加速。

我意识到了，我终于意识到了，我还是把我的心，留在了莫罗博士岛。

注：小说中人物姓名和部分设定借鉴威尔斯《莫罗博士的岛》，情报人员部分借鉴勒卡雷《史迈利的告别》《永恒的园丁》。

猞猁学派

我的家人和其他进化中的动物们

事情归因于我妈。

她在头年春节多带了二十斤折耳根上船，琢磨着第二年打牙祭。她在腊月将一袋根茎偷偷从冷冻舱抱出来，为自己的小聪明喝彩，不料年三十前一晚，我姐嘴馋，黑了我妈的粮食库。一群果蝇扑面而来，三分钟后，飞得不见踪影。它们有组织地迅速分散，安安稳稳进驻了容纳两百万人口的封闭空间。事后，我妈在香格里拉太空站彻底出名。

哪种虫子吃折耳根？它生得那么臭，就是为了防虫防侵害。至少果蝇几千种，进化百十万年，没有一只去吃折耳根。它们为了老妈改变了习性。

它们进化了。

动物所调研，认为不无大碍。空间站委员会罚了些款，不再追究。于是，我妈不以为耻，反以为荣，声称鲜美的折耳根不能仅让人类消受，虫子们也应尝鲜。我们对她的态度颇有微词，但也喜欢臭臭的鱼腥味。空间站第一顿年夜饭异常丰盛，五口人吃得忘乎所以，不过，谁都没想到，正是老妈开启了云南省物种的太空进化之旅。

我很骄傲。

因为我的梦想是成为博物学家。

故事得从更早讲起。

> 未来的分布并不平均，技术不可能将时间在所有地理层面拉平，有些地方密度高，有些地方密度低，人在其间过渡。香格里拉太空站理应成为高密度区。
>
> ——王常记于2119年夏，于北京

我妈不是我亲妈。我爸也不是我亲爸。我哥我姐是他们亲生的。他们都来自北方。我和我妹不是。我们家只有我是土生土长、出生在中缅边境的云南人。我爸去世前都吃不惯米线米粉。我妹是我爸情急之下从人贩子手里买下的。我妈猜，她也来自云贵川。我爸把我妹的遗传信息上传，三年没消息。我妈正式宣布：是我女儿了。我的身世没那么神秘，祖上几十代都在同一区域。据说我亲生父亲小时曾被毒贩子用枪指着，逼着运毒。然后，我的亲家人死于人祸。那时，我爸正在边境支教。远程教育虽管用，也需一些老师走乡串寨，调试全息设备，辅助当地教学，进行详实调研，最后反馈中心，调节整个教育架构。我爸从北京下派云南，留了下来。两年后，我妈也带着我哥我姐定居昆明。

我爸一直说我妈不是教育专家，他才是，说她虽当着小学老师，心总在美食与园艺。云南适合她。我觉得我爸说错了，我妈还喜欢养我们，"咯咯咯"地把我们护在翅膀下。我爸长年去农村，不着家，她不介意。他把我带回家，她也不介意。我爸如不因为劳累，过早患癌症去世，他会捡回更多的可怜小孩，扩充我妈的"饲养"范围。还好，我妈找到了全新的圈养目标。老爸在天之灵，一定很欣慰。

我对动物与植物的爱，来自一套书，叫《我的家人和其他动物们》，也称希腊三部曲，作者是上上世纪著名的英国博物学家，杰拉尔德·达雷尔。他拥有可爱又啼笑皆非的家人。我爸拿它当睡前故

猞猁学派

事，回家就给我读，断断续续念完第一本，我就学会了识字，不再需要他，自行读完第二本和第三本。他去世后，我才意识到，他是有点儿失落的。他不想让我迅速长大，他还想继续为我念故事。后来，他收养了我妹，可惜我妹不喜欢他絮叨，她喜欢我妈唱歌。

我忘不了我爸读达雷尔的临终遗言："就我个人来说，一个没有鸟，没有森林，没有各式各样、大大小小动物的世界，我宁愿不要活在其中——"

> 云贵川地处边陲，边陲人有边陲人的特质，主动定居边陲的人更是如此。筛选香格里拉居民的任务并不难。有些人天生会离开地球，去外太阳系安家。
>
> ——王常记于2120年冬，于版纳

达雷尔讲希腊，讲地中海。我比他幸福，云南更有意思。我妈带我去昆明动物所巨大的博物馆，带我探索云南的野生世界。南边有热带版纳，西边有横断山，北边有金沙江，东边密密麻麻的原始石林。暑假，我们一家子去骚扰我爸，头一个月在雨林中吃青苔蒸蛋，后一个月一暖壶一暖壶地喝牦牛奶茶。

因而，当母亲宣布，我们要离开云南，离开中国，离开地球，去土卫六旁边安家，我百般阻挠，搅得所有人不得安生。我畏惧阴森森的空间站和过度消毒的太空船。终于，我哥读完香格里拉太空站建设细则，告诉我，这是由动物所和旅游局牵头设计并负责的空间站，目标是构造一艘拥有省内全生态位的太空基地，抵达土星轨道后，将长期运转。

他推了推小边框眼镜："——也就是说，香格里拉能长榕树，也能长冷杉，还能同时养大象和藏羚羊。"

我问："什么时候出发？"

我妈风风火火行动起来。

我哥认为，我妈携家迁徙，是想离开伤心之地。我姐说，现实点，在地球，她养不起我们四个，空间站教育资源数一数二，又需要年轻人繁衍生息，志愿迁徙是双赢。我妹说得更对，她抱着心爱的金刚鹦鹉，奶声奶气："妈妈就是待不住。"

人员配比是个问题。我不仅需要专家，我需要更多能成为专家的人。他们最好现在不是专家，既没有视野局限，以后还能身兼数职。
　　　　　　　　　　——王常记于2121年春，于昆明

空间站审核最后一关面试。全家被叫去。负责人王主任的目光从我妈过渡到我妹，观察我姐的文身，我哥的平板，我妹的金刚鹦鹉，最后直勾勾盯着我的果酱罐头。

"那是什么？"他问。

"毛毛虫。"我举起罐头。

我哥摇头。我妈有些紧张。

"喜欢虫子？"

"对，肉虫子里我最喜欢昆明的毛毛虫。我爸带我去北京，那儿的吊死鬼绿哇哇光溜溜的，可丑了，还特别小。江西还行，我见过一只全是亮蓝色亮橙色花纹的蛾子幼虫，它长得可真奇怪，可它吓不走我。毛毛虫好，可爱。"

我姐揽过我的肩，扬起脖子，用下巴打量王主任。

"我猜，那个果酱玻璃罐是你妈妈帮你挑的，上面的通气孔，也是你妈妈帮你打的。"

"对。"

"她还帮你喂虫子？"

"我自己喂虫子。"我强调，"叶子都是我找的。"

王主任对母亲说："周女士，我会重新调整您的权限。抵达土卫轨道后，您仍将全职担任土星生活集群的小学教育工作。香格里拉太空站目前教学任务少，据我观察，您又很有动物饲养员天赋。正好动物所方教授缺人，您可以先去报到。"

"动物饲养员？"我哥忍不住问。

"档案里写了，你俩是亲生的，他俩是领的。"

"什么意思！"我姐生气了。

"小姑娘，别误会，我呢，其实是个心胸狭窄的男人，养一个独生女，就费了老鼻子劲，以至于看见养猫养狗养花养草的人，就头疼。我一开始怎么也不能理解养一堆孩子。人年纪大了，得图个清净。后来进了动物所，工作快二十年，想法变了。人心的容积是不一样的。我就是一个女儿和一只猫的水平。有些人是一堆子女一堆孙辈的度量，这类人往往哺乳类、爬行类、两栖类都能养明白。你母亲是个心胸宽广的女人，封闭的空间站，养你们几个，根本无法满足她的度量。"

金刚鹦鹉咬着舌头高声附和："说得对！说得对！"

　　　　人生如树花同发，随风而散，或拂帘幌坠茵席之上，
或关篱墙落粪溷之中。
　　　　　　　　　　　　——王常记于2122年春，于腾冲

方阿姨做果蝇的分子和遗传，高大、豪爽、胖胖的，恰好与我妈相映成趣，见面就和我妈打成一片。她儿子和她老公已先一步奔赴土卫六。她三年没见他们了，得再等六年才能见着。她仍充满活力。我妈和方阿姨第一次去野外，学着采集用于太空站的活体果蝇。她们也捎上了我。我亲眼看见方阿姨一边撩起衣服一小角，一针戳到肚子里，注射胰岛素，一边紧紧瞅着屏幕，用生命发朋友圈。

"我儿子给我点赞了！"她欢呼。她儿子是外太空蓝领，时常不在民用通信范围内。

比起蹲实验室，方阿姨更喜欢野外。她也看过希腊三部曲。她的梦想也是博物学家。可惜地球没剩下发现新物种的机会。她选择了云南和果蝇。

"这里在冰川期相对隔绝，是许多古老物种的庇护所，生态位也很复杂，只要耐心，总能找到新鲜的小虫子。"第一次见面，她掏出一只纸牌盒大小的白东西，用手指搓搓底部，那家伙迅速展开，从开口处弹出圆形支架，支架上套着白色的薄薄的纳米级棉纱，盒子壳迅速收成圆柱形手柄。高级捕虫网。接着，她带我去事先布置了诱饵的捕虫点。云南夏天中午很热，我们仍穿上防护的革靴与绑腿。她用网子探路，惊动小型动物或蛇。来到潮湿阴凉的生境，她用脚踩树叶，惊动虫子，让它们飞起来，然后用网兜一扑，将网一折，手收口，小飞虫便困在网里了。

"你看，"她蹲下来，"这就是果蝇。"

别人眼中，果蝇像小号苍蝇。我眼中，它们活泼可爱。

方阿姨不知从哪儿变出一支玻璃吸管。吸管底部隔着纱布，连接橡胶软管，软管尽头是玻璃嘴。她含着玻璃嘴，吸管戳入收口的网，将识别出的果蝇一只一只吸入吸管，最后抖干净网，又将吸在吸管内、挤在纱布附近的果蝇吹到培养管里，塞上海绵塞。一串动作熟练顺畅。她贴标签："香格里拉太空站"。

她问我，要不要试试。我非常激动，踩了一条迟钝的当地土蛇。它盘住我的小腿咬了我。幸亏绑腿硬，它小，它硌牙了。方阿姨迅速掐住七寸，将它放到扫荡干净的透明午餐盒里。我望着她，觉着非洲萨满不过尔尔。她则灵光乍现，说：空间站也需要蛇酒。我告诉她，我妈会弄，然后问她，等去了太空，我可不可以当她的学生。我们击掌成交。那年我十岁。

"——如果你喜欢这本书（或我其他的书），请记得是动物赋予这些书生命，使这些书妙趣横生。"感谢方教授赠

猞猁学派

书。达雷尔会是享受时光、思念地球的伙伴。

——王常记于2123年地球冬，于香格里拉

登舰前一个月，我们过了地球上最后一个年三十。方阿姨喝得微醺，宣布香格里拉生态球负责人王主任同意了，她可以送四十坛蛇酒上天。我妈也按配比选好了给人和给动物的蔬菜和菌类、豌豆尖、小瓜、芋头、鸡枞、折耳根。她没说多带了二十斤折耳根和三十斤油鸡枞。她浑水摸鱼削减了大白菜养殖，分配给豌豆尖，发现时已晚，我们已飞过月球轨道。

香格里拉太空站从启动到启航间隔十年。我妈报名时，舰已造好，内部生态调试接近尾声。我们提前一年搬离昆明，入住停泊于腾冲附近的空间站，适应生态。距出发时间越近，待的时间越长。离开地球的一刻，我心中只有一点失落。我姐称之为善意的温水煮青蛙。她和我哥是少数伤感之人。大部分迁徙者忙于拓荒的艰辛与日程，来不及感慨离别。我也是。

作为方阿姨的学徒，我接替了本应由我妈担任的饲养工作。我妈专职养起植物。我迅速弄熟太空站的生态设计。香格里拉根据发动机的位置及间隔温度，根据不同区的离心与驱动方式，靠近动力区部分设计为热带，外围离心区则属高原气候，其他呈阶梯分布，拉开了物种的区隔与生态位。它确实像一颗巨型生态球，除了核动力和太阳能，不会有能量输入，也极少废料排放。理想境况，它将形成一套完美的云南生态系统，无机物、有机物、植物、动物，构造独特循环，自产自销。

像一件艺术品，像一颗飘浮于外太空的水晶球，像香巴拉。

然而，不到三个月，方阿姨的蛇酒坛长了虫。我哥正值喜欢吟诗作赋的年纪，搞起创作，好酒。他一直觊觎方阿姨的私酿，没忍住，干了窃的勾当。他来到酒厂，穿过酿酒蒸馏设备，来到黑乎乎的酒窖，心虚没掌灯，被酒坛子绊倒，成批果蝇腾起来，他吓得按

了警报。他不知道果蝇也喝蛇酒。方阿姨赶到现场，也很震惊。她知道会生虫，但没想到这么快、这么多。她与王主任商议，决定让香格里拉的生态自行调节，不人为干涉。我帮她抓了不少活样本，含着玻璃嘴，吸得嘴唇都疼了。我哥则有了心理阴影，从此戒了酒。

小概率事件总会发生。身处太空，需谨记此理。
——王常记于2124年地球春，于香格里拉

香格里拉太空站第一个春节，折耳根果蝇出现。它的拉丁名诘屈聱牙，只有我妈和我妹念出抑扬顿挫的美感。方阿姨小心谨慎，花了两周，确定它是新种，起下学名：折耳根果蝇。她从基因和形态，判定是蛇酒果蝇的变种。我妈更得意了。蛇酒她酿的，折耳根她挑的。我哥认为王主任的预言应验，我妈比动物饲养员还厉害，她促发了动物新种诞生。

折耳根果蝇很快适应了太空站生态，在种植园的折耳根经脉上安家、产卵、繁衍，没对食物链造成实质打击。香格里拉动物研究所百思不得其解。太阳系注册巨型太空站近一百个，中小型生态更不计其数，培育新种很少，自发生成的新种更少。折耳根果蝇是罕例。没几个月，方阿姨的论文登上 eLife 杂志。她结合宇宙辐射、太空站生态、云南野生动物基因库等多重原因，梳理了新种形成的逻辑可能。我的名字位列论文。我觉得自己是个博物学家了。

新种出现，源自不确定因素，为防不测，空间站做出一系列调研和预案，折腾半载，没有头绪。终于，王主任想开了，他宣布："只要不用我养，新种多多益善，人算、机算，不如天算。自然拥有最宽广的胸怀、最伟大的包容力，顺其自然，就好。"

故常无欲，以观其妙。
——王常记于2126年地球春，于香格里拉

　　　　　　　　　　　　　　　　猞猁学派

香格里拉太空站第二个春节，我妈小心呵护的豌豆尖，飞了好几只新种。平菇和虫草也孕育出新虫子。方阿姨忙得不可开交。我开始帮她做化验、解剖和基因分析。豌豆尖果蝇也是蛇酒果蝇变异。虫草果蝇是高原食叶果蝇变种。如今，它就喜欢吃虫草的虫。我视它为食肉昆虫。平菇果蝇更复杂。方阿姨联系线虫研究组，才确证土壤中线虫的变异比果蝇早。变异后的种群被平菇菌丝捕捉、嵌入，吸收氮化物，因而平菇分泌物变得不同，吸引了原来喜爱桉树分泌物的果蝇种群。

"这或许是一次自下而上的全生态位物种变异。"方阿姨警告王主任，语调中，却不无欣喜。

王主任心态平和多了："挺好的。人类污染环境，让物种灭绝。今天，自然正弥补着过去错失的进化。我们要顺势而为，顺势而为。"

香格里拉太空站的生态政策，就这么在不经意间敲定。

那天，我也在现场，抱着一盆刚出花儿的小芋头植株。我紧紧盯着芋头花儿，完全忘记了王主任和方阿姨。我想立刻告诉我哥我姐：芋头花苞果蝇和芋头花瓣果蝇，正在交尾。

我哥好读书、好文学，爱好一切古代的东西，进入香格里拉，转而在专家指导下，学习少数民族语言和神话。我姐相反，她好游戏、好鼓捣器械，爱好所有现代的东西，刚上高中，就提前念了工程学，在维护部门兼职。由于虫子开启浩浩荡荡的变异，我妈的养殖工作越变越烦琐，我哥和我姐被勒令帮忙。我哥做文字的分类和观察记录，我姐更新养殖设备。他们深度参与了物种进化。芋头花苞果蝇常成为争论焦点。芋头的花瓣和花蕊养育了一种果蝇；它的花苞和花萼分泌物，养育了另一种。二者不仅物种隔离，长得还挺不一样。我哥说，这就像香巴拉的生态。我姐说扯淡，这两种果蝇是生殖器不匹配。每到此时，我哥开始聊文化建构，我姐开始聊自然形态，我夹在他们之间胡说八道，我妈就抱着我妹去其他地方吃饭。她理解我们，她说，空间站压抑，我们都需要奇怪的话题缓解心理困境。

我谨遵科学态度，没立刻将我一人见证、转瞬即逝的历史时刻告诉方阿姨。我抱着小花盆回家，没找到我哥我姐，只找到我妈。我告诉她，同种的芋头多培育几株，我要观察、记录、研究亲子代遗传。我妈拒绝了。我只有方阿姨实验组的工作权限，不能在养殖场搞实验。"这是发现！"我叫道，"能上《科学》的发现。"我妈当然不信，但她认真思考了一会儿，问我："能从方阿姨那儿借一些培养皿吗？"我说能。她说："那在家里做观察吧，我做给果蝇吃的芋头培养基。"

我妈分别碾碎花蕊和花苞，制作了两种培养基。我将两种果蝇分别培养，产下幼虫，成虫后不同种的雌雄放在一起，让它们交配，幼虫再放入不同培养基。有趣的事发生了，它们不仅能交配，也能产下可生殖幼虫，幼虫的食物倾向，取决于雌果蝇物种。我写下报告，交给方阿姨。她惊喜的模样是我在香格里拉的最大奖励。一年后，《自然》刊发论文，方阿姨将我列为作者之一。

不过，我们来不及高兴，香格里拉被小行星带的陨石击中了。

> 我们对太空站的内部环境过于苛责，却忽视了来自宇宙的灭顶之灾。我应重新理解人类的适应性。我们需要对周围的同伴更加宽容，才能远行深空，适应宇宙。
>
> ——王常记于2127年地球冬，于香格里拉

那时，我们即将迎来香格里拉第四个春节，在火星得到充分补给，空间站外围多了一圈储存舱位。老妈的养殖中心连续丰收，从动物到人的饮食获得极大改善。

接近地球时间十二月，人们刚上工，整个船体一阵震动，生活

区和实验区全面熄火。我妹被困在鸟类饲养房内，整整两小时，嗓子哭哑了，我哥把她捞出来时，整个身体都在抖。我吓得不轻，紧紧抓着方阿姨。我姐立刻赶到维修前线。我妈调用了养殖中心恒温资源，补救生活区紧急供热不足。恢复正常后，百分之八十五食用植物冻烂。陨石坚硬的内核打穿多层防护，动力传输受阻，不幸中的万幸，舰船动力中枢完好无损。多人受伤，无人死亡。四十八小时修复与排查，初步判断，香格里拉仍能运行到木星，获得维修与配给，再抵达土星，继续空间站任务。当务之急，粮食不够。应急粮不仅不够动物，给人也紧缺。香格里拉的生态链可能就这样完了。我们一家蜷缩在客厅，最让我忧虑的不是家庭命运，而是我的博物学家梦。

全体会议，我妈要求发言。她和方阿姨商量两天，我哥我姐参与意见，出了一封道歉信和一份应急供粮报告。会上，我妈坦坦荡荡念完道歉信。台下鸦雀无声。大意是，她自去年春节，就学会了生态模拟，发现养殖中心的植物和昆虫过剩，大型动物和人消耗不完。她没按标准流程做仓储。她不想往里放任何防腐剂或添加剂。火星补给免费提供了好几个集装空舱，挂在太空站最外围。她便将所有可加工成储备粮的动植物饲料，做成了培养基，还申请了项目，说是改进培养基的实验品。此时此刻，这些"食物"分毫未动，冷藏在生态区边缘。

王主任问："是什么培养基？"

"主要给新种昆虫吃的，比如折耳根培养基、豌豆尖儿培养基，芋头的花苞和花萼培养基，人也能吃，还有肉类培养基。去年年底，我们的尺蠖进化了，变得像夏威夷尺蠖，能伸开口器，吞噬其他虫子，我就开始喂它肉。总之，这些都能吃。我没加防腐剂，加了酵母、琼脂，一些玉米面和土豆粉，蛋白质蔬菜都有，还是全氨基酸食物，够全站人吃到木星，甚至不用其他舰船进行紧急补给。"

王主任继续问："所以，接下来半年，我们都得吃培养基？"

方阿姨接话："不，我们也得吃压缩的应急粮。说实话，培养基解冻后很新鲜，全给人吃浪费了。我们做了方案，将培养基按量按配比，投放到全站各个生态位，在植物未长成之前，保证动物的食物，尽量兼顾后续的自然生态生长。这是一起意外，我们不能遇到意外，就求助外界，这有违培养香格里拉生态球的初衷。"

大家纷纷点头。方阿姨展示方案。全票通过。

于是，年三十，餐桌摆满大大小小、高高矮矮、或瘦或扁的培养皿。我们用冰激凌勺，伸入培养皿，挖各种颜色的培养基吃。我们已吃了三周压缩口粮加培养基，都知道培养基更好吃。这大概是半年内最后一顿全培养基大餐了。年后，我发现几只青凤蝶翅膀的正面由褐变蓝。鳞翅目组老师证实，蝴蝶蛾子们的翅膀都愈加鲜亮美丽了。

8月，我们来到木星轨道。木星太空科研系统很重视香格里拉的生态，给了不少帮助。我妈被中心召去，集中学习了动物营养学。我哥念完大学，在木卫二的欧罗巴学院拿到证书。我姐没毕业就拿到高级技工证了。那段时间他们都不在，方阿姨也忙于对接，我带着我妹在香格里拉游荡。我妹第一次展现出奇妙天赋。她拉着我，说："鸟儿的歌声变了，它们找到了更好的吃的。"我带她去鸟科室。那儿的工作者都认识我妹。他们告诉我，她早就发现了鸟的行为变化。陨石事件后，植物短缺，虫子更多食用培养基。绿鸠和织布鸟的食谱便开始由素转荤。最近，动植物生态比回归正常，鸟类则爱上新口味，发展出一套交流如何捕食虫子的鸣叫。

隔天，我找到方阿姨，告诉她鸟类行为变异。她双眼离开显微镜，双手放下解剖针，沉吟一刻，告诉我："我以前想过，酵母、线虫、果蝇，进化快，因为它们迭代快，大型动物就慢些。看来，事情并非如此。适应性是一件很奇妙的东西。或许不需要代际差，哺乳动物就能改变。"

"我们也会变吗？"我问。

"过了今年，你就比你妈高啦。"

"——它们是没有声音，没有投票权的大多数。没有我们的帮助，它们不可能生存下去。"希望达雷尔活得更长久，在太空建造动物园，这样，他的晚年会更加乐观。没有它们，我们不可能活下来。在太空，它们不仅拥有投票权，它们引领自然，我们只是边缘选民。

——王常记于2129年地球春，于香格里拉

香格里拉空间站第五个春节顺利度过。王主任发言，说这是艰辛的一年，愿下一春节我们的生态恢复如初。发言完毕，他走下台，又返回来，补充道："我错了，我们的生态不会恢复如初，我们要多加注意，陨石穿过通风口，感染了多层生态位，我们应做好心理准备，迎接更复杂的变异和进化。"

王主任再次言中。十五天后，我姐去无重力区检测设备，她发现两只小虫，认得它们是吃藤蔓的果蝇。设备区虽不做消毒，但少有生物。她返回住处已是深夜。她偷了我的虫网和吸嘴装备，捡了两只玩剩的培养皿，返回无重力区。第二天凌晨，她将满满的培养皿丢到沙发上，翻身倒下就睡着了。我妹起得最早，她盯着没头没脑乱撞、飞得很痛苦的果蝇，叫不醒我姐，也叫不醒我。我妈正好不在。她弄醒了我哥。我哥看标签，无重力设备区，只有带着我妹和果蝇，往无重力生活乐园走。我妹放飞了一培养皿果蝇，取下第二只培养皿的海绵塞，告诉我哥："你看，它们现在飞得就很好看了，像雀鸟交配舞。"经历多年熏陶，我哥总算获得了关于生物进化的触觉。他按回海绵塞，赶紧用眼镜扫描并记录了无重力环境中散落的果蝇飞行轨迹。方阿姨再次获得第一手资料。

4月，地球的春天，她专程到我们家，做了全息立体演示："昆虫分头、胸、腹三部分，成虫一般两对翅六条腿。果蝇属双翅目，

一对后翅退化成平衡棒，一般没什么用。但你看它在无重力的动作，平衡棒显然在转动，因为没有引力，或者重力方向不稳定，它需要更强的空间感知和定位。它的平衡棒进化了。它飞的时候，它的躯体和四肢随平衡棒转动。我检测了空间站每一种果蝇。它们的平衡棒整体进化了。我们本就有公共的无重力乐园。陨石事件后，无重力区、弱重力区和地球重力区的分隔也减弱。果蝇们没有因为陨石破坏生态，中断进化，相反，我们加快了所有时间线。我有一个想法，想向王主任交一个提案。我相信你们。这五年来，你们比我家里那两口子，还清楚我在做什么、给我的支持还多。你们就像我家人。我需要你们的建议。"

"等一等！"我妈挺直腰板，拍了我和我哥的驼背，让每个人正襟危坐，"好了。你说。"

"我想取消清晰的重力分隔区，将整个空间站改组为渐变的重力光谱，类似于海拔和纬度差，从版纳盆地到青藏高原，但变化比那陡峭得多。现在空间站为模仿地球生态，生态位的区分太刻意，不自然，或者说，不符合外太空环境，空间站的'自然'状态。我认为，平滑的重力过渡，才能营造让所有无机物和有机物自由交换资源、自行生长、进化的空间。"

说完，她有些忐忑。

我们七嘴八舌表示同意。

王主任被方阿姨大胆的提案吓坏了，畏畏缩缩几天，意识到个体决策完全无法抗衡自然的激进历史，遂俯首投降。他上报提案，获得积极批准。陨石事件加之动物进化，上面已将香格里拉视为巨型实验生态球。动物所和工程部花去半年时间，完成了重力光谱论证。

香格里拉第六个农历年头初一，是开启重力闸的日子，全空间站充满躁动与兴奋。工程部撤掉西南翼从边缘区到中心区的隔墙，使之变为巨大的长方体公共广场。王主任按下深蓝色与墨绿色两个按钮。全站陷入寂静。所有人都盯着数值分布变化，只见由白到黑的不同重力区不断跳动，其间清晰分布的界限逐渐抹平。三十分钟后，昆虫开始定向迁徙。我妈指着低重力区榕树群。那些还未伸入土壤、变为结实茎干的藤条，开始往四面八方飘移。"它们会变得蓬松。"我妈自言自语，开始琢磨新工作量。其他人则跃跃欲试，争先恐后游走于介于飘浮与落地的重力临界波段。我哥总结："其实人的适应性最强。"

接下来两年，香格里拉生态得到前所未有的发展。陨石事件加速更新，它让盘根错节的旧有生态体系变薄，此后，动植物充分求生，发展出了适应高梯度重力环境的行为。

晚上，土星来了，并且张开它的手。
——王常记于2132年地球冬，土星春，于香格里拉

第八年腊月，我们终于抵达土星。空间站缓慢进入轨道。巨大的气态星体投下漫长阴影，遮住一圈一圈的土星环。这时，我突然想起我爸，还有他给我念的故事。故事中的探险家活在20世纪，他来到北极，坐在春末夏初、刚融化的巨型碎冰上。大海一望无际，目之所及全是碎冰。他说他想到土星环。土星环也由碎冰构成，宽好几公里，如果坐在土星环的碎冰上，目之所及，除了头顶与足下的无尽黑暗穹顶，最为明亮的光源，便是一线无限碎冰。父亲说，太阳系，他最想去土星。我花了八年，终于发现了母亲的愿望。

当空间站沿轨道擦过土星环，我有幸看到巨大的冰层宇宙从眼前浩浩荡荡滑过，而身后，香格里拉的动植物疯狂生长，藤蔓自由伸展触角，长臂猿攀住枝条，向上荡，再向上。

那一刻，我知道，我会去宇宙更深的地方。

这是我在香格里拉度过的第九个春节。

空间站并未迅速接入土星生态集群。由于站内的进化和生物行

为变化，检疫变得严格。土星中心特地建造小型空间站，用来对接。方阿姨是第一批对接者。她多了一个会甜甜笑的小孙女。她们隔着玻璃墙，用对讲通话。我们家最晚一批离开空间站。我们五个贴着玻璃墙，望着对面熙熙攘攘的土星本地人。

我妈说："终于到啦。"

我的思绪则飘到别处。

她发现了。她得举起手才能摸到我的头发。

她踮起脚揉了揉我，悄悄说："提前离开，去冥王星方向，这样大部分检疫程序就省啦。"

"——我们每个人都有责任，要努力遏制人类对地球的可怕亵渎，我在用我仅知的方法，尽力在做，但我需要你的支持。"周家的小儿子准备离开太阳系。他从小喜欢达雷尔。我想香格里拉的征程同时提醒了他和我。将自然带到宇宙其他角落，繁衍生息，也是遏制亵渎的方法。感谢他一直以来的支持。

——王常记于2133年地球春，土星春，于香格里拉

五年后，地球的春天，我来到柯伊伯小行星带。我打开一套冷冻的、精心配制的培养基大餐，庆祝独自度过的第一个春节。解冻后，一只小果蝇摆动平衡棒，爬到折耳根培养基边。我决定与它分享食物。

我收到视频信息，我哥写脚本，我姐拍摄，我妹配了曲折丰富的鸟鸣，我妈有的没的，说过年发生的事儿。

香格里拉重力梯度生态公园正式开园。王主任过来，当了园长。他仍强调自己心胸狭窄，只懂垂手而治。方阿姨才是执行。她将场面弄得十分宏大。群鸟从高重力区飞往低重力区，飞行姿势与运动轨迹流畅地变为另一种模式。金环蛇与银环蛇弯弯曲曲，于无重力

环境摆动身体，晃出DNA链似的螺旋形。象群轻盈地离开丛林，小象喷出水花儿，用鼻子玩儿水球。滇金丝猴金灿灿的幼崽已学会向后翻滚。华南虎腾到空中，尾巴船桨般摆动，平衡身体。它滑动肩胛骨，伸展流水似的躯干，从无重力区直接落回属于它的重力王国。它可真美。

我妹刚毕业，直接进入鸟类基地。我妈成为公园的哺乳动物饲养主任。按我哥的说法，她完成了养育人类的工作，去进行养育动物的伟大工程了。他最终继承了我爸，去做青少年教育。我姐已抵达天王星，协助建造新生态基地。

"我也想去，"我妈最后说，"那颗星球躺着转，环是横过来的，像个大光圈。等你回来，那儿会变得更有意思。"

湿漉漉的树蛙跳到她肩头，伸出舌头，一口吃掉了她帮方阿姨养的巨红蟥。

"又进化了！"她抱怨。

我忍住笑。

通信关闭，我再次一个人面对黑暗宇宙。

而我仍有鹞蚊陪伴。

动物不断进化，人每每远行，心安处是故土，我永远感谢自然馈赠的亲人与动物。

丑鬼，小孩，君子，老好人

　　你可能见过类似景象，荒野水源，时至黄昏，仿佛一声令下，蛮荒世界的动物悄然出现，走出阴暗角落，踩着泥泞相互靠近，似乎突然获得一种文明，超越食物链关系，会集到共同饮水的地方，亲吻生命甘泉。

　　"要利用水源，善待动物。"老头拍拍我的肩，便退休回家，颐养天年去了。

　　我刚接手水源，还没见识过黄昏。

　　当然，时代改变，水不再是生命源泉，而是时间。时间不再线性流动。它开始涡变、震荡、折叠、纠缠、打结、结晶，最终形成贯穿各种可能世界的定点。

　　穿越时空的人将记忆存在定点，或者从定点出发去寻找归属。

　　人们说，这才是时空荒野的水源。

　　我负责看守北京西站。22世纪以后的人类能充分理解我的使命。西站有成百上千看守员。我负责看守西站的安全屋。关于这项任务，就少有人知道其中奥妙了。

　　西站早已脱离寻常时空结构，变为根斯巴克多维连续体迎来送往的定点。出于设计者私心，它有着守旧一面，仍按三百六十五天的周期震荡。

于是，除夕夜晚，很容易成为荒野的黄昏时分。

就像耶路撒冷总站的逾越节，巴黎北站的巴士底日，里约热内卢中央车站的狂欢，墨西哥城火车站的亡灵。

时钟敲过0点，我满怀期待上岗。

我在2:10发现丑鬼，3点撞上小孩，下午3点求助于君子，下午6点，才遇到老好人。

丑鬼身材高大，略有驼背，长手长脚，猫似的步子落下毫无声息。夜至深处，滞留于西站的人要么占据角落呼呼大睡，要么各怀心事，匆匆寻找时间旋转门，刻意躲过汹涌人潮，提前回家。

较之而言，丑鬼显得格外自如，格外放松，靠近安全屋前，我未特地关注。他在时空支撑点前站了十分钟之久，我没看到他如何破解时间晶体第一重代码。他也没立刻进入安全屋。他面带微笑，抬头，吓了我一跳。他以前可能不丑，如今一脸细密弹坑。准确而言，是尘土一样微小的榴弹碎片，毁了他面容。但丁见了，也会觉得丑鬼刚从地狱爬回人间。

晚上6点前，安全屋无预约。我为丑鬼开绿灯。三维空间拉开缝隙，他驾轻就熟，闪身迈入，没留下痕迹。

安全屋前任租客是手脚不干净手法不入流的时空小组织，清干净血迹、痕迹，但没为下任租客提供必要物品。丑鬼哼着曲调，怡然自得卸下包袱，掏出各种物件，丰富安全屋装备。我的分内工作。很明显，他更精于此业。

他弄了马黛茶，哼的却是古老的俄罗斯童谣，词句押出渔夫与金鱼的韵脚。我还没扫描出他的血统。伪装太好。

他收拾完毕，捞起吉他，没有弹，只在调音，口中随着没有节奏的音节唱歌似的念道："我的心灵将越出我的骨灰，在庄严的七弦琴上逃过腐烂——"

我想他认识老头，或许是老头的老顾客，还不知老头已解甲归田。老头时不时把空闲安全屋借给怪人、隐士和浪荡子。白借白用，绝不收费，好似投喂野猫野狗。你无法知道借住者是谁，因为他们的名字是随意取的，时空身份像烂掉的洋葱头，他们的时间线一团乱麻。时间中作祟，最佳手段是留下斑驳痕迹。讲究命运与历史的"时空算法"无法真正捕捉他们。只在除夕，老头才刻意留出一些安全屋，为灰色领域的工作者提供隐蔽落脚点，好让他们寻找机会，混入节日的时空河流，抵达那心之所属的时间点。

又有人在安全屋前。一个年纪很轻，平头像乳毛似的小年轻。我失职，没将他引到其他地方，或者干脆丢进某个旋转门。想必他刚犯过事，刚听说西站除夕的安全屋向平民开放。透露消息的定是代码老黄牛，高价出售不难破译的时间晶体第一重代码——一般用以设立安全屋。

小孩儿经验不足，有些惊慌失措，汗滴从额角渗出，好在他知道规矩，懂得即使搞定代码，也得等看守员点头。

我犹豫半分钟，还是为他开绿灯。小孩看见丑鬼，吓得不敢动弹。丑鬼眼明手快，伸手将他拎入安全屋，动作专业。我松口气。

"犯了什么事？"丑鬼问。

小孩蜷缩墙角，丢盔卸甲似的全部交代。故事不长，简言之，因为缺钱，他携带全然不知内容的危险物品，逾越节黄昏，乘车从特拉维夫抵达耶路撒冷总站，挤过漫长人流，交接完毕，被踢回现实中的耶路撒冷。

然后的事，我也知道。很庆幸，西站除夕是相对安全的时空定点。

"看见没？耶路撒冷总站，逾越节黄昏，时间线被引爆，"丑鬼指指自己的脸，"我活下来，死了几个朋友，别说警员和平民。读过后续报道？总站的时空结构稳住了，但现实的耶路撒冷遭了好几回殃。动机不重要，有借得有还。"

小孩安静地哭了，眼泪大滴大滴往外淌，不知是后悔还是吓的。

我差点接通西站特警。

"匿名先生，您好。"我用了官腔，"今天是特别时刻，希望您待人友善。我越权查了时间线，您希望回去看女儿，他希望回去找母亲。我相信，你们能体谅对方。如果动手，尽可以安排其他时间点，请不要在西站的除夕。虽无明文规定，但这是长久以来的规矩。"

"你是谁？老头不这么啰唆。"

"您是聪明人。"

或许我该求他。他可以不留痕迹弄死小孩，还能减少许多未来的蠢事。

"——好吧。"丑鬼将茶杯递给小孩，小孩哆哆嗦嗦猛嗫不锈钢吸管。

"不过，要记住，时间定点的蝴蝶效应既快又猛烈。"他教育我。

吉他调试完毕。丑鬼懒得同小孩说话，但还是用音乐安慰了受惊的心脏，都是篝火边的归乡曲调。

"利用水源，善待动物。"——老头的话应裱入时间晶体。

不过，他另有原话：在最好的可能世界，回家能让每个灵魂都放下仇恨找到归宿。

人类还没找到那个最好的可能世界。

"算法"知道老头所为。高层只睁一眼闭一眼。毕竟时间过于复杂，能把最先进的人工智能搞蒙。宇宙中尚无完美无缺的时间线，你不如提前留下漏洞，关键时刻，疏导汹涌的时间涡流，以免造成更大损失。

时针移过清晨6点，我将注意力转向别处。看守员们梳理汹涌的人流。我只负责其中一小部分，棘手的家伙们。

隶属各国情报部门的安全屋照常运转。半数以上在开小差。其他安全屋则各有各的用途，大多属违法勾当。半小时后，几乎所有的安全屋都相继变为提取记忆的保险柜。

中情局迎来林肯夫妇。林肯高帽上有个弹孔。他输入时间晶体密钥A面，我输入密钥B面，晶体结构吻合，他重新获得第二重代码存储的永恒记忆。听说关于威利，具体内容只有他知道。他会安慰神经质的妻子玛丽，每年如一日，动身去陪死前的年幼儿子。

六处会欢迎丘吉尔和甘地，马克思和斯密，以及非洲与中东数不清的军阀王室。英国人丰富的殖民经验造就了遍布时间线熟络的怀柔手段。他们不在乎昂贵支出，大量购入位于各时间定点的时间晶体，说服历史名流，存入宝贵记忆，让他们真正变为永恒，化为永远的政治资源。

"留名的人物，你做做功课，不难应付。大部分归组织机构的长租安全屋，自有保护措施。"老头告诉我，"你要着重关注那些流动性强的安全屋。"

"历史不留名的呢？"我问。

"有应急措施。不过，时间留下什么，我们就留下什么。不要给'算法'找麻烦。"

所以，当夹着画板、唇上一绺小胡子的小个子"水彩画家"，站在安全屋门口，我不该感到惊讶。

但我一身冷汗。

以防万一，我键入求助信息："怎么回事？"

公关部回复："什么怎么回事？你懂！"

我不懂。你们送他到除夕夜的西站，应该提前通知，提前一年通知！

不过，我至少明白，不是意外事件。我输入第一重代码，安全屋开启。

丑鬼瞧见希特勒，足足愣了三秒。

他的丑脸也把对方吓得不轻。

他还是将他弄进安全屋。怀才不遇的"画家"不是爱哭的小孩，他狠狠挣扎一阵，安全屋表面泛出几层时空涟漪，总算平静如初。

猞猁学派

丑鬼甩了几巴掌。"二战"独夫失去反抗意志，被丢到角落。仇恨熊熊燃烧，从小眼睛冒出来。

"他知道什么？"

"我不知道。"

"'算法'就是这么办事儿的？"

我无言以对。

不知所措的小孩问："为什么让他回来？德国人疯了？"

"这种级别的罪恶灵魂，不属国家，只属'时空算法'本身。"丑鬼解释，"应是宣传手段。无论作为，历史能为每种灵魂开绿灯。"

而"画家"已在到处摸索，希望解开第二重代码了。他的记忆大概停留在二十四岁前，每天流浪于维也纳，发誓投身艺术，心态扭曲，还没遇见政治理论。我接受他的密钥A面，进入文件，找到密钥B面，一同注入晶体。

时间晶体异常稳定，在绝对零度附近运动，里面的信息能抵达热寂前夜。人类用晶体稳定坚硬的外壳构造时间定点，搭建通向所有可能世界的间架结构。人类又利用晶体的永恒内核，存储重要信息。千百年过去，晶体外挂满安全屋，因为晶体难以寻觅，安全屋十分稳定。晶体里又满是人的记忆，因为只有记忆值得时间结晶。当然，你不能随便结晶，总需侧写一番，加以提取。

我永远无法得知"算法"为"画家"做的侧写，只有从他的表情，读出超越狂热的沉痛。

小孩见了，也受到震撼，不由自主，念出日后永被禁止的关键词："我的上帝——"

于是，我也永远无法得知，为什么"我的上帝"会让"年轻画家"的记忆瞬间突破晶体阈值。

我听见玻璃裂隙，数据崩溃，时空中枢警铃大作，我眼前，一枚精妙的时间晶体，炸为碎片。

本能救了丑鬼和小孩。时空碎片到处飞溅，不会嵌入肉体留下弹坑，但能将接触到的一切事物挖出既定时空结构，弹到时间尽头。丑鬼抓起小孩，开启通道，就地滚出安全屋。安全屋无声崩塌，"画家"被打成蓬松的蜂窝状团块。或许他仍意识清醒，完美地活着。

恐惧十指相扣死死掐着我的心脏。

毁灭的时间晶体是西站间架结构的关键节点之一，好比建筑物支撑墙。最坏情况，整个西站向内坍塌，翻卷成为贯通所有可能世界的黑洞，所有指向我的通信线路红灯大作，高频声音疯狂嘶鸣，大约十分钟，似乎全宇宙都在向我叫嚣，让我汇报现场情况。

"算法"没立刻调动时间警察，它全网广播寻找最近的晶体架构师。研发部发来建议：加固周围晶体，搜集时间碎片，以防未知时空层连锁效应，不许擅离岗位。

我浑身汗水，落水狗一样。

然后，我发现了君子。实习时他帮过我。他的行为、动作、眉角、发梢总线条整齐。他提着极简主义旅行箱狂奔，表情毫不凌乱。

我的救星。

"通知附近安全屋，按我发的流程加固，哪个不听指挥，告诉我。"

我猜我永远无法得知他的真正出身和真正职业。

我同时发现丑鬼攥着小孩领子，威胁好一阵，才要到准确时间点。他伸腿，一脚将小孩踹回现实中的北京西。2018年的北京西。小孩正对上母亲，紧紧抱住，从啜泣变为肆无忌惮的哭泣。

丑鬼转身。君子已在身后。

丑鬼拨动保险，皮笑肉不笑："你别闹。"

"你应该去其他地方折腾。"君子说，"耶路撒冷的逾越节，巴黎北站的巴士底日——西站是我的地盘。没有宗教和革命。你的无政府主义也行不通。"

"和我没关系——"

原来他们认识，可能还是对头。老头说，在时间定点，小概率事件会接二连三发生。而我没时间做背景调查了。

"君子先生，三个安全屋，搞不定代码，两个安全屋，完全慌了。还有，还有——"我开始抖，"交通部说，时间碎片，不知从哪里反弹回来，打坏了好几个旋转门。而实际上，另外两个时间晶体也可能被碎片擦过，有裂缝。"

君子和丑鬼交换表情。

"我收拾碎片，你料理安全屋，"君子指挥，"至于你，不论发生什么，随时汇报数据。"

"你当英雄，我去得罪人，看守员高枕无忧，很好，非常好！"丑鬼大吼。

而君子已消失，前往时空缝隙。丑鬼也一转身，直接抵达西站上层位面。

几小时后，"算法"的维护终于到位，局面开始稳定，越来越多的历史无名氏得知事情前因后果，相继从北京西站的犄角旮旯冒出来。

都是些怎样的人啊。

我忙疯了，来不及记下所有的样貌和来头。他们有的权限极高，直接越过"算法"，咨询紧要问题，就行动去了。有的根本是帮派，洪水猛兽似的着手稳定间架结构，也毁了大半个候车室。大部分则悄然出现，完成力所能及，悄然消失，生怕被仇家发现，暴露自己似的。

而我，我总算想起一直期待的荒野水源，黄昏时分，人类的心灵被同一件事勾住，勾出阴暗角落，同时踏入光天化日。

下午6点，回乡人高峰即将到来。

毁灭的安全屋位置，老好人现身。

"老先生！"君子像见到救星。

"天哪。"丑鬼也认识老好人。

目录显示。他是预约整6点的安全屋租客。

丑鬼，小孩，君子，老好人

"您好。"我说。

"时空定点的因果链，总会提前通知命运的走向。"老好人的笑容有如弥勒，"我来重建时间晶体，给我半小时。半小时内，我要什么，你都得找来供给我，违法也可以。"

"什么？"

"他是间架结构的第一个设计师。"君子告诉我。

"快点。"老好人仍旧笑眯眯，笑纹无任何变化，模样就显得很可怕了。

形成时间晶体，接入间架结构，我估算所需能量，不得不趁乱黑入时空的涡流系统。

碎片收集完毕，君子打包发我，然后，他搭建能量通道，将时空涡流引向老好人的位置。丑鬼一个接一个，穿过精微的西站时空连续体，将所需的间架接口，引向老好人手中亟待成型的时间晶体。

他们动作很快，急于求速，试图在7点前搞定一切，没做退路和安全维护。

距重建完成三分钟，老好人最先发现死亡，清楚自己在劫难逃。

他完成收尾工作，小心翼翼加密了三份信息。

还剩一分钟，他挠挠光头，决定利用最后时间，辅导我这个毛头小孩。

"你一定读过历史，当人类学会同时折叠空间与时间，很多东西便不需等待，只需行动了。所以呢，每个时空的站点，就是一种人心向往，凝固了一种人类的情结。春节啦，逾越节啦，狂欢啦，亡灵啦。大家可以直接从车站出发，一路前往心灵的目的地。这才是时空定点的精髓。明白这个，你才能成为优秀的看守员。"

他笑纹舒展。下一秒，时间获得结晶。他的肉体和心灵，瞬间化为能量，凝结为晶体外壳。

与此同时，通往晶体的能量输送阻塞、溢出，时间涡流在时空罅隙卷起巨大浪花，返回原有时空起伏，君子没来得及反应，就被带走了，永远融入构成宇宙的能量潮。

丑鬼特地向我挥手。晶体建立时刻，根斯巴克多维连续体的冗余直接被"算法"丢入黑洞。丑鬼陷进去，将永远处于下落状态，意识的一角被永远拉长，拉长，直到宇宙末日，也不一定抵达黑洞底部。

"再见喽，老头的接班人。"

他最后说。

——晚上7点，西站真正的黄昏如期降临。一切恢复如初。人人心怀释然又充满期待。人类王国的灵魂暂时放下芥蒂，忙于抵达时空荒野的水源位置，然后回家。

我花了些时间，盯着空空如也的新安全屋，终于发现那组不知从何处渗出的代码，标记了无名氏的灵魂。

我想起安全屋看守员特有的应急预案，想起临近可能世界的活着的老好人、君子和丑鬼。

我输入代码密钥A面，找到新生成的密钥B面，解开时空晶体第三重锁，里面存贮着能真正根植于所有可能世界的记忆。

老好人最先出现。他的记忆似乎没有阴影。他的孙子长得同他一模一样。他的大家族包了一节车厢，欢欢喜喜回墨西哥了。我居然没找到他的家族谱系。

夜晚时候，我看到君子。古老的列车驶向过去，他和心爱的姑娘一路狂奔，跳上列车，烟雾很快挡住了他们快活的身影。

我没找到丑鬼，他溜得太快。直到第二天凌晨两点，我在岗二十四小时，筋疲力尽，才瞧见丑鬼的脸。

他从旋转门返回西站，小丫头坐在他肩膀上抱着他脑袋高兴得"呀呀"大叫。

他仍然哼着没有曲只有调的诗句，还是那句普希金。

"不，"他说，

> 我的心灵将越出我的骨灰，
> 在宇宙琴弦上，
> 逃过腐烂。

时间晶体与记忆贼

"别紧张，只是例行公事，你打死了那家伙，是英雄。"

扯淡。他有料，我杀了他，你们少了线索，恨不得让我销声匿迹。"我理解。要知道，我以为会是——比如，警官，镜头，录音，测谎，或者贴在这里刺激脑波的玩意儿。你的名牌。你是顶尖儿的。而且以专业身份过来。意味着我们之间用心理分析那套，不公开。"

"除非你愿意公之于众。其实，最简单的，你说，我听。"

伪善。"愿意配合。"

"——你和他，以前认识？"

废话。"不，不认识。"

"从没见过？"

我碰见他时你还没出生。"这是第一次见。"

"你发现他行踪可疑。"

他长得就很可疑。"因为他不按规矩办事。"

"你有时间观察他的所作所为？"

我跟踪了他六十四年。"那是8月的意大利。整个摩德纳城都空了，别说墓地。下午两点，气温得有四十摄氏度。我溜到东侧墓园，坐到礼拜堂外面大理石柱影子下面喘气。他什么遮阳东西都没带，就进来了，双手揣兜，观光客一样。"

"你一个人待在墓园?"

那是我设的圈套。"我不是故意的,太累了。你应该看过我档案。我只是个级别很低的记忆结晶员。不名一文的人只能找我这种结晶员,提取数据量很少的记忆内容,留作死后纪念。他们穷,我也很廉价,我需要接很多活,但我擅长这个,我是个不擅长质,但擅长量的人。但那天我累了,犹豫了一会儿才接单。那座墓园建得像伦巴第的居民房。死者的家人基本不认识他。他少年离家,临死才辗转返回故土,没来得及留下遗嘱,就咽气了,结果没人知道他最珍惜的记忆是什么。我的函授学位派上用场。活了足够久的普通人,网络上都有生平的痕迹,大多看过心理医生。我找到一些材料。他的神经连接图谱也给了信息。一个颠沛流离,用情太多,敏感又寂寞的灵魂。我有点傻眼,不知该选什么。你懂的,那种漂泊的人。他的亲戚却出于同情,为他购买记忆晶体,容量小,只能存那么一小段。他们郑重地盯着我,就像瞧着拯救灵魂的神父。那种目光,我不能因为钱少而草率对待。我竭尽全力仔细分析,总算把六十四年的个人史提取成十四行诗。然后我把他们都赶走了。我太累了,我需要一点儿时间,一个人待会儿。"

"原来普通人记忆结晶这么复杂。"

不,当然不。很少有记忆结晶员帮助普通人提炼记忆。你得自己选。我们只看遗嘱提取记忆,没有遗嘱你就真的死了。你需要花生命去寻找值得保留的记忆。很随意、很随机,基本都是一厢情愿。一个硬糖块,一次性爱,整瓶苏联红牌伏特加,一张旧纸片。那种集体记忆的拼贴画。他最熟悉。"我听说最昂贵的晶体,相当于维系了一个人的生命,需要结晶员细致地提炼、维护和整理。但那太遥不可及了。我关注普通人,仅能负担微小记忆晶体的人。人活一辈子,只有记忆值得用时间结晶。当然,我没法告诉你,将一帮乌合之众的记忆保留到宇宙毁灭,有什么意义。因为我也不知道。但制作晶体,保护晶体,仍是我的操守。帮助别人,凝结记忆,我喜欢。

基本上，算我的人生意义。"

"他违背了你的职业操守。"

的确，我以前是这么认为。"对。他是个贼，而且只偷平凡人的记忆晶体，拿去黑市贱卖。这点他和我类似。他也是一个走量的人。"

"普通晶体也有销量？"

你明明知道玩法。"你最好永远也不要知道原因。你是个不错的人。但他不一样。他像秋天收割作物一样成批盗取普通人的记忆晶体。死神的镰刀都不应这么厚颜无耻。"

"但我们从没缴获过他窃取的记忆。"

当然，你们这帮废物。"从来没有吗？我之前看过关于他的案件报道，读过通缉令上他的手法。"

"没有，缴获的记忆都是伪造的碎片。所以，坦白说，你杀了他，对我们而言有点儿可惜。"

你终于承认了。"我真没想到。"

"这不重要，来吧，说说他的手法，你之前说，你是根据手法判断出就是他。"

不，我是根据他的脸，完全无法移开视线，如果你见过他你也不会忘记。不，或许你见过，他让你忘了。"多维时空里记忆的摆放位置很巧妙，而且加过密。但他动作轻巧娴熟，校准坐标，拨开时空缝隙，不到十厘米长、五厘米宽，恰好探入手掌，好似摘取悬挂枝头的野莓，手指一夹，就将记忆晶体捞出。手法准确，只算轻轻撩拨宇宙弦，晶体协会的监控中枢不可能发现。要不是我仔细倾听，也不可能发现他的技法。他左手窃取，右手卡着一个透明圆镜片。内凹，没框，边缘深深嵌入他拇指、虎口和食指。痕迹特别深，但没血印。晶体放入镜片，滚一滚，就消失了。"

"去了另一个时空。"

不仅如此。"这我就不知道了。"

"然后呢?"

我早有准备,直接开枪。"我其实紧张得要死,胳膊抖得像狂风敲打叶子。所以我只能狠扣扳机,连续地扣,弹夹几秒就空了。多亏了晶体协会特制装备,我居然打得很准,出乎意料地准。那种用晶体结构加强过的子弹直接戳入他的眉心,有几秒像变焦处理似的,距离拉近,子弹走得很慢,特别像芝诺飞矢,总飞不出他的脑壳,最后才通通卡到走廊尽头的墙里面。"

"然后他身体裂开、炸成碎片,造成你的重伤。"

他没事儿。完全没有。空间涟漪从他的眉心一层层泛起,迅速平息,连同被子弹打出的所有尘滓。他笑了。我开始着急,很不理智地拿起旁边的坟场铲子。被太阳晒得又干又硬,边缘很利。我以为会见血,结果铲子横着插到时空里,感觉像捅进了雨水浸透的泥,拨不动,也拔不出来。他一点事都没有,原地转身,这回铲子是正面插到他面骨里了。我吓坏了。他冲我笑。笑容分成两截。铲子也摔成两截。"我不完全记得后来发生的事。只记得他身体裂成无数碎片,像弹片一样飞向我,我的脸我的身体,像无数刀片割过来,我的眼睛最先碎掉,全身疼得没法思考,但太疼了,过了一阵子才真正晕过去。"

"我们到现场,你就是一片血肉模糊。法医差点鉴定脑死。"

他说这会有点疼。但这一次,他显得很友好。他感谢我设计了一个不错的小圈套。诱饵是他自己的无数人生中最早的记忆晶体。我知道他是他,我跟踪了六十四年。"但法医还是怀疑我的大脑不正常。"

"毕竟他是处理记忆的高手。"

他说他愿意分享一段自己的记忆,任何记忆,用以感谢我的小圈套。"我不否认被他影响的可能。我听说接触过他的人都不能全身而退。"

"你对他的记忆属实吗?"

他分享的记忆绝对属实。"我对他记忆绝对属实。"

"你是否对我们有所隐瞒?"

蠢货,你正在面对记忆贼的最大秘密。"不,我对你们毫无隐瞒。"

"很好,谢谢,我的分析仪也这么认为。但我不保证他是否对你的潜意识动过手脚,而我们目前无法挖掘。所以请签下这份监控协议,从今以后如果他在你脑子里藏了什么,留下什么,控制了你什么,我们会跟踪并记录,尽量帮你。毕竟他是记忆贼,即使死了,也仍然最擅长隐藏。"

亲爱的,最好的隐藏方式是光天化日,请看着我,仔细观察我的脸。"谢谢,我已经在病榻上遭了无数肉体折磨,我不希望再遭受精神折磨。你我都知道二者是相辅相成的。内心的伤痕总能多少暴露在脸上。"

"不,你的心灵不会比你的脸遭受更多伤害了。你知道他们说什么吗?但丁见了你,都会觉得你刚从地狱爬回人间。"

我第一次看见他,也是这么想的,弹坑让他的脸显得很怪。我以为是尘土一样微小的榴弹碎片毁了他的面容。但细碎的疤痕又太过清晰,隔着好远,都能分辨出纹路。他的脸和表情被反衬得模糊,如同外壳,如同透明面具,罩着一道道唯一真实的疤。我从没真正认清过他的脸。"他们说我笑起来,表情在动,疤不会动,非常诡异。"

"没错,就是你现在的表情。"

我让他分享关于疤痕的记忆。他说那会很疼。他说记忆就是伤疤,最后会成为辨识度极高的外貌。"很抱歉,我只是表情狰狞,我内心是感谢你们的。"

"我理解。最后一个问题,你记得他的模样吗?"

我就是他的模样。"没人记得。"

"你觉得为什么?"

他的模样关乎他的所有秘密。"他的模样关乎他的所有秘密。"

"你猜他的秘密是什么?"

不知道。"不知道。"

"真的不知道吗?"

记忆结晶后的伤疤会永远刻在时空上,没人会愿意收集那样的东西,除了他。我想知道原因,然后我获得了结果,如今,我已不再想知道原因了。永远不。"追根究底不会有好结果。我确实不记得他的脸。但我知道他的脸想传达的事实。这让我想杀了他。好让他的秘密变成永远的秘密。"

"托你的福,这确实变成了永远的秘密。"

还没有,他还活着。"的确,我很欣慰。"

"如果再有一次机会,你还会果断地杀了他吗?"

会的。"一定会。"

猞猁学派

盆儿鬼与提箱人

三分钟后，程器开始后悔。

数据已连接，箱子已打开，年纪轻轻的提箱人已双手交叠，毕恭毕敬站到一旁。全息投射加载了增强现实的修饰工艺，打出一层淡淡光晕，让寥寥无人、晃荡荡前行的北京十三号线蒙上神秘氛围。光罩似的立体影像刻画半透明小法庭，简洁的线条、优雅的柱式、爱奥尼亚式的柱头。新引进的提箱人国际司法系统向来拥有稳定美感，设计既懂法律也懂智能，让系统体验拥有充满法理的公义与贴近人性的亲切。程器曾近距离观察开箱司法，一次在闹市，场景投射不得不换为宏大的圆形剧场。提箱人以即时司法著称，可以即时开箱，即时投射庭审，适合处理琐碎案件，国内宣传时，说类似于包公案的击鼓开庭。程器一直想亲自试一试，找一个有趣地点，叫住提箱人，看着虚拟法庭一层一层从箱中展开，法官、律师与陪审身着加密覆盖的面庞与姿态，呈现于虚空。但程器没找到机会，你总不能无案找案，骚扰提箱人。

而此时此刻，他还在等待。无人上线，空荡荡的虚拟法庭让他的处境更为荒诞。他抱着直径四十厘米的木质纹样脚盆，侧面时不时跳动"足底即故土"字迹。他怎么都无法关闭。周围人望着他。他听见窃笑。二手网说，这是碳纤维人工智能足底按摩设备，可通过深度培养，适应使用者体质。购买时他头脑发热，忘记这是个已被训练过的玩意儿。它不愿意配合他。它是一只有脾气的盆。

十分钟后，程器忍不住，悄声问提箱人："没人愿意接？"

不到二十岁的小伙子眨眼，"目前双轨，先走接单，再走分配，马上过年，估计没人想接。再等一会儿系统就分配啦。我听说，签署'愿意接受分配'的人比较少，不怎么够用，而且——"

法官名牌闪烁三次。提箱人知趣地闭嘴。新上线的法官咆哮一声，将身上一团五颜六色的影子扒下来，丢出取景框："你参要工作！你他妈的再敢闹！"他手指恶狠狠地点着某种移动路径，警告道："半小时。"然后，他的轮廓逐渐清晰。双向对焦让程器看清了法官，也让法官看清程器。法官目光由程器转向木盆，摇摇头，用指尖示意程器将盆放下，一边选择数据卷宗，一边说："又是人工智能，又是智能故障，没找售后，却找了提箱人，意味着，又是觉得人工智能活过来了，变成了人或者超人。"

"对，差不多是这样。"程器觉得自己像个被告。

"记住，"法官浏览智能盆的信息流和案宗，"提箱人国际司法虽说针对人工智能，为划清所有人工智能的伦理界限而定，但它不是图灵测试，不能每一次你们惊觉自己的凳子或灶台活过来，就急着找我，提箱人不提供售后服务。何况，人工智能有一点人性是正常的，人工智能开始有人性，并不代表它们就变成了人，变成人有什么不好呢——"

提箱人仰头，对着法官清嗓子。法官适时住嘴。程器猜法官不到四十，只是成像投射让他老了二十，还顶着一头白花花假发，嗓子像用砂纸磨过。

程器父亲说，逢年过节让人快乐，也让人焦虑。他开启的虚拟法庭既不庄严，也不庄重，不停随车厢抖动，围观者已抱了看热闹的心态。

"我道歉。"法官调整姿态，暂时压住场面，"人类社会任何微小的细节都有权受到公正对待，我是分配法官，编号42KK。由于接近年关，没有注册律师和陪审接单，如果你要求，可以走分配名单，也可以不走。通常而言，如案件不大，初审可以直接由分配法官和提箱人系统的已有案例网络算法共同裁决。"

"我，我理解，我同意。"

"很好。你可以陈述了。"

生物学毕业的程器自觉逻辑清晰，看不上提箱人法庭啰啰唆唆的辩白，轮到他时，他也败下阵来。他没能管住突然而至的情绪，说了很久母亲去世，个性倔强的父亲如何独居，讲了将父亲接到北京后的种种矛盾，讲了他如何将好事办成坏事。

"最后一根稻草就是它。"他踢一脚人工智能盆，声音有些哽咽，"我爸妈喜欢一起泡脚，老家有这么大一个盆，每次都是我爸先放脚，试试水温，调好了温度，我妈再放。结果，就是它，我爸刚把脚放进去，它就说'我已经死了'。不管我怎么调，它就鹦鹉似的不停说'我已经死了'。它还只对我爸念叨，不对我说。我准备退货，它还不让。它说它有隐情。"

"谁有隐情？"

"这个'足底即故土'的盆。"

法官想了想："让它跟我说。"

程器蹭掉眼泪，将盆往前推了推："遂你的愿，轮到你了。"

有一瞬间，全车人都屏声静息，可惜只换来一阵沉默，"足底即故土"的字样都没再显示。

"神经病吧。"背后声音嘀咕。一个人开口，其他人迅速附和。

提箱人打开扩音："司法庄严，只要开箱，提箱人半径十五米内都是法庭，旁听者如不遵守法庭秩序，将追究责任。"

窃窃私语逐渐消失，有些人退到十五米外。

盆仍保持沉默。

程器如芒在背，脸火辣辣的。

法官又等了一阵，叹气道："我能理解你，不追究扰乱法庭，这回的案子就算误判人工智能，不记你信用档案，你把这盆扔了吧，回去好好和你爸过年——"

法官话音没落，盆终于开口，它尖尖的嗓音不同以往，用变音朗诵起了歌词："我的家在东北松花江上，那里有森林煤矿，还有那满山遍野的大豆高粱。"

程器拎起盆："你干吗！"

盆执迷不悟地继续："我的家在东北松花江上，那里有我的同胞，还有那衰老的爹娘——"

法官和提箱人也愣住了，盆的声音又高一个八度，刺得人们开始捂耳朵。

"——哪年，哪月，才能够回到我那可爱的故乡。我的家在东北松花江上——"

它念到第三轮，法官才反应过来，他也调高音量："程先生不会扔掉你的，没人会扔掉你！"

盆偃旗息鼓，安安静静地显示"足底即故土"。

法官吸一口气："说吧，相信你了，什么隐情？"

盆保持了沉默。

程器将它抱在怀里，几乎在哄它："你跟我说的时候可不是这样，勇敢点。"

"足底即故土"的字样又一点点消失。

"它跟你说了什么？"

"它说它是被窃贼放到二手网上的，它说它已经死了，它又说它是他爹的脚盆，能永远活下去。"周围人瞪着程器，他的声音越来越小，觉得自己缩成一小团。

法官的手指在虚空中敲击，想来正核实数据和案例，十几分钟后，才转向程器："我有几个猜测，只是问题在于，提箱人系统属国际私法，在这里，我们处理关于人工智能的民事、社会、商业案件，而不是刑事案件。如果你的盆所言为真，这很可能是个刑事案件，提箱人司法不能管，至少不能做主审法庭。但即使这是个刑事案件，你的盆也只能做物证，它说的话不算数，除非是现场录音。或者，我们先证明它是具有足够行为能力的人工智能，然后再让人工智能有资格成为自然人或者法人，可以作为独立个体，出庭做证。目前在私法、公法或任何法理上，这些都不成立。"

"所以我求助提箱人司法。"

"这里还有个悖论，它现在就是个精神分裂，即使它能把话说明白，我如何判定它所言为真。我刚查了物流和出售人。物流没有破绽。出售人是个空号，的确可疑，但申请调查需要些时间。而证据的来源，只是这个盆，如果它是具有行为能力的人工智能，我们需要证明它所言为真，如果要核实它所言为真，我们需认定它具有行为能力。这是个怪圈。"

"之前没有类似案例？"

"二律背反案是，还没结果，拖个五年也不会有，你和你的盆愿意等吗？"

盆的边缘发出忧郁蓝光。

提箱人突然举起右手，也有点怯生生的："法官大人，我、我有权执行'悬置'，对不对？"

法官的眉毛皱成一撇一捺，按章回答："是的，提箱人作为庭外第三方，有权对已有'分布式判例法'质疑或提出修订申请。相关程序结束前，提箱人有权'悬置'庭审，法官需参与修订环节讨论，并对其负责。"他清嗓子，"提箱人，你是否申请'悬置'？"

"是的，我申请。"

"好吧，接受申请。"法官揉眼眶，"按规定，我得现场实名，我叫袁道。"他转动手腕，扭转成像，露出本人的样貌，两坨黑眼圈嵌在下眼眶里，"年轻人，联系专家和法律顾问的环节你负责。别搞砸了。你说，我为什么签'接受分配'呢？"

袁法官感慨几句人生，而后下线，留下不明就里的一车厢人，只有提箱人一脸兴奋。程器找到他时，他也这副表情，像作奸犯科没被发现的青少年。他说他还不是正式注册的提箱人，只是实习生，仍念大学，过年不回家，接替提箱人前辈驻北京。开箱前他仔细问了程器案情，进行记录，留给法官备份。程器本有些犹豫，他劝道："常规的立法、司法机制赶不上技术变化，所以才有提箱人'分布式判例法系统'，每一个案件都构成一组关于公正的命题与数据结论，可以最快立案、结案、形成先例，很多非提箱人司法都在参考。你这盆比较特殊，在提箱人审理好处最大。"

　　现在，程器后悔了，他觉得自己被小孩儿忽悠了。提箱人正在解释"悬置"："——提箱人条款从未定型，它们更像一团软绵绵的海绵组织，也没有大前提似的中枢条款。它们虽然连成一片，但对每一个案件形成的新情况开放。如果技术和伦理遇到以前没有的冲突，可以先'悬置'法庭，由技术专家、法律顾问和法官共同讨论案件的法理，设立相关边界，再重新开庭。"

　　"为什么是你申请'悬置'？"有人问。

　　"法庭需要一个第三方，负责保护法庭和司法秩序，但不得参与庭审。提箱人属国际法，按创始人布莱克先生的定义，只有独立的个体才能成为真正的第三方，也就是提箱人啦。"

　　"你是独立的个体吗？"程器将盆塞到大布袋里。

　　提箱人开始挠头，腼腆地笑："不知道啊，还没通过考核。提箱人法系也永远需要完善嘛。谢谢你的案件！"

　　程器接过密钥卡。他一张，提箱人一张，两张一起，能解锁对应的案件并开箱。

　　"我安排好了通知你，也就三四天。"提箱人快乐地挥手告别。程器浏览手机，果然有人偷拍。按规定，公开场合提箱人庭审只准围观，不得拍摄，但很难真正实现。影像中只有他的背影，重点拍了盆，关键词"盆儿鬼"。他拍拍盆说："这下好，你出名了。"盆嘟

266

嚷一句"我想回去",再没理程器。

　　回到家,他将盆塞到角落。父亲在看电视。他打了声招呼,躲到里屋。大部分时间,他们是一对话少的父子。他母亲很喜欢说话,有用不完的精力和动力。以前她出差,父子俩可以享受难得清静,面对面看书,一天都不用讲话。如今不一样了。安静依然横贯在他们之间,却生出忧伤与苦涩,他们还没学会沟通。睡前他父亲还在专注看剧,"二战"废墟间,一个孤独的平头男人抱起一只小猫,亲切地告诉它:"有一天,就一天,也许我会碰到某人,她有一样能使一切都'不再迷茫'的东西。"

　　程器做了功课,悬置的准确称谓是"悬置审核",很多人视之为二审,只是不裁决。提箱人通知,地点在大学报告厅,程器抵达时,已挤了好几百人。人工智能专家征盛亲自参加,而非虚拟出庭,这在中国是先例,意味着业界更看重提箱人司法了。旁听者以学生和从业人士为主。他们注视着程器将大包裹放到讲台上,解开,露出盆。

　　"它的确是一个不起眼的盆。"征教授评价,"让案子更有普适性。"

　　提箱人提前十五分钟抵达。新投射的法庭没专门设立场景,只修饰了报告厅,新古典主义的浮雕从天顶往下坠落,似乎要触及人群。袁法官首先出现,简单介绍征教授,他一直建议模块化处理人工智能,而非将其类比于人。美籍华裔傅荟的全息像迟一些才出现。她在芝加哥律所做高级合伙人,也是人工智能法理专家,一直从更为实际的层面解读人与人工智能共情,并将其视为人工智能的伦理基础。征盛和傅荟的名字提前两天公布,是系统选择与志愿参加综合的结果。程器觉得他们观点相左,试图给盆解释。可惜他的盆无法理解,发出尖锐调子。他父亲便自行出去散步了。不过,一团乱麻中,程器终于有了进展,他帮盆厘清思路,盆终于能顺畅讲述它的故事。他将录音发给提箱人,提箱人说,盆不能再次现场发疯。

征教授站起，整理衣衫，告诉大家，他与傅律师已有沟通，但需根据盆的现场状态与反馈，才能做案件定位。他望着盆，问道："我们听了录音，你表达得很清楚，但你是否能在这里重新表述？"

程器敲了敲盆，他买下它一个月，他和它互动了一个月，他发现内侧敲三次，能让它更稳定。

"我是'足底即故土'系列人工智能脚盆，"盆的语调属正常范围，"是停产的一款，因为口碑最好，已在二手网被卖了三次，三个不同的二手网，记录有些混杂。我买来的时候自己先用了一个月，因为不知道之前的调试是否在合理范围内，我也不想让爸用的时候，被针对其他使用者的反馈干扰，我就尽可能地清空了痕迹。'足底即故土'以人工智能的深度学习和深度训练著称，使用者可以通过互动，和我共情，我就可以变成使用者，成为他的一部分。每个人的足部都不一样，不仅讲述了那个人的身体状态，还有他走过的路和经历。我都能分析出来。其实我爸不是个有耐心的人，我和我爸的脚很像，我是写代码的，我爸是个手艺人，都是不怎么走路的脚。我计划先让盆熟悉我，再寄给我爸，让他能直接适应。我死的时候脚还放在盆里，是过劳死的，整个人趴倒在桌上，键盘掉到水里，也没捡，一个疗程到了，我没有拿出脚，我就又重启了一次疗程，又重启了一次，花了些时间才诊断脉象真的危险，我并没有被输入紧急联系人，我就使劲叫，使劲唱，同租人才发现。法医和警察联系公司，提取了我内部的信息，也确认了死因。我的亲戚则不想要我了，他们收走了大部分遗物，我被留在出租房，后来出租房被洗劫，他们把我也带走了，他们擦掉标识，没动数据，我就来到了新家庭，但不是我应去的家庭，我爸还没用过我调试的盆呢，我得回去。"

盆的声音逐渐消失，盆侧面的数据条仍微微震动，发出淡淡的白噪音。它今天很稳定。有几秒，报告厅一片寂静。

袁法官开口："盆的表述同备案中的录音基本一致。第一次开箱庭审后，'足底即故土'系列的研发人员检测过盆，它的各项数值没超过阈值，属正常范围，只是冗余过多。研发人员今天也在现场。"他点头示意，前排坐两位身着蓝衬衫的年轻人，其中一位解释："这一系列的智能反馈机制按一对一定向服务设计，它会通过互动，从底层算法向上适应使用者，建议不要多人使用，会混乱，即使清空记忆痕迹，也很难变更已自适应后的代码逻辑。"他有些愁困，"产品初衷是面向高端用户，后来停产，也是因为二手倒卖和山寨出了问题。一般故障产品轮到第三位使用者，就会全面陷入错乱状态。这个盆的前使用者算半个懂行的，清了一遍系统，还调整了代码，所以会出现冗余和新的情况。"

袁法官继续："猝死的程序员名叫杨用，我查了相关案宗，盆刚才所言和法医报告一致。事实上，最开始杨用的家人认为盆的足底治疗也可能是致死原因之一，盆被作为物证，协助办案的人工智能专家团队，即征教授带领的团队，做出过安全证明。"

"这正是我亲自出庭的原因。"征教授解释，"我问了配合调查的人员，看了我们这边的记录，出事时呼救的是盆，现场最先建议抢救和解释死因的也是盆，只是盆被认定处于错乱状态，把它静音了，警察还是按照规定流程走，抢救无效，路上死亡。"

"就此，我确实需要问问其他证人，"袁法官调动虚拟证席，线上旁听的法医与警官的影像即时显现，他问了细节，重点卡定时间，同时参考现场录影，最后转向征教授，"您觉得呢？"

"我这边已有结论，如果盆被视为更有效的个体，它的意见被重视，杨用有百分之五十以上的可能性获救，但事实也证明，被杨用调整后，盆本身也只是一个错乱的智能体，它得出的结论都需经查验、分类，才算有效信息，而不能直接用作证据。"

"法律上也一样，"袁法官将相关信息投射到空中，"目前，国际针对人工智能最为全面的判例原则，都在提箱人司法系统案例里，盆的智能水平确实不足以被视为有部分行为能力的人工智能，承担相应法则和权利。"

程器知道轮到他了，他在盆的内侧敲击三下。

"我父亲使用盆的时候，发现它不正常，试了几次。轮到我再次使用，它才明白过来，我是我父亲的儿子，不是杨用。然后它跟我大吵大闹，要回去找父亲。这时候，我发现它有时候只是盆，有时候是杨用，但它归根结底还是一个盆。盆想让我报案。杨用，或者说杨用版本的盆，则觉得他的案情已经结了，杨用就是过劳死，不算盆厂家的错，不想让他父亲过多追究。后来，我意识到不管这只盆如何混乱，它都想回到杨用父亲那儿，它有这个权利。当然在报案前，我不明确杨用和他的故事，我只知道得先想办法通过合理渠道，找到前使用者。"

"现在呢?"袁法官问，"提箱人'悬置'，就意味着你可以做更多事。如果你只是想找到杨用，归还盆，你可以提前叫停，我也问过你，你没有。"

"我和它商量了。"

"是的，商量了，"盆的声音又变得尖锐，"我需要认定，让、让我有发声的可能，我觉得我既不是纯粹的人工智能，也不是真正的人，但是如果我被重视，我就可能活下来，就可以待在父亲身边，就可以不被倒卖，不被返厂。"

"是的是的，"程器继续敲击盆，不让它继续说下去，然后失控，"照我的理解，盆的案子，是个类似于人权的，不管是啥权益的事情，确实值得'悬置'讨论。"

"一审的时候，你说盆有冤案，对吗?"傅律师终于说话了。她本人应身处公共场合，并不安静，其他人来来往往的影子从她周围闪过。

"对。"程器点头。

"现在呢?"

"我咨询了提箱人，不管是盗窃罪，还是'足底即故土'可能的

　　　　　　　　　　　　猞猁学派

设计问题，都不是提箱人司法单独能裁决的。我问了盆，这也不是它真正想追究的。如它刚才所说，它只是想就自己的身份问题，要个说法，不管它是什么，它应该得到一个合理定位，这样它就既可以替杨用求救，也可以替杨用完成心愿。"

"什么心愿？"

"陪他。"盆尖尖的音调抖动起来。

"他是谁？"

"我爸"

"谁陪他？"

"我。"

"你是谁？"

"我、我是，我是，我——"然后它陷入某种循环，指示灯随之熄灭。

"它会出现这类问题，"程器有点急，代盆解释，"它想定位自己，就会死机十分钟，我猜它也不明白自己既是盆，又是杨用，当然，这不重要，你不使劲问它它是谁，它就不会陷入两难境地。"

"按照提箱人司法判例，它的这种不稳定性，不算有行为能力的人工智能。"

程器局促地低头："我有行为能力。"

傅律师微微笑了，同征教授相视并点头："我和老征很欣赏你。对细节问题足够关注，往往能避免以后的困境。你关心盆，把它带给提箱人，证明你能同它共情，不管它是什么。从我的角度，盆案的核心问题，也不在于人工智能的智性或行为能力，而在于，它如何通过共情，形成某种形态的自我。"她做出手势，提箱人法庭投射的浮雕消失，换为两个人工智能体的结构模块演化过程，"左边蓝色是'足底即故土'正常产品，你能看到，随着与使用者互动，盆建立了一套符合双方共识的基底模型，我习惯将其称为具有共情性质的部分，这个盆如果具有某种自我，也是完全嵌合在使用者共情基底之下的，不会凸显出来。右边橙色是征教授团队根据程器的盆，大致恢复的互动全过程。你们看，基底模型的生长方式，像分了叉，虽然根部都是基于人类的思维方式，但共情历史复杂。左边两个接近底部生长，覆盖面最广，颜色比较浅的模块，属于前两位使用者，杨用删除了数据，但基础共情结构还在，我认为，这构成了我们现在看到的，属于盆的自我部分。右边覆盖面较窄，但颜色和固着都比较深的模块，是杨用为了父亲，深度训练过的部分，杨用死后，产生过反复循环和加固，构成了盆将自己视为杨用的部分，也最像杨用。最上面的，最浅的两层新增数据模块，应属于程器与程器的父亲。有意思的是，因为盆自身的容量和算量都不够，它就将同程器的共情，类比到杨用身上，而程器父亲显得非常不契合，所以你能看到他的共情模块被拒斥，游离在整体共情模型的边缘。"

程器仰着头，盯着不断传输数据、不断跳动的橙色集合体，负责与他共情的部分一个月来随时间推移，颜色越变越深，覆盖面越来越广，甚至触及前两位使用者的部分。他的心脏突突跳起来，突然有点舍不得。

"我和傅荟律师观点不一样，我不建议用共情或自我解释，这在人工智能乃至人类层面，都是黑箱一般的理论，站不住脚。"征教授调整天顶投射，"不过，我也和小荟律师讨论，绕过共情理论，我们都认为盆的案例，的确是人工智能模块化、复杂化、与人深度互动后的结果。"他抹去蓝色结构树，保留橙色，并将大大小小分叉中每一段核心数据与代码提取出来，"相信刚才听盆的叙述，我们能发现它在以两个'我'的角度表述事件，其实如果按照模块数量，主体数量是大于'二'的，它之所以显现出一个'盆'的自我，和一个'杨用'的自我，是因为杨用去世的时候，它同时尝试用两个视角，理解整个事件，从那以后，才出现明显的双视角。可是，如拆分并分析刚才它自我陈述的部分，你们会看到，当它以'盆'的口吻说话时，激活模块不仅包括前两位使用者，也包括程器部分——一种旁观者视角；当它以'杨用'的口吻说话时，杨用部分激活，前使用者们和程器父亲的部分也被部分激活，参与判断。如果我们再解剖'杨用'的模块，会发现，其中有一组杨用设定的意向，和程器父亲的部分非常类似，但有关键区别。我认为，这一组模块是指向杨用父亲的，杨用亲自设计。盆接触程器父子时，程器父亲被类比为杨用的父亲，盆甚至将他当成杨用父亲，发现不是同一人时，盆才出现真正的焦虑和诉求，才开始向程器提要求，变得独立。"

傅律师说："我同意征教授的分析。所以，即使我们有分歧，也认为这是一个多重主体问题，只是我们不应在法理上，轻易将盆的多重共情或多重模块，定义为人或者人工智能，不管怎么做，都会显得偏颇。"

报告厅中的听众接连点头。

傅律师继续："我们既不能说盆是纯粹的人工智能，因为它深度共情；也不能说它具有自我，因为它的自我源自多个使用者的模块；更不能说它是杨用，或是杨用的一部分，因为前使用者的影响都在。所以，袁道法官，非常抱歉，征教授和我没能给你划清界限，反认为这案子比常识更为复杂。"

"不，你们告诉了我很多'不能'，避免了武断结论，这让我受益匪浅。"袁法官似乎陷入沉思。

一时间，法庭十分安静。过了一会儿，傅律师的影像闪烁两下，随之下线。

袁法官惊醒，解释说："不好意思，时差问题，傅律师恰好在案件间隙参与'悬置'讨论，她时间到了，必须下线，但她发信息说，会旁听本案的复庭。按规定流程，'悬置'已基本结束，不知还有什么问题？"

两位"足底即故土"的蓝衬衫年轻人摇头。程器敲了敲盆，它已恢复正常，读取傅律师和征教授的发言后，陷入沉默，不愿说话，只装出"咚咚咚"的回音。倒是征教授叹口气，转向盆，说："我不是不同情你，我也不否定你可能是目前人类已知的、通过共情产生的最有意思的智慧，但你知道，在网上，你的标签是什么吗？相信你知道的，是'盆儿鬼'。你当然不是很多人都会害怕的鬼，你也不只是杨用的鬼魂。你没必要被视为人，或者人工智能，你是新的，某种新的聚合体，今天以后，大家都会知道你是新的，这更重要，我们仅仅不清楚该如何定位你。"他向袁法官示意。袁法官挥动虚拟法槌，铺展在大厅内侧的增强现实一层一层折叠、蜷曲，收回提箱人长方形手提箱。袁法官的影像被收为小方块，说一周内复庭。

人群慢慢散去，征教授同程器握手，又和提箱人交代几句，也带团队离开。

程器问提箱人："接下来怎么办？"

"取决于你，当然也可以和盆商量。如果追究盗窃罪或'足底即故土'的责任，我就和当地法庭对接，在线上和线下找律师。如果只关于盆，袁法官今天听取了专家建议和观点，他会下结论。他刚跟我说，你如果选择后者，得多给他几天时间，他得想想，得咨询同僚。"

"他一个人说话算数吗？"

"提箱人司法有若干层主要算法，其中关键层，用的是区块链加密分布，但没那么强，全网广播，可部分拒绝，或用新案例推翻。袁法官一人做主足够，剩下的，都是之后的事儿了，提箱人法律反馈很快的。你不觉得提箱人判例法也有点像你的盆吗？没有真正中心的智慧分布，一个关于人，一个关于社会。"年轻的提箱人永远兴奋不已。

"盆不是人，提箱人也脱离社会。"程器的心情并不好。他一直在困惑，现在越来越看不到结果了。

这时，箱子闪烁起来，提箱人拉开一条缝，傅荟律师的影像浮现在空中："结束了吗？"

提箱人点头。

傅律师观察几秒程器，说："你可以选择放弃。提箱人司法的原告可随时撤案，不负提箱人法律责任。这案子和你没什么真正关系，你随时可以离开。但我希望你留下，从共情的角度，自我永远只是一种错觉，你不可能不通过共情获得自我。盆也一样。"

　　"否则呢？"程器问。

　　"盆不会是个例，未来只会出现比它更复杂的情况。如果这个案子虎头蛇尾，没有引入一个好方向，以后，当更多的人死亡，当更多的共情留在人工智能当中，每个灵魂就都会成为失魂落魄的'盆儿鬼'，找不到出路。那么算法将真正统治世界，因为麻木不仁的个体从不信仰生命。"她说完，又下线了，留下程器盯着鞋尖儿发呆。提箱人想安慰他，但还是收拾箱子走了。程器望着小年轻孑然一身，被寒风一吹，冻得哆哆嗦嗦的样子，仿佛看到傅荟口中，当精神失去着落、失魂落魄的人类肉体。

　　他回到家，父亲正在看回放，标签"盆儿鬼"，画面中的盆正在说："——如果我被重视，我就可能活下来，就可以待在父亲身边，就可以不被倒卖，不被返厂——"画面中的程器正准备安慰它。爷俩对视几秒。程器意识到，今天，他不能再躲回房间了。母亲死后，他一遇到沟通难题，就往屋里躲。他抱着盆，坐到父亲身边，解开包裹，将盆的接收范围调到最大，让盆也听听自己的表现。出乎他意料，整个回放结束，他没感到焦虑或困顿，反获得一阵释然，与他肩并肩的父亲和怀中的盆，也没让他如坐针毡。他的父亲再次将盆放到地上，再次倒入热水。脚放入盆中，父子二人都屏住呼吸。盆没再尖叫，没再声称自己已死，三分钟后，它悄悄说："对不起。"

　　程器父亲弯下腰，亲切地问："你说，你爸会不会也像我一样，看了提箱人庭审？"

　　九天后，"盆儿鬼"案复庭，杨用的父亲杨从善"悬置"前便发现了"盆儿鬼"标签，"悬置"后联系到提箱人，想亲自出席复庭，亲戚们也跟来了。提箱人告诉程器，他们要向盆道歉。袁法官多次与盆和杨用父亲沟通。除夕夜与大年初一，他和征教授、傅律师及相关团队，找到整片时间，讨论"盆儿鬼"的判例。程器问提箱人讨论结果，提箱人说，他不能参与。当盆开始融入程家父子的生活，父子关系也逐渐缓和，似乎变得比以前更理解对方。提箱人受邀去程家过年，他提出要求，想试试"盆儿鬼"，盆子尖叫起来，说内存不够，需要外接，最后小提箱人如愿以偿。

复庭地点在连锁酒店外的小餐厅，杨从善腿脚不便，他紧紧抱着盆，既像抱着亲儿子，又像抱着公义与理性的实体。程器父亲不喜热闹，还是在家。看直播的全国在线人次达到千万。程器与提箱人知道，关于盆的归属已经尘埃落定，甚至不需走法律程序，人们好奇的，只是袁法官的裁决。

当提箱人开箱，小小的餐厅变得肃穆，法庭样式和初审一模一样，人们变得更专注，场景不再因列车而摇摇晃晃。袁法官打扮得更加正式，不再一副家务缠身的疲惫模样。傅律师与征教授虚拟出席。提箱人调高对比度，袁法官的眼神明亮多了。

袁法官介绍了出庭人和'悬置'的情况，正色道："提箱人司法系统建立之初，意在希望每个人共同参与，形成一种'有生命的法律习俗'。众所周知，它是一个将案例判决视为区块，形成分散分布的条款系统，综合而言，类似于古代的普通法。根据罗马传统，普通法不是抽象或自然的理性，而是一种由法律家和法官代代相传的历史性的实践理性。由此，它是一种体现在法律系统中的人工的、技术化的和客观化的理性。一种集体理性。它应是社会共同体的表达，能随时代尽快地修正并改善，以适应不断出现的新境况。提箱人司法法官、律师与专家的相应制度，也应尽力配合提箱人系统本身的逻辑。我认为，'盆儿案'出现，能让我们开始从更深刻方向，改进提箱人法律系统。"他清了清嗓子："因此，我宣布，本案中的盆，既不是名为'盆'的单纯物体，不应被视为物证，它也不是人或者人工智能。关于它的情感和认知特性，还需由专家定夺，我相信，这仍是很长的一段路。但，基于盆智能模块的结构，以及其与社会多重人士的深度互动，我宣布，今后，类似于'盆'的智能聚合体，将在提箱人司法系统中，被视为具有主体行为能力的，法人。"

袁法官停顿，有些人立刻听懂了，有些人没有。他面对听众，解释道："法人不一定是自然人，像你，像我，也可以是自然人的集合体，比如公司或者其他组织。智能的聚合体，其实符合法人的基础定义。像我们的盆，他既是杨用，也是两位前使用者，也是程器父子，还可能是其他人，但也不完全是。盆啊——"袁法官先向程器颔首致意，然后缓缓转向杨从善怀中的盆，"你是否接受判决，承认你是一位属于提箱人司法的，法人？"

"接受！"盆的声音提高到有史以来最尖锐的频率，"我接受！"

"你是否接受并保证，对自己的行为和选择，负有权利和责任？"

"接受、接受。"

"那么，你是否起诉盗窃你的人，是否追究'足底即故土'系列，是否愿意定位你之前的使用者？"

"不，都不。"

"我将你判给杨从善，并为了你的稳定，建议不再更换使用者，是否接受？"

"接受。"

"当然，你需要了解，按照对你的新定义，你的前使用者们，包括已去世的杨用，都属于你的法人主体的一部分，之后的相关法规，你都需遵守，或者，也可以通过提箱人提出异议，你是否理解？"

"理解。"

袁法官点头，看看手中的材料，又看看傅律师与征教授："今天的仪式部分就到此为止吧，判决细则我会放到线上。不知庭上的诸位，还有什么异议？"

程器想张口，袁法官等着他，他突然明白了什么，轻轻摇头。

提箱人收起虚拟法庭。拥抱、欢呼与祝福接踵而至，还有媒体与提箱人结案的俗务。直到天色渐暗，程器才有时间单独和提箱人躲到街边。

"我没做错吧？"

"什么？"

程器用胳膊肘杵小提箱人："别装傻。"

"当然对。"

"如果袁法官向我说明，我可能会犹豫，复审的气氛就不会如此顺畅了。"

"是的，某种意义上，他耍了你。"提箱人有些泄气，"我也是最后才反应过来。我支持他，也、也很佩服你。"

"佩服我在沉默中把人类的主导权转让给了新法人？"

"嘿，你清楚，这是个悖论。"

"对于盆和袁法官是，对于我，不是。盆成为法人，才能以主体身份接受判决，盆接受了判决，才能成为法人。袁法官问盆是否接受判决，盆接受判决，是个逻辑循环。但如果袁法官向我示意的时候，我终止了他的提问，这一切就都不成立了。"

"最后，他给你机会反驳，你做出了选择。"

"这是个漏洞。"

"现在看，不、不是。"提箱人喝多了，说话有点咬舌头，"现在，你、你其实也算是盆法人的一部分，你关于它的决策，在法律意义上，也属于它。所以，从现在的时间点往前看，是它，是它那一部分既属于你，但在本案中真正属于它的一部分，做出了决定，认可了袁法官，将支配盆的权益，让渡给了盆法人。所以，根据傅荟律师的共情原则，我觉得算是你们共享了主导权，或者说，完成了主导权的重心转移，而不是人类让渡什么的，"他偷偷笑，"看来，袁法官更认同傅荟。"

程器点头，又摇头，"我被你们搅乱了。"

提箱人使劲拍程器的肩："我前辈说，世上没有清晰的东西，得自己去找。他还提醒我，他说，个人的幸福取决于每个人自由的判断，最公正的法律追求这种自由，但不是每个人都有勇气，做出能让自己真正幸福的判断。很、很少有人。这种真正的判断，是提箱人法律追求的。身为提箱人，我觉得吧，你刚才做出了这种判断，只是你还不太、不太相信，这是人生中最有意思的部分了。"然后，他就抱着箱子睡着了。

程器将小提箱人送回宿舍，很晚才回家。他推开门，父亲已睡，一只新买的大脚盆放在房间正中，贴了一张小字条，父亲的字体，写道"足底即故土"。他脱去鞋袜，没加水，只光着脚，平平地踩着盆底。

"你好哇。"他说。

隔了一会儿，尖声尖气的嗓子轻轻回答："你好。"

注：包公审泥盆的小改写，取自元曲故事《玎玎珰珰盆儿鬼》。

图书在版编目（CIP）数据

猞猁学派 / 双翅目著. -- 北京：作家出版社，2019.9
（青·科幻丛书）
ISBN 978-7-5212-0712-5

Ⅰ. ①猞… Ⅱ. ①双… Ⅲ. ①中篇小说 – 小说集 – 中国 –
当代 ②短篇小说 – 小说集 – 中国 –当代 Ⅳ. ①I247.7

中国版本图书馆CIP数据核字（2019）第202805号

猞猁学派

作　　者：双翅目
主　　编：杨庆祥
责任编辑：李宏伟　秦　悦
封面绘图：BUTU
装帧设计：刘十佳
出版发行：作家出版社有限公司
社　　址：北京农展馆南里10号　　邮　　编：100125
电话传真：86-10-65067186（发行中心及邮购部）
　　　　　86-10-65004079（总编室）
E-mail:zuojia@zuojia.net.cn
http://www.zuojiachubanshe.com
印　　刷：玉田县嘉德印刷有限公司
成品尺寸：145×210
字　　数：235千
印　　张：9
版　　次：2020年4月第1版
印　　次：2020年4月第1次印刷
ISBN　978-7-5212-0712-5
定　　价：48.00元